Cornelia Lotter

Scherbenbrand
Historischer Roman

AF188689

Das Buch

Als die junge Margarete Heymann im Herbst 1920 an das Bauhaus in Weimar geht, weiß sie noch nicht, dass sie nur ein Jahr später in der Keramikwerkstatt in Dornburg einen scherbenreichen Abgang hinlegen wird. Denn die große Gleichheit, die Bauhaus-Gründer Walter Gropius bei Eröffnung der neuartigen Schule verkündet hat, gilt zumindest nicht im Geschlechterverhältnis.

Margarete versucht einen Neuanfang in der traditionsreichen Gegend um Velten, nordöstlich von Berlin und genießt die Roaring Twenties in den Nachtclubs und Cabarets der Stadt. Auch privat scheint sich endlich alles zum Guten zu wenden. Doch ein tragischer Unfall sorgt für eine tiefe Zäsur in ihrem Leben. Auch das Erstarken des Nationalsozialismus macht ihr als Jüdin Angst. Eine Denunziation führt schließlich dazu, dass die junge Keramikerin ihre Fabrik weit unter Wert verkaufen und nach England emigrieren muss. Doch auch hier liegen höchstes Glück und tiefstes Leid eng beieinander.

Ein Roman über eine der größten Keramik-Künstlerinnen des vorigen Jahrhunderts.

Über die Autorin

Die Leipziger Autorin Cornelia Lotter beschäftigt sich in ihren Romanen insbesondere mit den Verbrechen während der Zeit des Nationalsozialismus. Die ausgebildete Lehrerin ist Mitglied im Verband deutscher Schriftstellerinnen und Schriftsteller und im Selfpublisher-Verband. Sie veröffentlicht ebenfalls in anderen Genres, auch unter Pseudonym. Für ihren ersten Leipzig-Krimi erhielt sie 2013 den 1. Leipziger Krimipreis.

Der Roman »Gettokind« wurde für den Deutschen Selfpublishing-Preis 2019 nominiert (Shortlist).

Autoren-Website: www.autorin-cornelia-lotter.de

Cornelia Lotter

Scherbenbrand

Historischer Roman

1. Auflage 2019

lottercornelia@gmail.com
www.autorin-cornelia-lotter.de

Buchsatz: Christian Balcaen | www.mybookMakeUp.com
Covergestaltung: Tanja Prokop | www.bookcoverworld.com
unter Verwendung eines Fotos von www.depositphotos.com
shards-mosaic © tony4urban

ISBN: 9783750410237

Herstellung und Verlag: BoD – Books on Demand, Norderstedt

Bibliografische Information der Deutschen Nationalbibliothek:
Die Deutsche Nationalbibliothek verzeichnet diese Publikation in der Deutschen
Nationalbibliografie; detaillierte bibliografische Daten sind im Internet über
http://dnb.dnb.de/ abrufbar.

Teil 1

10. August 1989, London

Margarete legte den Hörer des schwarzen Bakelit-Telefons vorsichtig zurück auf die Gabel. Ein leises »Pling« erklang. Sie liebte dieses altertümliche Monstrum mit der Wählscheibe. Um nichts in der Welt würde sie es durch eines dieser modernen Tastentelefone ersetzen.

Sie strich sich über ihr Haar und ging, gestützt auf ihren Gehstock, hinüber ins Wohnzimmer. Stöhnend ließ sie sich in den Ohrensessel fallen, dessen Federn ebenso ächzten wie sie selbst. Sie war müde. Waren neunzig Jahre nicht genug? Hatte sie nicht all ihre Kraft aufgebraucht in den Kämpfen, die man sie gezwungen hatte auszutragen?

Gerade hatte sie mit ihrem Neffen Michael telefoniert, der seit ein paar Jahren als Forscher für die NASA in Kalifornien arbeitete, und bei dem es erst kurz nach Mitternacht gewesen war. Frances würde am Abend vorbeikommen, um sie zum Essen auszuführen.

Sie fühlte sich kraftlos und hätte am liebsten erneut den Telefonhörer genommen, um Frances abzusagen. Aber sie kannte ihre Tochter. Sie konnte genauso dickköpfig sein wie sie selbst es ihr Leben lang gewesen war.

Ihr Blick streifte das Klavier, über dem ein kleines Ölbild hing. Es zeigte eine sommerliche Landschaft. Im Vordergrund war ein Weizenfeld mit Klatschmohn und Kornblumen zu sehen und im Hintergrund ein mit Wein bewachsener und mit drei Schlössern bestandener Muschelkalkfelsen über dem Saaletal.

Vom Alten Schloss auf der östlichen und dem Renaissanceschloss auf der westlichen Seite eingerahmt stand das Rokokoschloss, dem gegenüber die Keramik-Werkstatt lag. Schon Goethe hatte, wie sie wusste, die inspirierende Atmosphäre dieses Ortes geschätzt.

Ja, sie erinnerte sich noch gut an ihren Spaziergang vom Bahnhof Apolda hinauf nach Dornburg, bei dem die zugrundeliegende Skizze entstanden war. Auch wenn sie alles, was sie an jene Zeit am Bauhaus gemahnte, weit weg in Kisten, Schubfächern und abgeschlossenen Schränken verstaut hatte. Nichts wollte sie mehr von diesem Jahr wissen. Doch war es jetzt, so kurz vor dem Ende ihres Lebens, nicht an der Zeit, ein Resümee zu ziehen? Ein Resümee, das nicht nur das Bauhaus einbezog?

Bis zum Abendessen war Zeit.

Sie schloss die Augen und stand im Geiste wieder vor der Tür ihres Elternhauses in der Kinkelstraße 9 in Köln; spürte den feinen Nieselregen, der ihr Gesicht benetzte, weil sie den Hut vergessen hatte und fühlte ihr Herz im Hals klopfen, dort, wo es doch gar nicht hingehörte.

Weimar - Dornburg

Heimkehr nach Köln (November 1921)

Die Nachricht war vor ihr dagewesen. Ihr Vater polterte los, kaum dass sie dem Dienstmädchen ihren Mantel und ihre Reisetasche übergeben hatte: »Was hast du da nur wieder angestellt, Margarete?« Dabei wedelte er mit einem Blatt Papier in der Luft herum. Margarete. Wenn er sie so nannte und nicht bei ihrem Kurznamen, war die Sache ernst.

Mutter legte ihm beschwichtigend die Hand auf den Arm, doch ihr Vater war noch lange nicht am Ende. »Hör dir das an: ... *sie hat ihr Zimmer in einem polnischen Zustand verlassen. Ein Fenster hat sie entzwei geschlagen* ..., dafür berechnen sie uns fünfzehn Mark«, bellte ihr Vater, wobei sein Gesicht eine gefährlich rote Färbung annahm. Doch er war noch nicht fertig. »*An der Zimmertür hat sie den Schlüssel, welchen Sie übergeben bekommen hat, verloren* ... - dafür wollen sie achtzehn Mark haben - ... *die Stubentür hat sie lassen aufbrechen und das Schloss total ruiniert* ... - fünfzig Mark - ... *ferner hat sie den Schlüssel zum Kleiderschrank verloren* – acht Mark. Sag mal, was ist denn in dich gefahren? Wieso hast du gewütet wie ein Berserker?«

Noch immer erwartete er keine Antwort, denn er war noch nicht am Ende des Briefes angekommen. Stöhnend ließ er sich in seinen Sessel fallen, bevor er den letzten Satz vorlas: »*Ferner musste das Zimmer gereinigt werden, um dasselbe in einen wohnlichen Zustand zu bringen.* Haben wir dich so erzogen? War es nicht dein Wunsch gewesen, dorthin zu gehen? Was um alles in der Welt ist geschehen?«

Endlich schien er fertig zu sein, denn er sah sie fragend an. Margarete stand gesenkten Kopfes wie eine ungehorsame Schülerin vor ihm und hielt ihre Hände vor dem Körper gefaltet. Jetzt hob sie das Kinn und schaute ihren Vater an. Sein Gesicht drückte völliges Unverständnis aus. Und Margarete konnte das nachvollziehen. Er hatte ja recht. Doch er wusste nicht, wie es in Dornburg zugegangen war. Hatte es überhaupt einen Sinn, ihm davon zu erzählen?

Ihre Mutter schaltete sich ein. Sie, die immer ausgleichend gewirkt hatte. »Jetzt lass sie doch erstmal ankommen, Schatz! Sie ist bestimmt müde von der Reise. Sicher wird sie uns später alles erzählen.«

Ihr Vater brummelte Unverständliches. Devoter, als es sonst ihre Art war, sagte Margarete: »Darf ich mich zurückziehen? Ich möchte mich ein wenig ausruhen.«

Ihre Mutter, die immer noch stand, nahm sie am Ellbogen und nickte ihr freundlich zu. »Möchtest du vorher noch einen Tee trinken und vielleicht eine Kleinigkeit essen?« Dankbar schaute Margarete ihre Mutter an. »Gern, Mama.«

Bevor sie in die Küche gingen, zog sie ihre nassen Stiefel aus. Inzwischen gab ihre Mutter Anweisungen an Greta, das Hausmädchen, den Tee und einen Imbiss zuzubereiten. Margarete suchte noch schnell das Bad auf, wo sie sich gründlich die Hände wusch. Zwar trug sie Handschuhe, doch auf Reisen hatte sie stets Angst, sich mit irgendwelchen Bakterien zu infizieren.

Endlich saß sie ihrer Mutter am blankgeputzten Küchentisch gegenüber. Darauf weiße Leinenservietten mit Lochstickerei und feines Porzellan aus Meißen, durch das man fast hindurchsehen konnte. Nicht gerade das, was sie selbst auf der Töpferscheibe in Dornburg hergestellt hatte.

»Dir geht's nicht gut, nicht wahr?«

Es war schon immer aussichtslos gewesen, ihrer Mutter etwas vorzumachen. Sie brauchte jetzt nicht damit anzufangen. Margarete schluckte den Kloß hinunter, der sich plötzlich in ihrem Hals breitzumachen drohte und pustete an ihrem Tee. »Ach Mama, es war alles nicht so, wie ich mir das erhofft hatte. Marcks ist ein Frauenhasser. Und man merkt ständig, dass er sich als Arier für was Besseres hält! Er hat was gegen Juden. Und er hatte überhaupt keine Ahnung, wie man eine Töpferscheibe bedient! Und so einer war unser Formmeister! Kannst du dir das vorstellen? Von so einem lasse ich mir doch nichts sagen! Nur weil er ein Duzfreund von Gropius ist!«

Ihre Mutter sah sie mit hochgezogenen Brauen an. Diesen Blick kannte Margarete. Sie senkte die Augen und wartete auf das Donnerwetter.

»Mein liebes Kind, sei froh, dass dein Vater das nicht gehört hat«, begann sie. »Du weißt, wie sehr er hoffärtige Menschen verachtet. Haben wir dich etwa so erzogen? Glaubst du wirklich, dass du, nur weil du auf der Kunstakademie gewesen bist und dein Vater Mitinhaber einer Fabrik ist, das Recht hast, so über andere zu urteilen und dich über sie zu erheben?«

Margarete spürte ein Gefühl des Trotzes in sich aufwallen. Ein Gefühl, das ihr nur allzu bekannt war und nicht nur in Dornburg zu den bekannten Schwierigkeiten geführt hatte.

Dabei fand sie Marcks' Einstellung, dass gute Kunst nicht lehr- noch lernbar sei, sondern immer aus der Intuition erwachse, eigentlich ganz gut. Er könne als Künstler nur anregen, hatte er seinen Schülern immer wieder erklärt. Lediglich Handwerk, Attitüden und Formeln seien vermittelbar.

Und für das Handwerk war Krehan zuständig gewesen. Wenigstens hatte der Ahnung; schließlich betrieb seine Familie bereits in vierter Generation in Dornburg eine Töpferei, in der er bereits mit vierzehn das Handwerk erlernt hatte. Sie dachte an die erste Begegnung mit den Krehan-Brüdern, die unterschiedlicher nicht hätten sein können. Karl war blond, blauäugig und rundlich, während Max, ihr Werkmeister, mit seinen leicht geschlitzten Augen an einen Asiaten denken ließ. Er selber behauptete immer, vor allem, wenn er dem Weine zugesprochen hatte, er habe Tatarenblut in sich, was aus einer Zeit rühre, da die Reiterhorden Dschingis-Khans die Thüringer Lande durchstreift hätten. Ob das wirklich stimmte, wusste sie natürlich nicht. Seine Augen waren ebenso schwarz wie seine Haare und sein Schnurrbart, und obwohl Margarete ihn an Körpergröße überragte, kam es nicht selten vor, dass bei einem unvorhergesehenen Zusammentreffen mit ihm in den schlecht ausgeleuchteten Räumlichkeiten des Marstalls ein Schauder sie packte.

Margarete spürte den forschenden Blick ihrer Mutter und schluckte den Bissen vom Brot, den sie gerade im Mund hatte, hinunter. »Ich muss erst mal alles für mich selbst sortieren«, bat sie um Nachsicht. »Morgen kann ich euch sicher schon Rede und Antwort stehen.«

Ihre Mutter seufzte laut und schenkte ein weiteres Mal die Tassen voll. »Du wirst sehen«, sagte sie mit Blick auf die Küchentür, »er beruhigt sich schon wieder. Du weißt ja, dass es uns nicht an Geld mangelt. Darum geht es auch gar nicht. Aber der Ruf der Familie ist ihm sehr wichtig, wie du weißt. Jetzt schlaf dich erst mal aus, und morgen werden wir sehen.«

»Wo sind eigentlich Trude und Fritz?«, erkundigte sich Margarete nach ihren jüngeren Geschwistern.

»Trude ist noch in der Schule, Fritz an der Universität«, antwortete die Mutter. »Sie freuen sich schon darauf, dich wiederzusehen.«

Margarete spürte, wie die Müdigkeit schwer in ihren Gliedern hockte. Mühsam erhob sie sich von ihrem Stuhl. Eine letzte Umarmung, dann stieg sie die Treppen zu ihrem Zimmer hinauf, in dem bereits ihre Reisetasche auf sie wartete. Doch zum Auspacken fehlte ihr die Kraft. Noch nicht einmal den Reisestaub wollte sie sich abspülen. Lediglich die Toilette suchte sie auf und putzte sich flüchtig die Zähne.

Was für ein Unterschied zu dem kratzigen Strohsack!, dachte sie noch, während sie sich ins Unterbett kuschelte. Kurz darauf war sie eingeschlafen.

Am nächsten Tag besuchte sie ihre Freundin Gunda, die sie auf der Kunstgewerbeschule kennengelernt hatte. Auch nachdem Margarete auf die Kunstakademie nach Düsseldorf gegangen war, während Gunda geheiratet hatte, waren sie in Kontakt geblieben. Gunda war nicht unmaßgeblich daran beteiligt gewesen, dass Margarete unbedingt ans Bauhaus gewollt hatte. Irgendwie war der Freundin über mehrere Ecken das Programm des Bauhauses in die Hände gelangt. Und

Gunda hatte ihr mit leuchtenden Augen das gezeigt, was darin geschrieben stand. »Hier, lies!«, hatte sie befohlen und Margarete das schmale Faltblatt in die Hand gedrückt.

Als Lehrling aufgenommen wird jede unbescholtene Person ohne Rücksicht auf Alter und Geschlecht, deren Begabung und Vorbildung vom Meisterrat als ausreichend erachtet wird.

»Hier wird endlich wahrgemacht, was viele von uns schon so lange fordern.« Gunda war ganz aufgeregt gewesen. »Frauen können alles erreichen, was auch Männer können«, stieß sie hervor. »Wenigstens in der Kunst.«

Margarete war noch nicht überzeugt gewesen. Warum sollte sie die Kunstakademie verlassen? Hier lernte sie doch auch die Dinge, die ihr wichtig waren. Was sollte dieses *Bauhaus* mehr bieten?

»Papier ist geduldig«, hatte sie geantwortet. »Wer weiß, wie es wirklich dort aussieht!«

»Aber sie haben im ersten Jahr mehr Frauen als Männer aufgenommen«, gab Gunda zurück. »Das sagt doch alles, oder?«

»Und woher willst du das wissen?«

»Ich kenne jemanden, der dort ist.«

»Ach. Wen denn?« Gunda trank genüsslich aus ihrer Kaffeetasse und zögert die Antwort hinaus.

»Hinnerk Scheper.« Das Porzellan klirrte, als sie die Tasse abstellte.

»Wieso kennst du Hinnerk? Der war doch mit mir auf der Kunstakademie.« Gunda zog einen kleinen Spiegel aus ihrer Handtasche und klappte ihn auf. Margarete wartete ungeduldig auf ihre Antwort. Nachdem die Freundin ihr Make-Up überprüft und den Spiegel wieder verstaut hatte, antwortete sie:

»Mein Mann kennt ihn, frag mich nicht woher.«

»Und der ist jetzt am Bauhaus?«

Gunda nickte. Margarete dachte an den schlaksigen Mann mit dem schmalen Gesicht und den mit Pomade über den Kopf glattgestrichenen Haaren und wunderte sich.

»Und was erzählt er noch so?«

»Na ja, dass dort kein Unterschied zwischen dem starken und dem schönen Geschlecht – so hat er sich ausgedrückt – gemacht wird. Alle haben gleiche Rechte, aber auch gleiche Pflichten. Und dort wird eben etwas Neues versucht. Die Verbindung der Kunst mit dem Handwerk. Vielleicht kommt dir da deine Zeit in der Kunstgewerbeschule zugute. Und«, hier verfiel sie ins Flüstern, obwohl in dem Café, in dem sie gerade saßen, sicherlich keine Gefahr bestand, dass jemand sie belauschte, »die machen dort ganz verrückte Sachen: Freie Liebe, Nacktbaden, Kostümfeste und Alkohol, alles, was unseren Eltern die Schamröte ins Gesicht treiben würde.«

Margarete hatte zugehört, war aber noch nicht überzeugt gewesen. Gunda war bekannt dafür, dass sie schnell Feuer und Flamme war, jedoch genauso schnell auch das Interesse wieder verlor. Trotzdem hatte sie das Programm, das mit *Bauhaus-Manifest* überschrieben war, mitgenommen und zu Hause intensiv studiert.

Sie verstand nicht alles. Was sollte dieser erste Satz bedeuten: *Das Endziel aller bildnerischen Tätigkeit ist der Bau?* Die Bildenden Künste müssten aus ihrer selbstgenügsamen Eigenheit erlöst werden. Was meinte der Bauhausgründer damit? Das, was sie bis jetzt an der Kunstakademie gemacht hatte, bezeichnete Walter Gropius als Salonkunst, wenn sie seine Sätze richtig verstand. Kunst sei nicht lehrbar, las sie. In gewisser Weise stimmte sie dieser Meinung zu. Sicher konnte man gewisse handwerkliche Grundlagen erlernen, jedoch Talent und Inspiration waren wichtige Komponenten, die nötig waren, um einem Kunstwerk Seele einzuhauchen. Was dazu jedoch das Erlernen eines Handwerks beitragen sollte, verstand Margarete nicht. *Der Künstler ist eine Steigerung des Handwerkers.* Hmmm. Bei den Zielen des Bauhauses stand es noch einmal: *Die Wiedervereinigung aller werkkünstlerischer Disziplinen … zum Einheitskunstwerk.*

Wollte sie wirklich ein Handwerk erlernen? Denn das stand, wenn sie das Programm richtig interpretierte, für jeden

Studierenden auf der Tagesordnung. Wollte sie, wie es hier ausgedrückt war, *umfangreiche utopische Bauentwürfe* mit ausführen?

Das Einzige, was ihr an diesem ganzen Programm wirklich zusagte, war der Abschnitt: *Pflege freundschaftlichen Verkehrs zwischen Meistern und Studierenden außerhalb der Arbeit; dabei Theater, Vorträge, Dichtkunst, Musik, Kostümfeste. Aufbau eines heiteren Zeremoniells bei diesen Zusammenkünften.*

Das war es wohl, wovon Gunda gesprochen hatte. Aber deswegen von Köln wegzugehen, um ab und zu mit ihren Professoren zusammen zu feiern, nein, das war doch gar zu absurd!

Das, was sie über die zeichnerische und malerische Ausbildung las – das Einzige, was für sie in Frage kam – konnte sie auch nicht überzeugen. Denn all das hatte sie bereits auf der Kunstakademie gelernt. Gut, in einem Jahr konnte man keinesfalls davon sprechen, dass man etwas *gelernt* hatte. Jedenfalls nicht bis zur Perfektion. Aber sie gestand sich auch ein, dass sie mittlerweile von der Akademie gelangweilt war. Immer dieselben Rituale, nichts Neues und Überraschendes in der Lehre. Malen, wie schon immer gemalt wurde. Der Entfaltung der eigenen Kreativität wurde hier nicht besonders viel Platz eingeräumt. Schon länger hatte Margarete das Gefühl, sich in einem starren Korsett zu bewegen. Würde hier vielleicht die Herausforderung in Weimar liegen?

Weimar. Der Name der Stadt hatte einen besonderen Klang. Hier hatten die Größen der Deutschen Klassik gewirkt: Goethe, Schiller, Herder. Sie könnte die Wirkungsstätten der Dichter und Denker besuchen, vielleicht würde sie das in ihrer Kunst inspirieren.

Nach und nach hatte der Virus *Bauhaus* Margarete infiziert. Und so hatte sie, ohne mit ihren Eltern darüber zu reden, eine Mappe zusammengestellt und diese an den Leiter des Bauhauses, Walter Gropius, geschickt.

»Hey, da bist du ja schon! Wartest du schon lange?«

Margarete wurde aus ihren Erinnerungen gerissen. Gunda kam ins Café und brachte einen Schwall kühler Herbstluft mit. Sie umarmten sich lange. Nachdem Gunda ihren Mantel abgelegt und dem Kuchenbuffet einen Besuch abgestattet hatte, setzte sie sich Margarete gegenüber und betrachtete mit ernster Miene ihr Gesicht.

»Ehrlich gesagt, siehst du nicht besonders gut aus. Was ist los? Wieso bist du wieder hier?«

Der Kellner, der gerade den gewünschten Kuchen vor Gunda absetzte und die restliche Bestellung aufnahm, verschaffte ihr noch einige Minuten der Besinnung.

Doch dann musste sie Gunda Rede und Antwort stehen.

Sie trank noch einen großen Schluck von ihrem Kakao und begann dann mit ihrem Bericht.

Bauhaus (November 1920)

Sie war aufgenommen worden! Endlich, nach zwei Absagen, als sie schon fast die Hoffnung verloren glaubte. Was war wohl dieses Mal anders gewesen? Ihre eingereichte Mappe mit Arbeiten aus den Schulen in Köln und Düsseldorf hatte dem Meisterrat schon bei ihrer ersten Bewerbung vorgelegen. Hatte sie durch ihre Hartnäckigkeit überzeugt? Oder war überraschend ein Platz frei geworden?

Jetzt sollte sie zum ersten Mal dem Direktor der Schule persönlich gegenübertreten. Walter Gropius. Was hatte sie schon alles von ihm gehört! Wie revolutionär war seine Forderung, alle Kriegerdenkmäler niederzureißen, die er während seiner Zeit im Arbeitsrat für Kunst geäußert hatte! Kunst als Mittel zur Revolutionierung der Gesellschaft – was er damit wohl meinte? Egal. Es klang gut. Da wagte jemand etwas! Sie wusste, dass er sein Architekturstudium nicht abgeschlossen hatte. Ihr Vater hatte sogar behauptet, er hätte es schon deshalb niemals erfolgreich beenden können, weil er unfähig gewesen sei, eine Zeichnung aufs Papier zu bringen. Woher ihr Vater das wohl wieder hatte?

Mit der Gründung dieser neuen Schule hatte Gropius jedenfalls gezeigt, dass Abschlüsse völlig überbewertet wurden. Das fand Margarete, die stark unter Prüfungsangst litt, sehr sympathisch.

Bevor sie sich in Köln in den Zug gesetzt hatte, war sie noch beim Friseur gewesen und hatte sich den kurzen Schnitt verpassen lassen, den man jetzt in Berlin in den Tanzlokalen sah. Eine Freundin hatte ihr davon berichtet. Frauen, die sich gegen ihre Rolle als Hausmütterchen auflehnten und gehört werden wollten, kleideten sich wie Männer und opferten das Symbol ihrer Weiblichkeit. »Macht euch endlich frei von der Haushaltssklaverei!«, dieser Ruf war auch nach Köln durchgedrungen. Erna Meyer hatte diese Forderung aufgestellt, eine Frau, die Küchen konzipierte, die es den Frauen einfacher machen sollten, Hausarbeit und Kinderbeaufsichtigung kräfteschonend zu verbinden. Nicht, dass diese Themen Margarete übermäßig interessierten. Sie war es gewohnt, von dienstbaren Geistern umgeben zu sein und hatte nicht vor, in Zukunft daran etwas zu ändern. Doch sie wusste auch, dass es der Mehrzahl der Frauen anders erging.

Bei einem Herrenausstatter hatte sich Margarete mit drei Anzügen samt weißen Hemden, breiten Gürteln und verschiedenen gemusterten Krawatten einkleiden lassen. Wenn sie an den indignierten Blick des Schneiders dachte, musste sie immer noch kichern.

Dazu hatte sie sich zwei Paar bequeme Schnürschuhe mit flachen Absätzen gekauft. Lediglich ein Hochziehen der Brauen hatte sie bei ihrem Vater bemerkt, als sie in ihrem neuen Aufzug im Wohnzimmer erschienen war.

Und nun saß sie in ihrem Anzug mit gemusterter Krawatte über dem weißen Hemd vor dem Allerheiligsten und knetete ihre Hände. Endlich wurde sie von der Sekretärin hereingerufen. Der Meister erhob sich hinter seinem massiven Schreibtisch und wies mit seiner Hand auf den Stuhl davor. Kein Wort der Begrüßung. Margarete war verwirrt. Sollte sie zuerst sprechen?

Seine Erscheinung war respekteinflößend. Die hohe Stirn war bereits von sichtbaren Furchen geteilt. Der Haaransatz trotz seines jungen Alters bereits weit zurückgewichen. Tiefliegende dunkle Augen unter buschigen Brauen musterten sie. Eine dominante Nase beherrschte sein Gesicht. Er trug einen Anzug aus Tweed - die Rockschöße abgerundet - und darunter eine Weste, ein weißes Hemd und eine dunkle Krawatte. Endlich schien auch er mit seiner Musterung fertig zu sein, denn er setzte sich wieder und faltete seine schlanken Hände über der Schreibtischplatte zusammen.

»Fräulein Heymann also«, begann er. Margarete schwieg und nickte.

»Sie scheinen ja wirklich unbedingt bei uns studieren zu wollen. Selten hat es jemand mit drei Anläufen versucht. Warum ist es Ihnen so wichtig, hier am Bauhaus lernen zu wollen?«

Margarete atmete tief ein, bevor sie antwortete: »Ich finde es an der Zeit, dass die verkrusteten Strukturen und Denkweisen aufgebrochen werden. In der Kunst und in der Gesellschaft.« Diesen Satz hatte sie sich zurechtgelegt, weil sie hoffte, dass er die Überzeugungen des Gründers spiegelte.

Im Gesicht von Gropius zeigte sich keine Regung. Er schien abzuwarten, ob sie dem noch etwas hinzuzufügen hatte. War ihre Antwort zu plump gewesen? Zu anbiedernd? Als sie schwieg, ergriff er das Wort.

»Sie kommen ja mit einer eher künstlerischen Vorbildung zu uns. Sicher wissen Sie, dass hier das Handwerk neben der Kunst als ein Pfeiler unserer Lehre gesehen wird. Deshalb werden Sie – ebenso wie alle anderen Schüler – zunächst den Vorkurs durchlaufen. Und zwar bei Meister Itten. Dort werden Sie sich mit Natur- und Materialstudien beschäftigen, viel über Farb- und Formenlehre hören, Sie werden Alte Meister analysieren und Akt zeichnen. Ebenso werden Sie bei Gertrud Grunow an Ihrer seelisch-geistigen wie körperlichen Lockerung arbeiten, die unabdingbar für die kreative Arbeit ist. Der Vorkurs dient auch dazu festzustellen, für welche Art von künstlerischer Arbeit, für welches Material und also für welche unserer Werkstätten Ihre Talente am besten geeignet sind.

Wenn der Meisterrat am Ende des Semesters die Entscheidung trifft, dass Sie für ein Studium infrage kommen, werden Sie ab März in eine der Werkstätten aufgenommen.«

Das alles wusste Margarete. Sie hatte sich schließlich vorbereitet. Sie nickte.

Gropius nahm nun eines der gelblichen Faltblätter in die Hand, mit denen der ganze Schreibtisch bedeckt war. Margarete erkannte darin das *Manifest*, das sie bereits zu Hause studiert hatte. Auf der Vorderseite sah Margarete den Holzschnitt, der in expressiver Weise eine Art Kirche darstellen sollte. Schräg wie Strahlen auf die obere Mitte zulaufende

Bahnen kreuzten sich knapp über der Kirchturmspitze. Es war ein Werk voller Kraft und Eindringlichkeit.

Gropius wedelte mit dem Blatt vor seinem Gesicht herum. »Das sollten Sie sich auf jeden Fall durchlesen«, sagte er. »Darin finden Sie alles, was diese Schule ausmacht. Feininger hat in seinem Holzschnitt die Rückbesinnung auf die gotische Bauhütte thematisiert, die er als Kathedrale darstellt. Und hier, diese drei Sterne«, dabei zeigte er auf drei Punkte, an denen sich die Hauptstrahlen mit anderen kreuzten, »stehen für die drei wichtigsten Künste: die Architektur, die Skulptur und die Malerei. Hier am Bauhaus werden diese Künste zusammengeführt und ergeben wiederum ein Kunstwerk, das alle vereint.«

Sollte sie ihm sagen, dass sie alles bereits gelesen hatte? Würde er sie für vorlaut halten oder gar loben? Noch bevor Margarete zu einem Entschluss gekommen war, dozierte der Meister weiter. »Architekten, Bildhauer, Maler, wir alle müssen zum Handwerk zurück. Denn es gibt keine Kunst von Beruf. Es gibt keinen Wesensunterschied zwischen dem Künstler und dem Handwerker. Der Künstler ist eine Steigerung des Handwerkers.«

Er sah sie an. Unter seinem durchdringenden Blick wurde ihr heiß. Was wollte er hören? Was erwartete er von ihr? Schließlich ermahnte sie sich selbst: *Du bist doch kein sprachloses Gänschen, du hast doch was zu sagen!* Sie presste heraus: »Ich habe das *Manifest* bereits studiert. Es ist der Grund, weshalb ich hier bin.« Ihre Stimme klang so leise, dass sie fürchtete, er habe sie nicht verstanden. Doch dem schien nicht so zu sein, denn er nickte wohlwollend.

»Sie wissen ja, dass wir uns hier als eine große Familie empfinden. Das heißt, wir erwarten nicht nur von unseren Studenten, dass sie alle gemeinsam wohnen, essen und auch für die Zubereitung der Mahlzeiten arbeiten, sondern dass auch die diversen Festivitäten gemeinsam vorbereitet und durchgeführt werden. Wie Sie ebenfalls vielleicht gehört haben, ist die Finanzlage unserer Institution sehr angespannt.

Deshalb legen wir Wert darauf, dass ein jeder bei der Bestellung unserer Nutzgärten mithilft und ebenso die vorhandenen Möglichkeiten der Gewinnung von Material für unsere künstlerische Arbeit ausschöpft. Bei uns gibt es keinen Abfall. Jedes noch so kleine Schnipselchen wird weiterverwendet. Dabei ist es völlig egal, ob ein Student aus einem begüterten Elternhaus stammt, so wie Sie«, hierbei bedachte er Margarete mit einem fast schon tadelnden Blick, »oder aus einem einfachen Arbeiterhaushalt. Jeder soll hier die gleichen Chancen haben, seine künstlerischen Vorstellungen zu entwickeln.«

Margarete schwieg. Fast schämte sie sich dafür, dass ihr Vater eine Tuchfabrik besaß, die er von dessen Vater geerbt hatte. Waren das etwa die neuen Zeiten, in denen es bereits als Makel galt, wenn man nicht arm war? Ihr hatte der Wohlstand, in dem sie aufgewachsen war, nie etwas bedeutet. Allerdings, das musste sie zugeben, war er doch mit allerhand Annehmlichkeiten verbunden. Es war angenehm, nicht kochen und putzen zu müssen. Ihre Kleidung hatte sie stets sauber und gebügelt in ihrem Schrank vorgefunden. Das würde hier in Weimar wohl anders werden. Aber auch das würde sie irgendwie lernen müssen.

Allerdings hatte ihr Vater darauf bestanden, dass sie nicht zusammen mit den anderen Studenten wohnte, sondern bei einer Zimmerwirtin, deren im Krieg gefallener Mann über ein paar Ecken mit ihm bekannt gewesen war. Sicher hoffte er, sie würde ein Auge auf Margarete haben und ihm berichten, sollte sich seine Tochter nicht anständig benehmen. Doch damit wollte sie dem Meister jetzt nicht kommen. Wenn er keine Kenntnis davon hatte, so war das vielleicht auch ganz gut so. Bei den vielen Studenten war es sicher nicht einfach, den Überblick zu behalten. Also schwieg Margarete. Vielleicht würde ihr die zusätzlich zum Schulgeld entrichtete großzügige Spende ihres Vaters ans Bauhaus auch eine etwas nachsichtigere Behandlung zuteilwerden lassen.

Gropius war inzwischen hinter seinem Schreibtisch aufgestanden, so dass auch Margarete sich erhob. »Sie werden Meister Itten schon morgen kennenlernen, denn er wird, wie schon gesagt, Ihren Vorkurs leiten. Begegnen Sie ihm bitte mit Toleranz und ohne Vorurteil. Er ist etwas …«, hier stockte er, als suche er nach dem passenden Wort, »… etwas speziell.«

Sie reichten sich die Hände und Margarete verließ das Büro. Am nächsten Tag erfuhr sie, was Gropius mit der Charakterisierung Ittens gemeint hatte.

Der Beseelte (November 1920)

Was hatte es mit dem Tempelherrenhaus auf sich, vor dem sich Margarete am nächsten Morgen einzufinden hatte?

Ihre Zimmerwirtin, die sie bei einem Tee und ungenießbaren harten Keksen danach fragte, wusste Näheres.

»Es ist eine ehemalige Orangerie«, antwortete die Witwe, nachdem sie ihr Gebiss zurechtgeschoben hatte. »Der Park wurde Ende des Achtzehnten Jahrhunderts umgestaltet, unter wesentlicher Mitwirkung unseres Geheimrates.« Das sagte sie so stolz, als sei sie mit Goethe persönlich bekannt gewesen. *Du bist zwar alt,* dachte Margarete und konnte sich ein Schmunzeln nur mit Mühe verkneifen, *doch so alt nun auch wieder nicht.*

»Im Zuge dieser Umgestaltung wurde das Gewächshaus zu einem romantischen Salon für den herzoglichen Hof umgebaut.«

»Und was hat es mit den Tempelherren auf sich? Goethe war ja Mitglied einer Freimaurer-Loge, so weit ich weiß«, versuchte Margarete, mit ihrem Schulwissen zu punkten.

»Tatsächlich gab es eine Loge«, antwortete die Witwe Grün. »Sie war damals als Johannisloge gegründet worden und trug den Namen der Herzogin Anna Amalia. Sie werden die vier Figuren, die die oberen Dachecken des Salons schmückten, sehen. Das sollen die Tempelherren sein, derentwegen das Haus seinen Namen erhielt. Allerdings hat das Haus selbst nichts mit der Logenarbeit zu tun. Die fand anderswo statt.«

Die Witwe genehmigte sich noch einen Schluck Tee. Dabei schlürfte sie ganz undamenhaft.

»Und wozu wurde das Haus dann genutzt?«

»Man gab darin Konzerte; sogar Franz Liszt soll dort gespielt haben. Außerdem fanden Empfänge und Ausstellungen statt.«

Der Blick der Witwe wurde lauernd. »Wie ich hörte, dient es heute ja sehr viel profaneren Dingen«, bemerkte sie. Margarete wusste nicht genau, was die alte Dame meinte. Ihr Ton hatte so tadelnd geklungen. Sah sie die Kunstausübung als etwas, dem heiligen Ort Unangemessenes?

»Sie meinen das Atelier?«, vergewisserte sie sich.

Die weißen Augenbrauen schoben sich wie zwei blasse Würmer aufeinander zu.

»Wenn es nur das wäre!«, seufzte sie.

Doch mehr war aus ihr nicht herauszukriegen. Lediglich einen Satz, mit unheilschwangerer Stimme ausgestoßen, sandte sie Margarete noch hinterher: »Sie werden schon sehen, Fräulein Heymann, Sie werden schon sehen!«

Voller Spannung, was sie wohl dort erwarten möge, trat Margarete am nächsten Morgen den Weg von ihrer Pension in der Belvedere Allee hinüber in den Park an.

Von Ferne schon sah sie ein Grüppchen Studenten neben dem imposanten Gebäude auf dem Rasen stehen. War sie etwa gleich am ersten Tag zu spät? Atemlos eilte sie auf die Gruppe zu. Die Gespräche verstummten, und sie fühlte alle Blicke auf sich gerichtet. Den Mittelpunkt der Gruppe bildete ein merkwürdig aussehender Mann mit Glatze, runder Nickelbrille und gekleidet in eine Kutte mit Stehkragen und Ärmelaufschlägen, die an eine Uniform erinnerte. Auf der Vorderseite des dunkelgrauen Gewandes waren große Taschen aufgenäht und unter dem Stehkragen schimmerte eine runde Brosche. Dazu trug er Hosen, die oben weit und unten eng waren. Als er das Wort an sie richtete, wurde ihr klar, wen sie hier vor sich hatte: Meister Itten höchstpersönlich.

»Wir begrüßen unseren Neuzugang, Fräulein Margarete Heymann, und beginnen mit unseren Atemübungen.«

Atemübungen? Irritiert sah Margarete sich um. Alle stellten sich so auf, dass genügend Abstand zwischen den Einzelnen war und sahen erwartungsvoll zum Meister, der mit seinen Kommandos begann.

»Atmet tief ein!«, lautete seine erste Anweisung.

»Haltet jetzt die Luft an stoßt sie nun rhythmisch wieder aus!«

Margarete tat es den anderen gleich, auch wenn sie keinen Sinn darin erkennen konnte. *Er wird schon wissen, wozu das gut ist,* beruhigte sie sich.

»Jetzt stoßt den Atem mit einem Ton wieder aus. An- und abschwellend.«

Margarete fühlte sich wie in einem Bienenstock. Nun forderte der Meister sie auf, sich zu den Tönen zu bewegen.

»Strecken Sie Ihren Körper! Pflücken Sie die Äpfel vom Baum!«

Nachdem sie noch weitere Verrenkungen hatten machen müssen, beendete Itten die *Erwärmung.*

Die Spaziergänger mit Hut und Gehstock, die stehengeblieben waren, um ihrem Gehampel zuzusehen, fragten sich vermutlich ebenfalls, wozu das alles gut sein sollte. *Du hast das Neue gewollt,* wies sie sich selbst zurecht. *Jetzt lerne auch damit umzugehen!*

Doch die Merkwürdigkeiten gingen weiter. Das, was Itten da mit ihnen im Inneren des Tempelherrenhauses veranstaltete, hatte nichts mit dem zu tun, was Margarete an der Kunstakademie gelernt hatte.

»Wir werden den Akt heute rhythmisch zeichnen. Ich zähle, und Sie zeichnen den Akt in Kreisbewegungen. Wenn das Modell rechtsherum geht, zeichnen Sie rechtsherum, wenn es linksherum geht, linksherum. Sie ahmen quasi die Bewegungen des Modells auf dem Papier nach. Wichtig ist eine gleichförmige Handbewegung. Alles muss im Fluss bleiben.«

Während sich das Modell also bewegte und Itten zählte, spielte er Musik vom Grammophon. Neugierig sah Margarete auf die Blätter der anderen. Wie sollte sie die Bewegung einfangen? Was wollte Itten?

Die Antwort erhielt sie, als er neben ihr stand: »Sie müssen Ihre Empfindungen aufs Papier bringen, den Rhythmus und die Bewegung erfassen. Überlegen Sie nicht so lange. Zeichnen Sie ganz schnell, was Sie sehen und fühlen!«

Damit konnte Margarete nicht viel anfangen. Das sollte die neue Kunstschule sein?

Nach dem Aktzeichnen sprach sie Hinnerk Scheper an, den sie schon zuvor bei den gymnastischen Übungen entdeckt hatte.

»Hallo Hinnerk, Gunda hat mir schon erzählt, dass du auch hier bist. Schön, ein bekanntes Gesicht zu sehen!«

Er schien sich gleich an sie zu erinnern. »Klar bin ich hier! Wo sonst wird gerade so viel Neues ausprobiert?«

Margarete seufzte. »Wenn das alles so merkwürdig abläuft wie hier«, und dabei umfasste sie mit einer Armbewegung das gesamte Gebäude, »weiß ich gar nicht, ob ich hier am rechten Ort bin.«

»Jetzt warte doch erst einmal ab, bevor du dir ein Urteil bildest«, erwiderte Hinnerk. »Itten lässt uns auch schon mal auf Schrott- und Müllplätzen nach Material für unsere Plastiken suchen. So ist halt der neue Stil. Außerdem fehlt es dem Bauhaus immer an Geld. Du wirst schon noch sehen, was wir hier zum Essen bekommen.«

Margarete schaute Hinnerk fragend an. Doch der winkte nur ab. »Es wird dir gefallen, glaub mir! Itten ist zwar ein wenig …«, hier machte er eine unmissverständliche Handbewegung vor seiner Stirn, »… aber seine Lehre ist neu und unkonventionell. Lass dich überraschen!«

Überrascht wurde Margarete in der Tat. Itten schien es nicht um reine Wissensvermittlung oder Anleitung zum künstlerischen Tun zu gehen. Er stellte Fragen, die sich Margarete noch nie gestellt hatte: *Wer bist du? Was willst du? Was ist deine Stellung in der Welt?*

Sein Motto war: Erst die Bildung, dann die Ausbildung! Und unter Bildung verstand er in erster Linie die Selbstfindung und -erkenntnis.

Wenn er in seinen wallenden Gewändern und mit seinem schweizerischen Dialekt über seine Heilslehre sprach, die Elemente von zarathustrischen, christlichen und hinduistischen Religionen in sich vereinte und den Kunstnamen *Maz-*

daznan trug, was übersetzt wohl so viel wie *Meister des Gottesgedankens* hieß, hatte Margarete den Eindruck, einem religiösen Fanatiker zuzuhören. Wie konnte ein Mann wie Gropius solch einen Spinner zu seinem Stellvertreter machen?

Als immer mehr Studenten mit kahlgeschorenem Schädel auftauchten, fragte sie Hinnerk, ob hinter dieser neuen Mode etwas Tieferes stecke.

»Freilich«, meinte dieser. »Itten ist der Meinung, Haare seien ein Zeichen der Sünde.«

Margarete mochte diesen Schwachsinn kaum glauben. »Und die Körner, die er uns vorsetzen lässt, und von denen ich ständig Blähungen habe, weil ich nun mal kein Huhn bin, haben die auch eine tiefere Bewandtnis?«

Hinnerk lachte und strich sich mit der Hand in kreisförmigen Bewegungen über seinen Bauch. »Hast du nicht gehört, was der Meister zur reinen Lebensweise der arischen Rasse gesagt hat?«

Margarete schluckte. »Er ist der Meinung, dass die arische Rasse sich nur mit einer reinen Lebensweise selbst erlösen könne.«

»Was meint er damit?«

Ihr Mitstudent lachte und zuckte mit den Schultern. »Frag mich was Leichteres!«

Margarete grübelte. Sie dachte mit Grausen an das Mus, das man aus rohem, frisch geerntetem Gemüse hergestellt hatte, Gemüse, das jetzt, im November hauptsächlich aus Lauch und Kohl bestand, und das so schlaff und fasrig war, dass man Knoblauch beigeben musste, um wenigstens ein bisschen Geschmack in den undefinierbaren Brei zu bringen. Auch diese sogenannte »Reformhaus-Diät« war auf Ittens Überzeugungen zurückzuführen, denen sich Gropius vollkommen unterzuordnen schien. Wenn er sich so ernähren wollte, Bitteschön! Aber wieso mussten dann alle diesen Fraß zu sich nehmen?

Doch was sollte das mit den Ariern bedeuten? Waren am Bauhaus nicht alle gleich? Egal wo sie herkamen, egal welches Geschlecht sie hatten und welchen Glauben?

Sicher, Ittens Analysen der Alten Meister, in denen er seine Studenten unterwies, hatten durchaus Aspekte, die für ihr eigenes künstlerisches Arbeiten hilfreich sein konnten. Mit seiner Methodik versuchte er mittels Sprache oder mathematischen Verfahren wie Arithmetik und Geometrie sowie abstrahierendem Zeichnen zum Wesen bildkünstlerischer Werke vorzudringen.

Oft waren sie in der Stadtkirche und zeichneten nach vorgegebenen Aufgaben, die sich meist auf Rhythmus, Sicht- und Blickachsen bezogen, Figuren aus dem großen Cranach-Triptychon ab. Oder er zeigte ihnen Lichtbilder, wie zum Beispiel Cranachs Lucretia, und sie mussten dazu eine Rhythmus-Analyse erstellen, das hieß, mit Kohle oder Farbstiften etwas aufs Papier bringen. Dabei ging es ihm meist um Bewegung, Hauptlinie und Kurve.

Einmal, sie sollten das Wesentliche aus der weinenden Magdalena von Grünewald herauslösen, brach er angesichts der verzweifelten Versuche seiner Studenten in lautes Geschrei aus: »Wenn Sie ein künstlerisches Empfinden hätten«, donnerte er, »so müssten Sie vor dieser erhabenen Darstellung des Weinens, das das Weinen der Welt wäre, nicht zeichnen, sondern dasitzen in Weinen zerfließen!«

Ebenso erstellten sie Farbanalysen, Reliefs aus Gips und dreidimensionale plastische Studien aus Holz. Materialstudien aus verschiedenen Papiersorten, Stoffen, Filz und Draht gehörten genauso zu seinem Vorkurs wie Gegenstände, die sie sich in der Natur zusammensuchten und dann entsprechend anordneten.

Die Ausflüge in die Gegend um Weimar, wo er sie anhielt, Disteln und Gräser zu zeichnen oder eine Studie der Baumrinde anzufertigen, kamen Margaretes Vorstellung von Wissensvermittlung schon näher. Dabei ging es ihm auch darum, das Beobachtungsvermögen zu schulen, denn oft mussten sie aus dem Gedächtnis das Gesehene detailliert nachzeichnen. Doch manchmal gab er ihnen Aufgaben, die nicht einfach zu lösen waren: Einen Sturm zeichnen. Mit geschlossenen Augen Gefühle malen. Und dann das beidhändige Malen, das ihr große Probleme bereitete. Während ihre Rechte einen Kreis aufs Papier bannte, musste gleichzeitig ihre Linke daneben einen senkrechten Strich ziehen. Doch ihre Hände wollten nicht so, wie es ihr Gehirn ihnen befal. Ihre Kreise sahen aus wie Eier, und ihre Striche hatten Kurven und Ausbeulungen. Wer malte schon so? Wozu sollte das gut sein?

Itten leitete auch die Abteilung Wandmalerei, die Tischlerei, die Abteilung Plastik, die Metallwerkstatt und die Glasmalerei. Für all diese Werkstätten war Itten als Formmeister tätig. In dieser Funktion agierte er als kreativer Kopf und Ideengeber. Das Handwerkliche wurde durch die verschiedenen Werkmeister gelehrt.

Margarete stellte zusammen mit den anderen Studierenden unter seiner Leitung Collagen her; dabei ging es ihm immer darum, das Wesen der Dinge zu verdeutlichen. Dafür hatte er seine Kontrastlehre entworfen. Eine Reduzierung der Form auf die Gegensätze spitz-stumpf, eckig-rund, rau-glatt. »Alles Wahrnehmbare wird durch Gegensätze bestimmt, auch der Mensch«, sagte er immer. »Wendet euch zunächst dem Außen zu, um im nächsten Schritt euer Inneres besser zu verstehen.«

Besondere Aufmerksamkeit richtete Itten auf die Darstellung des Hell-Dunkel-Kontrasts, des Elementarkontrasts schlechthin, der Urpolarität von Licht und Finsternis, wie er meinte.

Ein Teil seiner Kontrastlehre war auch der Gegensatz satthungrig. Margarete hatte bis dahin niemals mit eigenen Händen eine Kartoffel aus der Erde buddeln müssen. Dafür hatten sie in Köln stets Personal und kauften die Lebensmittel ohnehin auf dem Markt. Hier nun würde sie spätestens im Frühjahr, wenn die Zeit der Aussaat gekommen war, mit anpacken müssen. Würde sie dann auch, wie ihr Hinnerk erzählt hatte, im Herbst zur Erntezeit Kohlköpfe abschneiden und im Bollerwagen durch die Stadt zur Speiseanstalt fahren müssen? Wie peinlich!

Margarete quälte sich durch den Vorkurs. Krümmte stundenlang den Rücken beim Hocken am Webstuhl, stellte aus Abfall Skulpturen her und malte Farbflächen auf Wände. Schon nach kurzer Zeit wusste sie, dass diese Werkstätten für sie nicht in Frage kamen. Auch für die Bildhauerei schien sie so gar nicht geboren zu sein. Ihre Hände waren rau vom Steinstaub, und ihrer Lunge tat die Arbeit mit Stemmeisen und Hammer ebenso wenig gut. Auch das Arbeiten mit Druckplatten und Kerbschnitzbeiteln war ihre Sache nicht. Margarete war am Verzweifeln. Sollte der Weg, den sie eingeschlagen hatte, ein Irrweg gewesen sein?

Lediglich eine Frau schien sie zu verstehen und wurde ihr eine mütterliche Freundin: Gertrud Grunow. Sie war zwar keine Meisterin – trotz aller Behauptungen von gleicher Stellung von Mann und Frau war doch bis auf Helene Börner in der Textilwerkstatt keine einzige Meisterin unter den Lehrenden – durfte aber doch den praktischen Harmonieunterricht durchführen. Gertrud Grunow gehörte mit ihren damals fünfzig Jahren zu den älteren Mitgliedern am Bauhaus. Sie strahlte eine Art natürlicher Autorität aus. Darüber hinaus besaß sie eine mütterliche Aura, die es vermochte, auch in Margarete das Gefühl zu wecken, hier sei jemand, dem man sein Herz ausschütten könne.

Tanz (November 1920)

Sie hetzte die Treppen nach oben und den langen Flur entlang. Wieso nur sah hier ein Korridor wie der andere aus? Hohe, horizontal und vertikal zweigeteilte Türen aus dunklem Holz. Gegenüber noch höhere Türen mit Glaseinsätzen, die ins Treppenhaus führten. An der Decke jeweils zwei Reihen zu je drei Kugellampen. Der Flur schien kein Ende zu nehmen. Endlich hörte sie Stimmen hinter einer der Türen. Hier musste es sein!

Margarete riss die Tür auf, ohne anzuklopfen. Im großen Raum verharrten zwei Dutzend Studenten in ihrer Bewegung. Ebenso viele Augenpaare sahen sie an. Ihr lief der Schweiß den Rücken hinunter. War sie zu spät? Wieder einmal?

Am Klavier stand eine ältere Frau. Angezogen wie eine alpenländische Bergbäuerin, die graumelierten Haare zu einem Knoten am Hinterkopf aufgesteckt. Die dunkle Bluse mit den weißen Punkten war am Hals hochgeschlossen. Eine filigrane Silberbrosche am Kragen war der einzige Schmuck. Unter dem weiten Wollrock sahen nur ihre Fußspitzen hervor.

Stammelnd entschuldigte sich Margarete damit, nicht gleich den Raum gefunden zu haben. Gertrud Grunow gab ihr mit einem Winken zu verstehen, sich im Kreis einen Platz zu suchen und fuhr mit dem Unterricht fort.

Zunächst mussten sich alle, ähnlich wie schon im Park bei Itten, schütteln und strecken. Dazu wurden einzelne Töne gebrummt, gesummt und gesungen. Nach der Erwärmung setzte sich die Lehrerin ans Klavier und schlug einen Ton an. Margarete sah mit Staunen, wie sich jeder an einen anderen Platz im Raum stellte, als gäbe es unsichtbare Zeichen auf den Holzdielen, die jedem seine Position anzeigten. Auch sie suchte sich einen freien Platz und harrte der Dinge, die noch kommen würden.

Mit jedem neuen Ton, den Gertrud Grunow anschlug, wechselten die Studenten ihre Stellung, wobei jeder eine ganz individuelle Bewegung ausführte, in der er dann erstarrte. Margarete wusste nicht, was all dies bedeuten sollte und machte einfach irgendetwas nach.

Schließlich stand die Lehrerin von ihrem Klavierhocker auf und rief die Namen von Farben in die Runde. Wieder wechselten die Schüler ihre Position und begaben sich in eine bestimmte Stellung. Margarete war ratlos. Hier schien jeder, außer ihr, zu wissen, was von ihm erwartet wurde. Langsam kroch Ärger in ihr hoch. Wieso hatte sie niemand vorbereitet? Wo war der Erkenntnisgewinn? Musste sie sich auf noch mehr solchen Hokuspokus einstellen, wenn sie hier in Weimar bleiben wollte?

Die Lehrerin formulierte glücklicherweise irgendwann konkrete Anweisungen. Sie sagte: »Schaltet euren Kopf aus! Lasst eure Gefühle frei fließen! Gebt eurer Seele Raum!«

Wiederum schienen alle damit etwas anfangen zu können. Margarete war jedoch überfordert. Wie sollte sie ihre Gedanken abschalten können? Die taten doch, was sie wollten. Und liefen meist wie eine Herde neugeborener Ziegen kreuz und quer durcheinander.

»Wenn euch negative Gefühle quälen, gebt ihnen mit eurer Körperhaltung Ausdruck! Wandelt sie um in positive Gefühle!«

Margaretes Blick ging nach links, wo sich gerade zwei Frauen und ein Mann aus einer gebeugten Haltung langsam und unter mehrfachen Drehungen des Körpers um seine Achse aufrichteten, als hangelten sie sich an einem unsichtbaren Seil in die Höhe. Auf ihrer rechten Seite sah sie ähnliche Verrenkungen. Also versuchte sie, die Bewegung nachzuahmen. Dabei sah sie, dass sie von ihrer Lehrerin gemustert wurde. Deren Miene verriet nichts von dem, was sie dabei dachte.

Nach Ende der Stunde - Margarete war von der Anstrengung, nichts falsch zu machen, schweißüberströmt - forderte Gertrud Grunow sie auf, noch dazubleiben.

»Liebe Margarete«, hub sie an und schien ihr mit ihren klaren hellen Augen direkt ins Innere zu blicken, so dass sich Margarete völlig entblößt fühlte. »Ich darf dich doch hoffentlich duzen - ich sehe, dass du meine Lehre noch nicht verstehst. Und es ist selbstverständlich meine Schuld, dass das so ist. Deshalb gebe ich dir jetzt eine Unterweisung in der Harmonisierungslehre, die ich hier zu unterrichten die Ehre habe.«

Mit einer einladenden Handbewegung forderte die ältere Frau Margarete auf, neben dem Klavier auf einem einfachen Holzstuhl Platz zu nehmen.

»Je nach Ton tendiert der Körper zu einer Haltung, in der er sein Gleichgewicht findet. Jedem der zwölf Töne der chromatischen Tonleiter entspricht eine bestimmte Haltung. Außerdem habe ich den zwölf Farben, die wir im Regenbogen finden, einen Ton zugeordnet. Acht bunte Farben - das sind vier Paare von Komplementärfarben - dazu Braun als Mischung aller Farben sowie Weiß, Grau und Silber als unbunte Farben.«

In Margaretes Kopf hüpften die Worte wie Gummibälle durcheinander, ohne dass sie den Sinn dahinter zu sehen vermochte. Bunt. Unbunt. Regenbogen. Tonleiter. Sie zwang sich zur Konzentration, denn die Lehrerein war noch nicht fertig.

Sie legte eine runde, grüne Scheibe auf das Klavier und forderte Margarete auf, sich zu erheben und den Farbkreis anzuschauen. »Nimm die Farbe in dir auf, versuche an nichts zu denken, horche nur in dich hinein und fühle, was diese Farbe in dir auslöst.«

Margarete starrte auf die Scheibe und fühlte – nichts. Sie wusste, dass das nicht das war, was die Frau in dem langen Rock erwartete. Doch was sollte sie tun, es war nun mal so. In ihr war Leere. Nein, das stimmte nicht ganz. Ihre Gedanken rasten in ihrem Hirn umeinander und gipfelten in einer Frage: *Was will sie nur?*

Gertrud Grunow legte eine rote Farbscheibe statt der grünen auf das Klavier. Sie forderte sie auf, den Vorgang des Vertiefens zu wiederholen. Margarete hatte auch jetzt nicht das Erlebnis, das wohl von ihr erwartet wurde. Auch die anderen Farben, die die Lehrerin mit stiller Geduld vor sie hinlegte, führten nicht zu einer irgendwie gearteten Erkenntnis.

Doch es ging noch weiter. Als Nächstes sollte sich Margarete im komplett weiß verhangenen Raum einen Platz aussuchen und die Augen schließen.

»Jetzt stell dir die Farbe Rot als Licht vor und führe zu dem, was du fühlst, eine Bewegung aus! Lass dich durch diese Farbe tragen!«

Margarete fühlte genauso wenig wie zuvor. Doch sie wollte die nette Frau nicht enttäuschen. Deshalb bewegte sie ihre Arme langsam vor ihrem Körper wellenförmig auf und ab. Die Bewegung machte ihr Spaß, auch wenn die geschlossenen Augen gewöhnungsbedürftig waren und sie mehrmals das Gefühl hatte zu straucheln. Nacheinander sollte sie jetzt auch alle anderen Farben, die Gertrud Grunow jeweils ansagte, durch Bewegungen darstellen, wozu sie auch ihren Platz im Raum wechseln musste.

Wie viel Zeit während dieser merkwürdigen stillen Bewegungen verging, wusste Margarete nicht.

»Und, wie fühlst du dich jetzt?«

Vor dieser Frage hatte sich Margarete gefürchtet. Doch sie musste nicht einmal lügen, als sie sagte: »Irgendwie ausgeglichener als vorher.«

Die ältere Frau strahlte. »Das ist genau das, was mit diesen Übungen erreicht werden soll. Ich will eine erhöhte körperliche als auch seelisch-geistige Lockerung und Beweglichkeit damit erzielen. Denn nur ein ausgeglichener Geist kann künstlerisch-kreativ tätig sein. Die meisten Studierenden sind derart unausgeglichen und nervös, dass es unmöglich scheint, sie künstlerische Leistungen vollbringen zu lassen. Heutzutage wird viel zu viel Wert auf Intellekt und Reflexion gelegt. Alles ist schnell und modern, und die Menschen haben überhaupt nicht die Zeit, all die Neuerungen zu verarbeiten. Wirklich zu verstehen.«

Gertrud Grunow hielt in ihrer Rede inne und sah Margarete prüfend an. Erwartete sie eine Reaktion von ihr? Was sollte sie dazu sagen? Sie war ja froh, dass endlich das Frauenwahlrecht eingeführt worden und überall die Ahnung des Neuen zu spüren war. Was hatten die Männer in den letzten Jahren schon Lobenswertes vollbracht? Einen blutigen Krieg hatten sie geführt. Den Preis dafür hatten sie alle bezahlen müssen. Nun war endlich eine deutsche Verfassung beschlossen, die diesen Namen auch verdiente. Zehn Prozent Frauen waren an ihrer Ausarbeitung beteiligt gewesen. Statt preußischem Kriegsgeschrei und Kaiserverehrung gab es nun erstmals eine Republik, in der sogar Frauen etwas zu sagen hatten. Auch wenn die von SPD und USPD geforderte uneingeschränkte rechtliche Gleichstellung von Männern und Frauen noch nicht mehrheitsfähig war, befand sich die Gesellschaft doch auf dem richtigen Weg. Manches brauchte eben Zeit. Immerhin gestand man ihnen grundsätzlich dieselben staatsbürgerlichen Rechte und Pflichten zu. Doch das hatte Gertrud Grunow sicherlich nicht gemeint. Oder war sie gar dafür, die Frauen wieder zurück an den Herd zu verbannen?

»Mir geht es darum, euch für die Wahrnehmung eures eigenen Körpers, des Geistes und der Seele zu sensibilisieren. Negative Gefühle sind dabei völlig normal. Wichtig ist es, diese in einem Prozess in positive Gefühle umzuwandeln.«

Margarete wusste nicht, wie das geschehen sollte, doch sie widersprach nicht. Aber ihre Lehrerin war noch nicht fertig. Sie ergriff Margaretes Hand. Wieder schienen ihre Augen in ihr Innerstes zu blicken.

»Ich habe bei dir einen starken Widerstand gespürt. Du bist verkrampft und völlig aus dem Gleichgewicht. Ich würde gern mit dir auch weiterhin allein arbeiten. Natürlich neben den Gruppenübungen. Ich möchte versuchen, deine Hemmungen zu bearbeiten. Du scheinst dir selber im Weg zu stehen.«

Margarete wusste nicht, was sie auf diese Eröffnung sagen sollte, ohne unhöflich zu sein. Sie kämpfte gegen den Impuls an, ihre Hand aus der der Lehrerin zu ziehen. Diese lächelte plötzlich und gab sie endlich frei.

Wohin sollte das alles noch führen? Sie war doch hier, um herauszufinden, wo sie sich am besten künstlerisch verwirklichen konnte. Die Malerei, mit der sie sich hauptsächlich die letzten Jahre beschäftigt hatte, war es nicht, auch wenn sie hier wieder den Pinsel schwingen musste. Und auch die Weberei, in die Gropius die Frauen am liebsten schickte, wie ihr eine Mitstudentin hinter vorgehalter Hand geflüstert hatte, vermochte sie nicht zu begeistern. Abgesehen davon, dass sie Helene Börner, ihre Werkmeisterin, ebenso wenig leiden konnte wie die Mehrzahl der anderen Frauen. Skulpturen aus Blechdosen und irgendwelchen Metalldrähten zu fabrizieren schien ihr auch nicht das Gelbe vom Ei. Für die Architektur konnte sie nicht exakt genug zeichnen. Was blieb also noch? Würde wirklich die Keramikwerkstatt, die einzige, die sie noch nicht ausprobiert hatte, das Richtige für sie sein?

Margarete verließ Gertrud Grunow zweifelnder als sie zu ihr gegangen war. Und sie fragte sich nicht zum ersten Mal, ob die Entscheidung hierherzukommen, ein Fehler gewesen war.

Die Seelentrösterin (November 1920)

»Liebe Margarete«, begann ihre Lehrerin und rutschte auf ihrem Klavierhocker umher.

»Ich beobachte dich schon eine ganze Weile. Du bist noch immer nicht im Gleichgewicht. Es ist, als seist du gar nicht da. Wohin begibt sich dein Kopf, während du hier so tust, als würdest du eine Farbe oder einen Ton verinnerlichen und ihn in Bewegung übersetzen?«

Margarete schaute schuldbewusst auf ihre Fußspitzen, die sie leicht nach innen gedreht hatte. Sie fühlte sich wie eine Versagerin. Nein, wie ein Schulkind, das ausgeschimpft wurde, weil es eine Aufgabe nicht zur Zufriedenheit des strengen Lehrers erfüllt hatte. Was sollte sie auf diese Frage antworten? Sie wusste es nicht. Sie wusste nur, dass sie das, was diese besondere Lehrerin verlangte, nicht zu leisten imstande war. Erstens glaubte sie nicht an die Verbindungen, die Gertrud Grunow zwischen Tönen, Farben und Bewegungen gefunden zu haben meinte, und zweitens war sie stets so angespannt, so sehr mit ihren Gedanken bereits bei dem noch zu Schaffenden, dass es ihr nie oder nur selten gelang loszulassen, sich einzulassen auf die merkwürdigen Übungen.

Was sollte das bedeuten, dass die Farbe Grün der Trapezform entsprach und außerdem noch dem Farbstoff Tinte und dem Material Eisen? Weiß wiederum war verknüpft mit dem Ton C und einer runden Form sowie dem Material Marmor und einer Wellenform-Bewegung. Für Margarete waren das Spinnereien. Genau solche Spinnereien wie Ittens Ergüsse über das Heil des Mazdaznan. Wie konnte Gropius, den sie doch als einen eher rationalen Mann einschätzte, solchen Hokuspokus an seiner Schule dulden? *Wenn Papa davon erfahren würde*, hatte sie schon oft gedacht, *er würde mich sofort hier rausholen.*

Gertrud Grunow nahm Margaretes rechte Hand zwischen ihre warmen Hände. Margarete hatte immer kalte Hände, vor

39

allem jetzt im Winter in den schlecht geheizten Räumen des Bauhauses. Gertrud Grunow rieb ihre Finger, bis sie warm wurden. Dann ergriff sie die Linke und verfuhr mit ihr ebenso.

»Kind«, sprach sie alsdann, »wie willst du mit solch kalten Händen die Energie strömen lassen? Das ist doch ganz und gar unmöglich! Isst du auch genug?«

Margarete dachte mit Grausen an den undefinierbaren Brei, den man den Studenten zu Mittag vorgesetzt hatte. Der Salzstreuer hatte kaum eine Minute auf dem Tisch gestanden. Doch wollte sie sich wirklich über derartige Nebensächlichkeiten beklagen? Sie entschied sich zu einer Lüge.

»Was bedrückt dich denn? Ich fühle doch, dass du komplett blockiert bist. Bevor wir diese Blockaden nicht aufgelöst haben, hat doch alles Weitere keinen Sinn.«

Wieder entfuhr Margarete ein Seufzen. Dann brach es aus ihr heraus: »Es ist alles so anders, als ich mir das vorgestellt habe«, begann sie vage. »Die Meister scheinen nicht viel von uns Frauen zu halten – allen Manifesten zum Trotz. Sie wollen uns am liebsten alle in die Weberei stecken. Ich will aber nicht am Webstuhl sitzen. Ich will kreativ sein. Etwas Neuartiges erschaffen, nicht die Bewegungsmuster nackter Menschen malen oder mit beiden Händen gleichzeitig den Stift oder Pinsel führen, wie es Itten verlangt.« Sie betrachtete ihre linke Hand, die immer noch warm pulsierte. »Warum muss ich mit dieser Hand malen können? Wo soll da der Sinn sein? Warum muss ein Dreieck gelb sein und ein Kreis blau? Wer bestimmt das? Sie lassen uns wenigstens die Freiheit, unsere eigenen Bewegungen zu erfinden. Jeder die Seine, je nachdem, was er für Empfindungen hat. Wir sind doch alles eigenständige Menschen, für jeden gilt etwas anderes. Ich höre nun mal keinen Ton, wenn ich eine Farbe anschaue. Bin ich deshalb ein schlechterer Künstler?«

Erschöpft ließ Margarete ihre Arme sinken und drückte ihren Rücken durch. Durfte sie all das einer Lehrenden sagen?

Gertrud Grunow erhob sich von ihrem Hocker. Sie reichte Margarete kaum bis an das Kinn. Trotz der geringen Körpergröße hatte die Lehrerin jedoch eine Ausstrahlung, die sie viel größer wirken ließ.

»Liebes Kind, du bist verwirrt. Wie solltest du es auch nicht sein! Wir haben hier begonnen, etwas ganz und gar Unerhörtes aufzubauen. Und wir sind noch längst nicht am Ende. Wir sind Lernende, und unser Werk wird sich weiterentwickeln. Wir werden auch Fehler machen und hoffentlich aus diesen lernen. Du hast hier ein übervolles Angebot, aus dem du schöpfen kannst. Wen wunderts, dass dich das erst einmal überfordert. Lerne auf deinen Körper zu hören! Lass dich fallen und versuche, deinen Kopf auszuschalten. Dann wirst du sehen, dass alles ganz von allein kommt. Die richtigen Entscheidungen werden dich finden, du wirst es erkennen, wenn du es siehst.«

Sie machte eine Pause. Dann, als sei ihr etwas eingefallen, wandte sie ihren Blick wieder auf Margarete. »Warst du schon einmal in Dornburg und hast dir dort die Töpferei angesehen? Vielleicht ist ja das etwas für dich!«

Margarete hatte von Dornburg gehört, doch das, was sie gehört hatte, war nicht dazu angetan, diesen Ort, weitab vom Bauhausbetrieb, in Erwägung zu ziehen. Noch mehr Einschränkung in allen lebensnotwendigen Dingen, das Essen eingeschlossen. Gemeinsames Wohnen auf engstem Raum und schwere körperliche Arbeit, denn die Studenten mussten den Ton selbst aus der Erde holen und in mühevoller Arbeit für das Töpfern vorbereiten. Schon einige derer, die die Werkstatt mit ihren eigenen Händen im ehemaligen Marstall der Schlossanlage mit eingerichtet hatten, waren von dort nach Weimar zurückgekehrt. Warum sollte ausgerechnet sie, die nie mit ihren Händen schwere Arbeit verrichtet hatte, im schmierigen Ton herumwühlen? Margarete schluckte eine entsprechende Erwiderung herunter. Sie wollte ihre Lehrerin, die sich doch solche Sorgen um ihr Wohlergehen zu machen schien, nicht verärgern.

»Vielleicht sehe ich mir das Ganze tatsächlich mal an«, versprach sie vage.

»Es ist nicht ganz leicht hinzukommen«, gab die Ältere zu bedenken. »Aber lass dich nicht abschrecken! Um manche Dinge zu erlangen, muss man gewisse Anstrengungen in Kauf nehmen.«

Margarete dachte an die Anstrengungen, die es sie gekostet hatte, hier nach Weimar ans Bauhaus zu kommen. Mittlerweile fragte sie sich, ob es das alles wirklich wert gewesen war. Vielleicht hätte sie doch weiter an der Kunstakademie studieren sollen? Auch ihre Kenntnisse der ostasiatischen Kunst, die sie sich in einigen Kursen angeeignet hatte, wären es wert gewesen, vertieft zu werden. War sie hier tatsächlich an der richtigen Stelle?

Voller Zweifel verließ Margarete ihre Lehrerin, ahnend, dass das nicht das letzte Gespräch zwischen der älteren Frau und ihr sein würde.

Feste

Wären da nicht die Feste gewesen, vor allem die Kostümfeste, bei denen die Bauhäusler mit selbstgebastelten Verkleidungen die Weimarer braven Bürger das Staunen – und manche vielleicht auch das Fürchten – lehrten, sie wäre zurück geflohen in den Schoß ihrer Familie. So richtig hatte sie mit niemanden von den anderen Studenten Freundschaft geschlossen – da konnte der Meisterrat noch so viel Wert darauf legen – selbst ihr Kollege aus der Düsseldorfer Zeit war keiner, mit dem sie die wenigen freien Stunden verbringen mochte.

Doch das, was sie von anderen, die schon länger dabei waren, über die Feste hörte, ließ sie einstweilen ausharren. Fast jede Woche gab es einen Anlass, um zu feiern: Die Geburt eines Kindes, Geburtstage, die Fertigstellung eines Teppichs. Und da gab es noch die großen Kostümfeste, meist im Monatsrhythmus, die oft ganz spontan zustande kamen, wenn jemand das Gefühl hatte, es sei mal wieder an der Zeit. Darüber hinaus wurden Mottofeste veranstaltet. Die Höhepunkte der Festivitäten waren die jeweiligen Jahreszeitenfeste, die man schon Wochen vorher vorbereitete.

Im Mai, zum Geburtstag von Walter Gropius fand alljährlich das Laternenfest statt. Die Studierenden versammelten sich hierzu in der Dämmerung vor dem Bauhaus-Gebäude und zündeten ihre selbstgebastelten Laternen an. Dann zogen sie durch das nächtliche Weimar hin zum Ilmschlösschen, wo dann die Geburtstagsfeier stattfand.

Nachdem der Bürgermeister Umzüge durch die Stadt in Kostümen wegen *sicherheitspolizeilicher Gründe* verboten hatte – der wahre Grund lag wohl in Beschwerden der biederen Weimarer Bürger, die sich durch die fantasievollen Kostüme und Masken provoziert gefühlt hatten – legten die Feiernden ihr Kostüm erst in der abseits in Oberweimar liegenden Gaststätte an. Diese Kostüme und auch die Dekorationen waren in den entsprechenden Werkstätten angefertigt worden.

Im Juni fand dann das heidnische Sonnenwendfest statt. Dazu wurde entweder die Schöpfungsgeschichte oder ein Kasperletheaterstück aufgeführt. Wenn der längste Tag des Jahres in die Dämmerung überging, wurde ein großes Sonnwendfeuer entzündet, das sich meist irgendwo im Ilmpark befand. Die Mutigsten sprangen dann über das Feuer hinweg, so hatte sich Margarete berichten lassen.

Da Margarete erst im November 1920 nach Weimar hatte kommen können, war das Drachenfest bereits Geschichte. Und die Geschichten, die darüber kursierten, insbesondere das Wer mit Wem und Wo waren der Gesprächsstoff innerhalb der Studentenschaft. Margarete war nicht der Typ, der nach Genuss einer gewissen Menge Alkohols über die Stränge schlug. Dazu war sie viel zu sehr auf ihre Außenwirkung bedacht. Sie wollte in jeder Situation die Kontrolle behalten. Vor allem deshalb, weil das, was die anderen taten, dachten und von ihr verlangten, eben nicht von ihr kontrolliert werden konnte.

Margaretes erstes Fest fand – so wie viele andere auch – in der Speiseanstalt statt, die sich inmitten der Lehrgebäude auf dem freien Platz zwischen Preller-Bau und Winkelbau - einer Arbeit des belgischen Architekten Henry van de Velde - erhob. Auf einem übermannshohen Travertinsockel erhob sich eine Konstruktion aus Stahl und Glas. Im Sommer war es darunter, so hatte Margarete gehört – trotz der Möglichkeit, die Fenster mittels Kettenzügen zu öffnen und Tücher unter die Kuppel zu hängen – brütend heiß. Groß war das Gebäude auch nicht; ein Wunder, dass es die Schülerschaft zur Nahrungsaufnahme fassen konnte. In einem kleinen Anbau befand sich die Küche, und durch eine Luke wurde das Essen hineingereicht. Jeder der Schüler hatte einmal Küchendienst, was in erster Linie Gemüseschnippeln bedeutete. Zu Margaretes Entsetzen wurden sogar Kartoffelschalen - von denen Itten behauptete, unter ihnen befänden sich die meisten

Nährstoffe und deshalb seien sie zu schade zum Wegwerfen - in Öl ausgebraten und ergaben zusammen mit Quark eine Mahlzeit. Das Gebäude wurde von allen nur das *Glashaus* genannt.

Hier also fand das Elefantenfest kurz nach ihrer Ankunft statt, das sich vielleicht auf das berühmte und gleichnamige Hotel am Markt bezog. Zu diesem Fest, zu dem es nicht nur riesengroße aus Pappmaché gebaute Tiere zu bestaunen gab, sondern auch kostümierte Tänzerinnen aus 1001 Nacht, trug Margarete eine Pumphose, einen bestickten Bolero über einer weißen Bluse mit Puffärmeln und einen Turban. Die Bauhaus-Kapelle spielte, wie immer zu den Festen, der Alkohol floss reichlich.

Die Art des Tanzens war streng reglementiert. Man tanzte paarweise, aber nicht körpernah. Typisch war das rhythmische Stampfen. Das alles hatte freilich nichts mit den Standardtänzen zu tun, die Margarete in ihrer Jugend in der Tanzschule gelernt hatte. Ihre Eltern wären vermutlich angesichts dieser tänzerischen Verunglimpfung entsetzt gewesen. Doch Spaß machte es, das musste Margarete zugeben. Wenn es auch nicht immer ästhetisch anzusehen war.

Waren die Feste ein Grund, in Weimar zu bleiben?

Ich muss nach Dornburg, beschloss Margarete an einem nebligen Novembermorgen. *Bevor ich mich endgültig entscheide, will ich mir noch die letzte Werkstatt ansehen. Damit ich wirklich alles ausprobiert habe.*

Dornburg (November 1920)

Sie hatte, nachdem sie in Jena umgestiegen war, den Zug bis nach Dorndorf genommen, einem kleinen Ort unterhalb der drei Schlösser, die sich majestätisch auf dem Felssporn erhoben. Die Nebel hingen über dem Tal, durch das sich der Fluss malerisch hindurchschlängelte. Der Fußmarsch hinauf auf den Berg ließ sie kräftig aus der Puste kommen.

Und das willst du regelmäßig auf dich nehmen?, fragte sie sich.

In Weimar, so hatte ihr jemand erzählt, habe es keine Möglichkeit gegeben, eine Töpferwerkstatt einzurichten; hier habe sich ein Töpfermeister bereiterklärt, den Studierenden das Handwerkliche beizubringen. Einige Schüler waren schon seit Juli damit beschäftigt, den alten Pferdestall auszuräumen und herzurichten.

»Sei froh, dass du das nicht miterleben musstest!«, hatte Gertrud Coja ihr beim Elefantenfest erzählt. »Wir haben geschuftet wie die Sklaven. Die Pferdeboxen mussten entfernt, Dielen- und Ziegelfußboden musste verlegt werden. Handwerker wurden nur für die Maurer- und Elektroarbeiten bezahlt.«

Anfang Oktober war die »untere Werkstatt«, wie man sie in Abgrenzung zu der von den Brüdern Krehan geführten Töpferei weiter oben im Dorf nannte, eröffnet worden.

Als Margarete nach ihrem schweißtreibenden Marsch hinauf ins Dorf in das niedrige Gebäude trat, sah sie im großen Raum links neben dem Eingang sechs nebeneinanderstehende Arbeitsplätze mit Töpferscheiben.

An einer von ihnen erblickte sie Gertrud, die gerade dabei war, ein Gefäß in die Höhe zu ziehen. Neugierig trat Margarete näher. Fasziniert schaute sie auf die untere Drehscheibe, die, wie sie später erfuhr *Schwungscheibe* genannt wurde und auf der sich die Füße der Freundin flink bewegten. Diese Scheibe war mit der oberen, dem *Scheibenkopf*, durch eine senkrechte Achse verbunden. Gertrud selbst saß auf einem gepolsterten Holzbrett, das etwa in derselben Höhe wie die obere Scheibe an der Vorrichtung angebracht war.

Margarete beobachtete, wie durch Zauberhand – in diesem Fall durch die Hände der Freundin – ein Gefäß emporwuchs. Als Gertrud mit der Form zufrieden war, hielt sie die Schwungscheibe an und entfernte das Gefäß mittels eines Fadens, der beidseitig an zwei Stöckchen befestigt war, von der Scheibe. Dann stellte sie das Gefäß kopfüber in eine ausgehöhlte Form und diese wieder auf den Scheibenkopf, so dass sie den Sockel abdrehen und die Standfläche etwas aushöhlen konnte. Endlich war sie zufrieden und konnte sich die Hände in einer Schüssel mit Wasser waschen, um Margarete begrüßen zu können.

»Kann ich das auch mal probieren?«

Gertrud lachte. »Nun mal nicht so schnell«, versuchte sie Margarete zu bremsen. »Das sieht alles so leicht aus, aber was glaubst du, wie lange ich gebraucht habe, um einigermaßen brauchbare Töpfe herzustellen. Mustöpfe, um genau zu sein, denn diese müssen wir massenhaft fabrizieren, damit sie auf den Märkten verkauft werden können, um die Kasse zu füllen.«

»Wo sind die anderen?«

»Die sind bei Meister Krehan in der oberen Werkstatt. Dort lernen wir alle das Handwerk, bevor wir uns hier auch künstlerisch betätigen dürfen. Auch ich darf erst seit Kurzem hier drehen, weil Meister Krehan der Meinung war, dass ich es jetzt beherrsche. Den müsstest du mal an der Töpferscheibe sehen! Ein wahrer Meister. Aber lass dich erst mal herumführen! Du musst dir alles ansehen! Und glaub nicht, dass wir hier in Saus und Braus leben. Hier herrscht Mangel und Armut. Nicht nur an Brennmaterial, sondern auch an Nahrung.«

Margarete war gespannt, was Gertrud ihr alles zeigen würde. *Sicher übertreibt sie nur*, dachte sie bei sich. *So schlimm wird es schon nicht sein.*

Gegenüber den Töpferscheiben befand sich eine Grube. »Hier«, so erläuterte Gertrud, »ist die Tongrube, in der wir den Ton wässern und zerkleinern. Übrigens müssen wir uns den Ton selbst aus der Erde holen und hierherschaffen. Eine wahre Knochenarbeit, sage ich dir.«

An einem Bodenstück aus Beton blieb Gertrud stehen und wies auf die Handabdrücke in der Oberfläche. »Da haben wir uns verewigt«, sagte sie stolz. »Die Ersten, zur Erinnerung an unsere Aufbauarbeit. Die Regale und Stellagen haben wir aus den Bohlen und Holzabtrennungen der Pferdeställe gebaut. Alles, was zu gebrauchen war, haben wir verwertet.«

Margarete sah auf den Regalen verschiedene Gefäße mit farbigen Pulvern, auf denen sowohl Farbbezeichnungen als auch Nummern aufgemalt waren – allein die Vielfalt, jene unendliche Aneinanderreihung von Möglichkeiten, faszinierte sie außerordentlich. Hier konnte man aus den Vollen schöpfen. Auf einem anderen Regal lagen Gipsformen. Keramikbecher trugen die Namen der Werkzeuge, die sich in ihnen befanden: Schlingen, Kratznadeln, Modellierhölzer. Zettel waren mit Wäscheklammern an Leinen befestigt. Eimer, Schüsseln, Waagen, Pinsel, Walzen, Mörser und Siebe aller Größen füllten die Regale. Auch ein Zeichenbrett erblickte sie in einem der Räume. Margarete sah auch Werkzeuge, deren Verwendung sie sich nicht erklären konnte. Wie spannend das alles anzuschauen war!

Auf den Fensterbrettern kämpften Kakteen in getöpferten Gefäßen ums Überleben. Diese genügsamen Pflanzen waren seit Jahren der große Hit in den Stuben der Leute. Margarete konnte den stachligen Gewächsen nicht viel abgewinnen. Überhaupt hatte sie zu Pflanzen kein besonderes Verhältnis. Den *grünen Daumen*, wie die Mutter ihre Leidenschaft immer benannte, hatte Margarete definitiv nicht geerbt. Zwischen den Kakteen standen kleine Tierfiguren. Ein Elefant, ein Hund und eine Robbe.

»Und hier wird unser Ofen gebaut«, sagte Gertrud gerade. »Es wird ein sogenannter *Kasseler Ofen*. So einer, wie die Krehans in ihrer Töpferei haben.« Margarete bestaunte die Form des kuppelförmigen Brennofens, die schon zu erahnen war.

»Und was ist das Besondere daran?«, wollte Margarete wissen.

»Die Töpferware ist beim Brennen direkt dem Feuer ausgesetzt. Der Holzbrand gibt bei großer Hitzeentwicklung die klarste Flamme und schadet den Glasuren am wenigsten. Allerdings ist der Scherben auch den Brenngasen und der aufgewirbelten Asche ausgesetzt, was ein Nachteil ist.«

»Wie lange dauert das Brennen eigentlich?«

»Fünfunddreißig bis vierzig Stunden.«

Margarete sah sich weiter um.

»Wir stellen hier hauptsächlich Steinzeug her, weil sich die Tonart, die hier in der Umgebung zu finden ist, dafür am besten eignet. Die Tone lassen höhere Brenntemperaturen zu, die zum Sintern des Scherbens führen. So wird das Dichtbrennen bezeichnet, das heißt, es entsteht eine harte und wasserdichte Töpferware. Was natürlich für die Gebrauchsgegenstände, die wir herstellen, nötig ist.«

Gertrud verdrehte die Augen. Ob sie an ihre Mustöpfe dachte?

»Ich hoffe, der Ofen ist bald fertig«, erklärte Gertrud fröstelnd und umklammerte ihren Oberkörper mit den Armen. »Dann wird es hoffentlich etwas wärmer hier drinnen.«

»Und was ist dort?« Margarete wies auf die verschlossene Tür rechts vom Eingang.

»Dort ist das Atelier von Meister Marcks«, antwortete Gertrud.

Margarete beugte sich zu Gertrud und flüsterte: »Und, wie ist er so?«

Gertrud sah sie mit gerunzelter Stirn an. »Hmmm, schwer zu sagen. Jedenfalls macht er es einem nicht leicht. Er verlangt viel und ist nicht besonders locker. Ein Lehrer eben.«

Margarete konnte mit dieser Antwort nicht viel anfangen. *Ist doch auch egal*, ging ihr durch den Kopf. *Hauptsache, er kann uns etwas beibringen.* Sie hatte *uns* gedacht. Sollte das etwa heißen, dass sie sich schon entschieden hatte?

»Und wo wohnt ihr?«

Gertrud machte Margarete ein Zeichen, ihr zu folgen. Sie gingen aus dem Gebäude hinaus und Gertrud wies mit der Hand nach links, wo sich das ehemalige Kammergebäude anschloss.

»Da drin ist unsere Küche samt Mensa. Wie gesagt, jeder hat mal Küchendienst.« Sie neigte ihren Kopf Margarete zu und flüsterte: »Ich hasse Küchendienst!«

Margarete konnte das gut verstehen. Ihr erster und bisher letzter Küchendienst in Weimar hatte darin bestanden, Kartoffeln zu schälen. Irgendwann hatte ihr eine Mitstudentin das Messer aus der Hand genommen und ihr mit Blick auf die dicken Kartoffelschalen eine andere Arbeit zugeteilt.

Gertrud wandte sich nach rechts, und sie kamen zur Schmalseite des Marstalls. Dort führte eine steinerne Treppe hinauf, die zu einem, mit Ziegelsteinen gepflasterten Gang auf die Rückseite des Hauses ging. Die Türen, die sich ihnen darboten, waren in freundlichen Farben lackiert. Rosa, Hellblau, Hellgrün und Gelb. Durch eine blaue Tür betraten sie die winzige Mansarde. »Hier haben früher die Kutscher gewohnt«, erklärte Gertrud. »Als das noch der Pferdestall gewesen ist.«

Margarete besah sich die Einrichtung des winzigen Zimmers. Auf dem Bett schien statt einer Matratze ein gefüllter Strohsack zu liegen, des Weiteren waren ein Tisch mit zwei Stühlen sowie eine Kommode hineingestellt worden. Einen Kontrapunkt zu den einfachen, farbig lackierten Holzmöbeln, die sicher noch von den Kutschern stammten, stellte ein Empire-Sofa aus Kirschbaumholz dar, das mit schwarzem Damast bezogen war. Außerdem stand in der Ecke noch ein, mit farbigem Chintz bezogener dreiteiliger Paravent. Gertrud, die Margaretes Blicke richtig gedeutet hatte, erklärte, dass das Sofa und der Paravent aus dem Goethe-Schloss stammten.

Und in so einer Hutschachtel willst du leben? Da ist es ja im Zimmer der Witwe Grün noch geräumiger, ging Margarete durch den Kopf. »Gemütlich«, bemerkte sie diplomatisch.

»Wenn du hier Luxus suchst, oder wenigstens einen Standard wie in Weimar, wirst du enttäuscht werden. Wir haben im ganzen Haus nicht mal fließendes Wasser. Man kann die Zimmer zwar theoretisch vom Gang aus mit einem Kachelofen beheizen, doch fehlt es meistens an Heizmaterial.«

»Aber im Sommer muss es herrlich sein!«

»Vermutlich. Wir hatten wenig Gelegenheit, die Vorzüge des Sommers zu genießen. Zu viel war zu tun, um alles so herzurichten, dass am ersten Oktober der Betrieb beginnen konnte«, antwortete Gertrud

»Können wir zur Werkstatt von – wie hieß er noch gleich? – gehen?«

»Krehan, Max und Karl Krehan. Max ist unser Werkmeister. Wenn du kurz wartest, ich will mir nur noch eine Jacke überziehen.«

Gemeinsam stiegen sie schließlich die Treppe wieder hinab und begaben sich auf einem leicht ansteigenden Weg zum Marktplatz, wo eine massige Kirche thronte. Gertrud zeigte auf eines der Häuser gegenüber dem Marktbrunnen. »Hier wohnt Meister Krehan«, wusste sie.

Gegenüber der Friedhofsmauer machte Gertrud Halt. Mehrere Gebäude schienen die Arbeitsstätte der Gebrüder Krehan zu beherbergen. Sie betraten eine Werkstatt, in der zwei junge Frauen und ein Mann jeweils an einer Drehscheibe saßen und ein Gefäß hochzogen. Neben der jungen Frau mit dem Tuch im Haar stand ein älterer Mann im Kittel. Margarete verstand nicht, was er zu der Schülerin sagte, doch sie sah, dass seine Handbewegungen sanft und helfend waren. Nach einer Weile setzte er sich selbst an die Scheibe und ließ die Schülerin zusehen, wie er das Gefäß fertigdrehte. Und jetzt verstand Margarete, was Gertrud gemeint hatte: Dieser Mann hatte wirklich goldene Hände. Unter diesen verwandelte sich der zuvor etwas unharmonisch wirkende

Topf in einen leicht bauchigen Krug, den der Meister oben mit einer Schnaupe versah, nachdem er durch das Abnehmen des überflüssigen Tons mittels eines Messers eine gerade Kante geschaffen hatte. Nachdem er, wie schon bei Gertrud gesehen, den Boden des Kruges hergestellt hatte, erklärte er geduldig, wie der Henkel an dem Gefäß anzubringen war. Aus einer dicken Tonschlange, die er mit feuchten Händen zur gewünschten Länge gezogen hatte, fertigte er einen harmonisch geschwungenen Henkel, dessen Verbindungen zum Krug er mit Geschick unter Verwendung flüssigen Schlicks als Klebestoff herstellte. Erst, als er den fertigen Krug auf dem Holztischchen an der Drehscheibe abstellte, bemerkte er Gertrud und Margarete. Er tauchte seine Hände in die Wasserschüssel, die neben jedem Arbeitsplatz stand und wischte diese dann an seiner Schürze ab.

»Wen hat das Fräulein Coja uns denn da mitgebracht?«, fragte er freundlich und betrachtete Margarete mit seinen leicht geschlitzten Augen. Bevor Gertrud antworten konnte, ergriff Margarete das Wort. »Ich bin hier, weil ich mich für die Töpferei einschreiben will.« Sobald sie diese Worte ausgesprochen hatte, wurde ihr klar, dass es wirklich das war, was sie wollte. Sie wollte ihre Hände in diese weiche schlierige Masse tauchen und mit ihnen etwas formen, das schön war. Keine Dinge, die an Wänden hingen oder herumstanden und zu nichts anderem nütze waren, als dazu, sie anzustaunen. Aus dem, was sie schaffen würde, würde man trinken und davon essen können. Man würde Blumen hineinstellen oder Lebensmittel darin aufbewahren. Margarete versuchte, in ihren Blick eine gewisse Dringlichkeit zu legen.

»So, so«, sagte der Meister schmunzelnd.

Er strich sich übers Kinn und erzeugte dabei ein kratzendes Geräusch, das bei ihr eine Gänsehaut verursachte. »Haben Sie überhaupt schon den Vorkurs absolviert? Soweit ich weiß, nehmen wir erst zum Frühjahr wieder Lehrlinge auf.«

Das war ihr klar gewesen, doch es schadete ja nichts, wenn sie sich schon mal vorstellte.

»Ich werde den Vorkurs absolvieren, aber dann möchte ich hier weitermachen«, bestärkte sie ihren Wunsch.

»Nun, immerhin scheinen Sie genau zu wissen, was Sie wollen.«

Mehr schien der Meister nicht von seiner wertvollen Zeit für sie opfern zu wollen, denn er wandte sich einer weiteren Schülerin zu, die mit ihrem Topf nicht so recht zurande kam.

»Komm!« Gertrud zog sie aus dem Werkraum hinaus.

Enttäuscht blickte Margarete zurück. Musste sie wirklich noch vier lange Monate in Weimar das lernen, was sie entweder schon konnte oder von dem sie den Nutzen nicht einsah?

»Lass uns essen gehen! Es müsste langsam fertig sein.«

Sie marschierten wieder hinunter zum Marktplatz und zurück zum Marstall. »Hier in der ehemaligen Schlossküche essen wir nicht nur, sondern wir nutzen den Raum auch, um uns in unserer Freizeit zu treffen«, sagte Gertrud gerade.

»Wie viele Schüler seid ihr denn gegenwärtig hier?«, wollte Margarete wissen.

Gertrud überlegte kurz. »Zehn.« Dann fügte sie noch hinzu: »Für mehr wäre auch gar kein Platz.«

Also würde es möglicherweise noch andere geben, die ihr den Platz in der Töpferei streitig machen wollten. Und die augenblicklichen Lehrlinge würden ja auch nicht ihren Platz räumen. Margarete hatte gehört, dass die Ausbildung zwei Jahre dauerte. Im Moment lief eine Art Auswahlkurs, an dessen Ende die beiden Meister entschieden, wer geeignet war, die Lehre zu beginnen. Was wäre, wenn alle bleiben durften? Würde dann gar niemand Neues hinzukommen können?

Die Tische im kleinen Speiseraum waren gedeckt, und gerade brachte eine junge Frau aus der benachbarten Küche einen großen Topf, den sie in der Mitte auf einem Untersetzer platzierte. Es roch nach Kohlsuppe. Margarete zog ihre Nase kraus. Auch in der Weimarer Mensa hatte es den ganzen Monat über viel Kohl gegeben. Margarete hatte gar nicht gewusst, wie viele Gerichte man aus den großen Köpfen zaubern konnte. Salate, Suppen, Gemüse, mit und ohne

Kümmel, wenn vorhanden mit Schweinebauch gekocht oder mit Speck abgeschmelzt.

Nach und nach trafen die Lehrlinge aus der oberen Werkstatt ein. Auch Gerhard Marcks, den sie bisher nur vom Sehen aus Weimar kannte, wenn er an den Meisterratssitzungen teilnahm und durch die hohen Gänge der Schule huschte, setzte sich mit an den langen Tisch. Nur die Gebrüder Krehan schienen ihren eigenen Tisch vorzuziehen. *Sicher gibt es dort Schmackhafteres zu essen*, ging Margarete durch den Kopf.

Marcks schaute bei seinem Eintreten mit hochgezogenen Augenbrauen auf den Neuzugang in Hosen und mit gemusterter Krawatte. Gertrud übernahm die Vorstellung.

Der Meister nickte nur, was wohl bedeuten sollte, dass sie als zusätzlicher Esser geduldet wurde. Dann schöpfte die für den Küchendienst an diesem Tag zuständige Studentin mit einer großen Kelle Suppe auf die Teller, die reihum gereicht wurden. Dazu gab es frisch gebackenes Brot. Alle langten kräftig zu, und auch Margarete schmeckte es erstaunlich gut.

Während des Essens schwieg die kleine Gruppe. Margarete hatte Zeit, die Gesichter zu betrachten. Marcks hatte einen merkwürdigen Haarschnitt; der Pony war weit oben auf der Stirn gerade abgeschnitten, die Seiten ausrasiert, so dass die Physiognomie an einen Mönch erinnerte. Durch den Schnitt kamen seine großen, leicht abstehenden Ohren besonders zur Geltung. Seine Nase dominierte das Gesicht, und zwei tiefe senkrechte Falten, die von der Nase zu den Mundwinkeln führten, ließen Margarete ahnen, dass der Meister nicht allzu oft lachte. Sein Blick, der aus hellen Augen unter dichten Brauen kam, streifte Margarete während des Essens ein paar Mal wie unabsichtlich. Doch er konnte nicht darüber hinwegtäuschen, dass er sie im Geiste wohl einzuordnen versuchte.

Sie war froh, als Marcks die Tafel aufhob und sich nach nebenan in seine Räume zurückzog. Sobald er das Zimmer verlassen hatte, begann, als hätte jemand einen Schalter umgelegt, die Unterhaltung. Es war kaum möglich, etwas zu ver-

54

stehen. Einige gingen nach draußen, um zu rauchen; eine Angewohnheit, derer sich Margarete bis jetzt erfolgreich erwehrt hatte.

Sie schaute auf ihre Uhr und sah, dass es Zeit war, den Heimweg anzutreten. Die Züge fuhren nicht gerade oft auf dieser Nebenstrecke, und der Weg ins Tal war weit.

Gertrud begleitete sie noch ein Stück und wies auf das Schloss, auf das sie blickten, als sie aus dem Haus traten und ein paar Schritte an der Mauer entlanggegangen waren.

»Du kannst dir nicht vorstellen, wie schön es hier im Sommer ist. Lass dich nicht von dem kargen Eindruck jetzt täuschen. Wenn du wirklich Töpfern lernen willst, bist du hier genau richtig. Krehan ist ein Alleskönner und Marcks, na ja, man muss ihn ja nicht mögen. Er hat manchmal etwas eigenwillige Ansichten. Aber in der Gestaltung macht ihm keiner was vor. Ich wünsche dir Glück für deine Bewerbung. Ich habe läuten gehört, dass sie keine Frauen mehr hierherschicken wollen, weil die Arbeit angeblich zu schwer ist.«

»Ich werde so lange betteln, bis ich herkommen darf.«

Die beiden jungen Frauen umarmten sich. Dann machte sich Margarete auf den Weg zum Bahnhof.

Weihnachten (1920)

Weihnachten hatte Margarete zu Hause verbracht und dort das Umsorgtwerden von ihrer Familie genossen. Sie konnte auch endlich einmal wieder mit Fritz und Trude sprechen, die mit offenen Mündern Margaretes Schilderung von rauschenden Festen und freizügiger Lebensart lauschten.

Sie traf sich auch mit Gunda.

»Wie ist es so, dort am Bauhaus?«, wollte diese wissen, kaum dass sie sich begrüßt und die Mäntel abgelegt hatten.

»Anstrengend«, seufzte Margarete.

Gundas Augenbrauen wanderten aufeinander zu. Nachdem sie sich an den kleinen runden Tisch am Fenster ihres Lieblingscafés gesetzt und ihre Bestellung aufgegeben hatten, begann Margarete zu erzählen.

Doch schon bald merkte sie, dass die Freundin an Margaretes Ausführungen dessen, was sie in ihren Kursen tun musste oder welche Probleme sie mit ihren Lehrern hatte, nicht sonderlich interessiert war.

Unruhig trommelte Gunda mit ihren beringten Fingern auf der Marmorplatte. »Jetzt sag schon, stimmt es, dass dort jeder mit jedem …«, sie stockte und setzte erneut an, »also ich meine, diese freie Liebe, Nacktheit, eben all das, was man so hört … stimmt das?«

Margarete lächelte und trank den ersten Schluck von ihrem Kakao, der gerade serviert worden war. »Um so etwas kümmere ich mich nicht, tut mir leid. Ich habe wirklich anderes zu tun. Außerdem weiß ich nicht, was hinter den verschlossenen Türen geschieht.«

Gunda zog einen Flunsch und schob ihre Tasse in die Mitte des Tisches. Um die Freundin aufzuheitern, erzählte Margarete von den Aktstudien im Tempelherrenhaus. Hauptsächlich war ihr von diesen in Erinnerung geblieben, dass es erbärmlich kalt gewesen war.

»Jede und jeder muss vor der Klasse Modell stehen. Die Schule hat schlichtweg kein Geld, um Modelle zu bezahlen.«

Gunda riss die Augen auf. »Das heißt, auch du«, hier zeigte sie mit dem Finger auf Margarete, »hast dich ausziehen müssen?«

Margarete nickte. Sie dachte daran, dass sie kurz in Erwägung gezogen hatte, ihren Vater um Geld zu bitten, um ein Modell aus ihrer eigenen Tasche zu bezahlen. Der Gedanke, die begehrlichen Blicke der Männer auf ihrem Körper zu spüren, einem Körper, mit dem sie ohnehin nicht zufrieden war, dieser Gedanke hatte ihr trotz der winterlichen Witterung den Schweiß auf die Stirn getrieben.

Schließlich jedoch wollte sie vermeiden, dass ihr Vater überhaupt etwas von den diesbezüglichen Gepflogenheiten am Bauhaus mitbekam. Womöglich hätte er sie sofort zurückbeordert.

Gunda riss sie aus ihren Erinnerungen. »Und, wie war es?«

Margarete steigerte die Spannung, indem sie in aller Seelenruhe die Schlagsahne unter den Kakao rührte.

»Zuerst natürlich sehr gewöhnungsbedürftig«, sagte sie. »Aber dann hörst du nur noch auf die Anweisungen des Meisters. Du versuchst, nichts falsch zu machen. Und du weißt ja, wie das aussieht, was deine Mitstudierenden auf ihr Blatt bannen werden.«

In Gundas Augen sah Margarete Fragezeichen. Seufzend erzählte sie von Ittens Unterricht. Gunda schüttelte fassungslos den Kopf.

»Tja, meine Liebe, das ist wohl die neue Art, nach der wir alle so gelechzt haben. Ehrlich gesagt, habe ich mehr als einmal daran gedacht, wieder auf die gute alte Kunstakademie zu gehen.«

Eine Weile schwiegen die Freundinnen.

»Jetzt erzähl aber mal von dir«, wechselte Margarete das Thema. »Ist noch kein Nachwuchs unterwegs?«

Gunda erzählte von ihren ehelichen Sorgen und ihren Zweifeln, was ihre Eignung und ihren Willen zur Mutterschaft betraf.

»Ich sehe immer meine Mutter vor mir. Was hat sie denn von ihrem Leben gehabt? Nur Kinder, Haushalt und den Mann versorgen. So will ich eigentlich nicht leben.«

Margarete war ratlos. Was sollte sie der Freundin da empfehlen? Berufstätige Frauen waren noch kein alltägliches Bild, auch wenn sich die Einstellung dazu allmählich wandelte. Und welchen Beruf könnte Gunda schon ausüben? Sie hatte, wie sie, ein paar Jahre an der Kunstgewerbeschule studiert. Was konnte man damit schon machen?

»Kannst du dir vorstellen, Kinder zu haben?«, wollte Gunda von Margarete wissen.

Damit traf sie einen wunden Punkt bei ihr. Ab und zu hatte sie sich diese Frage auch schon gestellt. Allerdings noch keine Antwort darauf gefunden.

»Zuerst muss da ja mal ein Mann sein«, wich Margarete aus.

»Hast du denn am Bauhaus nicht genug Auswahl?«

Das hatte sie zwar, doch war ihr noch keiner begegnet, bei dem ihr Herz heftiger geklopft hätte. Und obwohl sie nicht mehr unberührt war - im Sommer hatte sie immerhin ihren einundzwanzigsten Geburtstag gefeiert – war ihr *erstes Mal*, das sie kurz vorher mit einem Kommilitonen an der Kunstakademie in Düsseldorf gehabt hatte, nicht dazu angetan gewesen, eine Wiederholung zu wünschen. Wenn das alles war, wovon Männer und zunehmend auch Frauen hinter vorgehaltener Hand sprachen, war es nichts, was ihr erstrebenswert schien.

Gunda wartete noch immer auf eine Antwort. »Natürlich gibt es Männer zuhauf, und natürlich gibt es zahllose, auch wechselnde Liebschaften. Ich habe von Schwangerschaften gehört und auch von Abtreibungen.« Hier senkte sie die Stimme.

»Aber für mich ist das alles nichts. Ich will mich auf mein Studium konzentrieren. Abgesehen davon, könnte ich überhaupt keinen Mann mit in mein Zimmer bringen. Die Witwe Grün würde mich hochkant rausschmeißen und meinem Vater alles brühwarm erzählen. Nein, auf diesen Ärger kann ich verzichten.«

Sie verabschiedeten sich, nachdem sie beschlossen hatten, zu der Silvesterfeier in der Kunstgewerbeschule zu gehen.

Zu Hause herrschte eine gedrückte Stimmung. Margarete spürte die Sorge ihrer Eltern vor der Inflation, die das Führen der Fabrik immer mehr erschwerte und für die Zukunft nichts Gutes verhieß. Es kam, was zuvor nie geschehen war, auch zu politischen Diskussionen am Esstisch. Der Generalstreik in Folge des Kapp-Putsches im März hatte nicht nur das Ruhrgebiet erschüttert. Margaretes Vater hatte ebenso viel Angst vor antidemokratischen Bestrebungen der Reichswehr-Anhänger wie vor den sozialistischen der Arbeiterbewegung.

Margarete nervte das Gerede über Politik. Schon am Bauhaus war sie den häufigen Diskussionen aus dem Weg gegangen. Sie wusste nicht einmal genau, was da in diesem Versailler Vertrag, der Anfang des Jahres in Kraft getreten war und gegen den sich alle so empörten, genau drinstand. Deutschland hatte den Krieg verloren, der Verlierer musste immer zahlen. Was gab es da herum zu diskutieren?

Den Jahreswechsel feierte sie mit Freunden aus der Kunstgewerbeschule. Sie erzählte davon, wie die Studenten sich auf dem Dach des Tempelherrenhaus nackt sonnten und ebenfalls nackt in der Ilm badeten. Beides hatte sie nicht selbst erlebt, weil sie erst nach der warmen Jahreszeit angefangen hatte. Doch das tat dem Interesse ihrer Zuhörer keinen Abbruch. Sie erzählte auch vom letzten Fest, an dem sie erst vor einigen Tagen teilgenommen hatte. Man hatte es nach seinem heidnischen Namen *Julklapp* genannt. Schüler und Lehrer hatten sich gegenseitig fantasievolle Geschenke überreicht.

Margarete hatte ein schön gestaltetes Skizzenbuch bekommen, das sie stets bei sich trug und auch an diesem Abend vorzeigte.

Anfang Januar 1921 fuhr sie zurück nach Weimar. Zurück zu Itten und seinen Atemübungen, zurück zu Feininger in seine Druckerei, zurück auch zu Gertrud Grunow und ihrem forschenden Blick. Und schließlich auch zu Paul Klee und seiner Buchbinderei.

Sie musste den Vorkurs abschließen, dann würde sich zeigen, ob sie in Dornburg glücklicher werden würde.

Kämpfe (März - Juli 1921)

Margarete hatte es geschafft! Sie hatte den Vorkurs abgeschlossen und war während der Semesterferien erneut zu ihrer Familie nach Köln gefahren. Und sie war zuversichtlich, dass der Meisterrat sie auf Grund des Geleisteten als vollwertige Studentin am Bauhaus annehmen würde. Umso schockierter war sie, als sie Ende März einen Brief vom Sekretariat erhielt, in dem ihr mitgeteilt wurde, dass der Meisterrat noch nicht bereit sei, ihr die vollwertige Aufnahme in das Bauhaus zu gewähren. »Sie können jedoch nach freier Wahl probeweise in eine Werkstatt eintreten. Am Ende des Sommer-Semesters wird über Ihre endgültige Aufnahme auf Grund Ihrer Leistungen entschieden werden.«

Margarete tobte. Sie zerknüllte den Brief, schrie und rief sämtliche Angestellte auf den Plan, die glaubten, etwas Schreckliches sei geschehen, und das Fräulein benötige ihre Hilfe. Für Margarete bedeutete dieser Brief in der Tat etwas Schreckliches, doch konnten ihr weder die Köchin noch der Gärtner oder der Chauffeur helfen. Ihre Mutter versuchte sie zu beruhigen, ließ ihr wechselweise Kakao und Kamillentee kochen und versorgte sie mit ihren Lieblingsplätzchen. Margarete indes ließ sich nicht beruhigen. Ein unerschöpflicher Fundus an Schimpfwörtern entwand sich ihrem Mund. Wörter, von denen sie nicht einmal gewusst hatte, dass sie in ihrem Wortschatz vorkamen. Nein, sie würde nicht aufgeben, sie würde kämpfen! Und sie würde nie, nie, nie wieder in die Weberei gehen! Den Grund, weshalb neuerdings alle Frauen dorthin verschickt wurden, hatte ihr Hinnerk mit süffisantem Grinsen genannt: Weil Frauen angeblich nur zweidimensional sehen und deshalb in der Fläche arbeiten sollten, wie Itten behauptet hatte. Gropius wolle »unnötige Experimente« vermeiden, hatte ihr jemand zugeraunt. Unnötige Experimente! Das war doch eindeutig ein Widerspruch zu der ach so fortschrittlichen Einstellung, dass jeder, gleich welchen

Geschlechts, sich am Bauhaus verwirklichen konnte. Jeder, mit Ausnahme der Frauen, die ohnehin immer weniger wurden. Sollte sie jetzt ebenfalls weggeekelt werden? Wollte man das »weibliche Element«, wie jemand ihr geflüstert hatte, vom Bauhaus verbannen? Hatten sie zu viel gefordert, waren zu aufmüpfig gegenüber den Herren der Schöpfung geworden? Hatten die Herren Studierenden oder gar die Herren Meister vielleicht erkannt, dass die Frauen ihnen nicht nur das Wasser reichen konnten, sondern sie sogar zu übertrumpfen imstande waren?

»Ich versteh gar nicht, warum du dich so aufregst«, sagte Gunda, mit der sie sich umgehend getroffen hatte. »Deine letzten Briefe klangen überhaupt nicht so begeistert. Du hast dich ständig über irgendwas beklagt. Das schlechte Essen, die ignoranten Meister, die anstrengende oder langweilige Arbeit. Du wolltest sogar zurückkommen. Vielleicht soll das jetzt ein Zeichen sein?«

Margarete wischte die Bemerkungen der Freundin mit einer unwirschen Handbewegung zur Seite. »In Dornburg wird alles anders, du wirst sehen.«

Wenige Tage später, nachdem sich ihr Furor weitestgehend gelegt hatte, wartete ein neues Schreiben vom Bauhaus im Briefkasten. Vorsichtig, als käme gleich eine Spinne aus dem Umschlag gesprungen, öffnete Margarete die Post mit ihrem Brieföffner aus Elfenbein und entfaltete das Schreiben an das *geehrte Fräulein Heymann*. Sie las die wenigen Zeilen einmal. Dann las sie sie noch einmal. Dann rannte sie mit dem Brief in der Hand in den Garten, wo ihre Mutter gerade in einem Liegestuhl die ersten Sonnenstrahlen genoss und dem Gärtner beim Pflanzen neuer Stauden zusah.

Als Margarete laut rufend und mit heißen Wangen bei ihrer Mutter angekommen war, sah man dieser an, dass sie das Hereinbrechen der nächsten Katastrophe aus Richtung Weimar erwartete.

Margarete wedelte mit dem Brief vor ihrem Gesicht herum. »Sie wollen ein Bild von mir kaufen!«, rief sie aufgeregt.

»Ähm. Schön. Wer?«

»Das Bauhaus.«

Die Mutter runzelte die Stirn. Irgendwie schien sie dieselben Probleme wie Margarete zu haben, diese beiden, so gegensätzlichen Schreiben in Übereinklang zu bringen.

»Komisch, oder?«

Die Mutter ließ sich wieder in den Liegestuhl sinken und hob die Decke, die bei ihrem Aufspringen nach unten gerutscht war, auf. Auch Margarete ließ sich auf einem der Gartenstühle nieder, sprang aber sofort wieder hoch.

»Ich will ihnen gleich zurückschreiben, dass sie mein Bild selbstverständlich zu einem, von ihnen für angemessen gehaltenen Preis ankaufen können.«

»Welches Bild ist es denn, das sie haben wollen?«

»*Kinder, rot und grün*«, murmelte Margarete, mit den Gedanken schon bei dem Brief, den sie schreiben wollte.

An ihrem Schreibtisch überlegte sie lange, wie sie diese überraschende Wendung des Schicksals für ihre Zwecke nutzen konnte. Schließlich schrieb sie unter ihre Zustimmung den Satz: *Für meine Spezialisierung habe ich mir die Keramikwerkstatt ausgewählt.*

Hierbei missachtete sie völlig den Inhalt des vorigen Briefes, nach dem es noch gar nicht sicher gewesen war, ob sie überhaupt am Bauhaus studieren konnte. Vielleicht hatte sie ja auch etwas falsch verstanden und sich ganz umsonst so aufgeregt. Wer wusste schon, ob die Sekretärin die Intention von Gropius richtig wiedergegeben hatte. Machte nicht jeder mal einen Fehler? Würden sie außerdem ein Bild von ihr kaufen wollen, wenn ihre Leistungen so ungenügend wären, wie sie glaubte, aus dem ersten Schreiben herausgelesen zu haben?

Das Leben sah plötzlich wieder ganz lebenswert aus. Doch ihre gute Stimmung hielt nur ein paar Tage an. Genauso lange, wie die Post brauchte, um den Antwortbrief aus Weimar nach Köln zu befördern. Im aktuellen Brief wurde ihr mitgeteilt, dass derzeit leider »keine Frauen in der Keramikwerkstatt« akzeptiert würden. Ihr wurden die beiden Optionen Buchbinderei oder Frauenabteilung angeboten, womit die verhasste Weberei gemeint war. Wiederum wirbelte Margarete wie ein Derwisch durch die Räume der Fabrikantenvilla.

Doch sie dachte nicht daran, ihren Traum aufzugeben und schrieb erneut einen Brief. Sie bestand auf ihrem Eintritt in die Keramikabteilung. Irgendwie musste sie wohl nachdrücklich und uneinsichtig genug geklungen haben, oder der Hinweis auf eine erneute Spende ihres Vaters hatte geholfen, denn am 7. April erhielt sie endlich die Nachricht, dass der Meisterrat ihren erneuten Antrag auf Eintritt in die Keramikwerkstatt genehmigt habe. Was spielte es da noch für eine Rolle, wenn dies mit dem Zusatz »sechsmonatige Probezeit« versehen war? Hatte ihr Gertrud nicht erzählt, dass das ohnehin bei allen so üblich war?

Und so fuhr Margarete noch im April erneut nach Weimar, um jedoch gleich nach Dornburg weiterzureisen.

Die Schlossanlage präsentierte sich ihr in einem völlig anderen Licht als zur Zeit ihres ersten Besuches im November. Überall sprossen die Blüten aus den zahlreichen Knospen, die Bäume waren ergrünt, der Ausblick aufs Saaletal war allerliebst. Die Luft schmeckte nach Frühling, Vögel übertrafen sich gegenseitig in ihrer Anstrengung, den kalten Winter vergessen zu machen.

Gertrud begrüßte sie mit einer herzlichen Umarmung. »Es ist schön, dass es geklappt hat! Komm, ich zeige dir gleich dein Zimmer.«

Die Mansarde glich aufs Haar dem Zimmer der Freundin. An den Strohsack würde sie sich noch gewöhnen müssen.

»Hier gibt es doch hoffentlich keine Bettwanzen?«

Gertrud lachte. »Zumindest habe ich noch von keiner gehört.«

Gottseidank ist es jetzt nicht mehr so kalt, ging Margarete durch den Kopf. Frieren würde sie wohl nicht.

In den ersten Wochen erlernte sie in der oberen Werkstatt bei Max Krehan das Freidrehen auf der Scheibe. Gertrud hatte recht gehabt: So einfach, wie das Hochziehen des Tons ausgesehen hatte, war es beileibe nicht. Allein das Finden und Halten eines gleichmäßigen Rhythmusses beim Treten der unteren Scheibe war nicht leicht. Schließlich musste sie mit ihren Händen etwas völlig anderes tun als mit den Füßen. *Fast wie das beidhändige Malen bei Itten*, ging ihr durch den Kopf. Hatte es doch einen Sinn gehabt, mit jeder Hand eine völlig andere Bewegung auszuführen?

Doch Margarete ließ sich nicht entmutigen. Das lag nicht in ihrer Natur. Sie arbeitete verbissen - oft verzichtete sie sogar auf das Mittagessen, wenn sie einen Topf fertigdrehen wollte – und irgendwann hatte sie den Dreh buchstäblich raus. Meister Krehan war zufrieden mit ihr, und sie durfte sich, nachdem sie auch alles über die Tonbereitung, das Henkeln, den Aufbau von Ziegelplastik und das Anfertigen von Kacheln gelernt hatte, mit dem Glasieren und dem Bemalen mittels verschiedener Techniken befassen. Hier griff sie vor allem auf das zurück, was sie noch aus ihren Kursen über chinesische und japanische Kunst in Erinnerung hatte.

Zwar mussten sie in erster Linie, wie ihr Gertrud schon gesagt hatte, Mustöpfe jeder Größe herstellen, die für die dörfliche Bevölkerung ein wichtiger Bestandteil der Vorratshaltung waren, wurden in ihnen doch Pflaumen- und Birnenmus für den Winter aufbewahrt, das zuvor im Dorfbackofen gekocht worden war, doch es blieb den Schülern überlassen, wie sie sie bemalten und glasierten. Allein die Aneignung der chemischen Kenntnisse, die für die Herstellung der verschiedenen Glasuren nötig waren, nahm einen Großteil ihres Unterrichts ein. Am häufigsten kamen Kupferhammerschlag, Eisenoxid und Zinn zum Einsatz. Selbst die zinnernen Bettgeschirre aus dem Schlossbestand wurden in Notzeiten aufgekauft, um sie für die Glasurherstellung zu verwenden. Daneben standen noch Werkzeugkenntnisse, Preisberechnungen und Buchführung auf dem Stundenplan.

Neben der Tonbereitung und der Kenntnis der verschiedenen Verfahren – offener Brand, Kapselbrand – sowie dem

Heizen der Öfen lernten sie auch das Herstellen von Hohlformen sowie die Berechnung des Schwindens für den Brand.

Ohnehin richtete sich ihr Tagesablauf nach dem Rhythmus der Öfen, die zwei Tage lang am Brennen gehalten werden mussten. Seit man im Februar nun endlich auch in der unteren Werkstatt den Ofen in Betrieb genommen hatte, wobei der erste Brand gleich misslungen war, wie Gertrud ihr erzählte, musste die im Marstall hergestellte Töpferware zum Brennen nicht mehr nach oben zu Krehans Werkstatt transportiert werden.

Neben alldem wurde der Ton weiterhin im Feld gegraben und in der Grube eingesumpft und gestampft, um mit ihm arbeiten zu können. Auch das Holz, das im Winter im Wald geschlagen worden war, musste gehackt und für die Öfen vorbereitet werden. Schon bald waren Margaretes Hände von Schwielen übersät, und es bildete sich eine harte Hornhaut.

Theodor Bogler und Otto Lindig grinsten immer, wenn sie eine von ihnen sich am Hackklotz abmühen sahen. Sie blieben dann stehen und stießen sich gegenseitig an, um gleich darauf miteinander zu flüstern. Margarete wusste genau, was in ihren Gehirnen vorging. Umso verbissener ließ sie die Axt auf das Holzstück heruntersausen. Symbolisch zerschlug sie mit ihrer Schneide all die Vorurteile, die in den Köpfen der Männer immer noch hockten wie Krähen auf den gepflügten Feldern. *Wir werden es euch schon zeigen!*, dachte sie bei jedem Schlag. *Wir mögen zwar weniger Kraft in unseren Armen haben, doch das machen wir mit Zähigkeit und Willensstärke wett.*

Auch die Felder, die ihnen von der Gemeinde Dornburg zugeteilt worden waren – jeder Schüler hatte einen halben Morgen erhalten – mussten bewirtschaftet werden, denn den Studenten blieb nichts anderes übrig, als sich selbst zu versorgen. Weil Fleisch, Speck, Butter und Eier jedoch nicht auf den Feldern wuchsen, tauschten sie oft ihre Töpfe im Dorf bei den Bauern gegen das ein, was sie nicht selbst herstellen konnten.

Als Entschädigung für die körperlich schwere Arbeit dienten lediglich die Freizeitvergnügungen, die sie sich am Abend oder am einzigen freien Tag, dem Sonntag, gönnten. Sie gingen, sobald der Frühling dem Sommer gewichen war, hinunter an die Saale, badeten nackt und sonnten sich am Ufer. Abends hielten sie Lesungen ab, veranstalteten kleine Theateraufführungen, zu denen sie die Leute aus dem Dorf einluden oder sangen und musizierten.

Margarete genoss diese Zeit sehr. Hier war alles etwas familiärer als in Weimar. Auch die Menschen im Dorf waren irgendwie aufgeschlossener als die verklemmten Weimarer Studienräte. Durch die Einbeziehung der Bevölkerung in ihre Kulturveranstaltungen, durch den Warenaustausch und die Verbindungen mit Krehans Familie wurden die zehn Studierenden akzeptiert. Die Dorfbewohner wussten, dass die jungen Leute schwer arbeiteten und gönnten ihnen die wenigen fröhlichen Stunden.

An Tagen, an denen kein Brand zu beaufsichtigen und auch sonst nichts Dringendes in der Töpferei zu erledigen war, zogen sie zusammen mit Marcks hinaus in die Natur, um zu zeichnen. Zwischendurch fuhr Margarete für einige Tage nach Weimar, um Unterricht bei Paul Klee und Georg Muche zu nehmen. Auch ihre mütterliche Freundin Gertrud Grunow besuchte sie weiterhin und berichtete ihr von ihren Fortschritten und Kümmernissen in Dornburg.

Eines ihrer Kümmernisse war die, ihrer Meinung nach bevorzugte Behandlung der männlichen Studenten.

»Obwohl Otto und Theodor auch nicht besser sind als Gertrud oder ich, werden sie uns stets als leuchtende Vorbilder hingestellt. Sie dürfen herstellen, was immer sie wollen, während wir die ganze Zeit diese blöden Mustöpfe oder Blumentopfuntersetzer drehen müssen. Sie bekommen das Material, das sie für die Glasuren benötigen, dürfen bevorzugt brennen, und wenn mal was danebengeht, schimpft Marcks sie nicht aus, so wie uns Frauen.«

Margarete konnte es sich gerade noch verkneifen, davon zu erzählen, wie auch dem Meister Marcks so mancher Scherben im Brennofen zerbrochen war, weil er mit dem Reedholz zu tief gekratzt hatte und dadurch die Wandung zu dünn geworden und zerplatzt oder zusammengefallen war. Auch redete sie nicht von dem deutlich zur Schau gestellten Missfallen des Meisters an ihrer Art der Gestaltung der Töpfe. Während Marcks gern figürliche Motive aus dem bäuerlichen Leben in den Ton kratzte, benutzte Margarete oft das Knibisholz, ein spachtelartiges Gerät, mit dem sie zickzackförmig eingedrückt ornamentale Rosetten erzeugte. Mit Punkt- und Kreisstempeln erzielte sie Bordüren, die jedoch stets eine neuartige Anmutung dadurch bekamen, dass sie sie mit fernöstlichen, meist floralen Motiven kombinierte. Am liebsten verwendete sie die braune Engobe, während Marcks Kobaltsmalte präferierte.

Ein anderer Punkt brachte sie immer wieder in Rage.

»Was glauben Sie, wer als erstes hinausgeschickt wird, um den Ton aus der Erde zu holen? Oder aufs Feld, um für das Essen zu sorgen? Von der Küchenarbeit ganz zu schweigen! Es reicht mir sowas von! Soll das die behauptete neue Lehre sein?«

Die Lehrerin sah Margarete nachsichtig lächelnd an.

»Ich sehe, du erwartest immer noch zu viel. Statt dich mit dem zufrieden zu geben, was du erreicht hast – und was mehr ist, als den meisten Frauen gegenwärtig zugestanden wird – willst du etwas, was die Männer dir noch nicht geben wollen. Du hast keine Geduld, willst zu viel zu schnell, damit machst du mehr kaputt als dir guttut. Du bist immer noch nicht im Gleichgewicht. Versuche, die Balance zu finden, nutze das, was du hast und setze dir nur solche Ziele, die du auch erreichen kannst! Verschleiße dich nicht in Kämpfen, die nicht zu gewinnen sind!«

Alles in Margarete drängte darauf, der älteren Frau zu widersprechen. Warum sollten die Frauen immer zurückstecken? Warum wurde gleiche Arbeit nicht gleich angesehen?

Sie erinnerte sich an einen frühen Vorfall, der sich in der unteren Werkstatt abgespielt hatte und der wie kein zweiter zeigte, was Marcks für antiquierte Vorstellungen hatte. Sie hatte an einer der Drehscheiben ein Gefäß gedreht, als der Meister plötzlich neben ihr stand. Ärgerlich darüber, dass ihre Hände zu zittern begannen und das Gefäß plötzlich gar nicht mehr so gleichmäßig in die Höhe wuchs wie vorher, bemühte sie sich, ihre Füße weiterhin im selben Takt treten zu lassen und Marcks zu ignorieren.

»Das Fräulein Heymann«, begann er, und sie sah förmlich sein süffisantes Grinsen, obwohl sie ihren Blick weiterhin auf ihr Werkstück gerichtet hatte. Dieses Grinsen jedoch hatte sie schon allzu oft in seinen Mundwinkeln gesehen, wenn er kritische Worte gegenüber den weiblichen Lehrlingen verlor. »Sind Sie wirklich sicher, dass diese Arbeit das Richtige für Sie ist?«

Margarete schwieg und vertiefte sich weiter in ihre Arbeit. Was hätte sie auch darauf antworten sollen?

»Sie werden doch ohnehin bald heiraten, und finanziell haben Sie doch jetzt schon ausgesorgt – ganz im Gegensatz zu anderen hier fehlt es Ihrer Familie doch nicht an Geld. Und Ihre Glaubensgenossen haben doch ein Händchen dafür, das Geld zu vermehren, nicht wahr? Sicher wird auch Ihr zukünftiger Mann von seinen Vorfahren genügend davon erben. Sie kommen doch ohnehin mehr aus dem künstlerischen Bereich, warum gehen Sie nicht wieder dahin zurück? Ein nette Kunstgewerbeschule oder von mir aus auch die Kunstakademie – Malen können Sie ja anscheinend, wie ich hörte. Aber Töpfern? Nein, das ist gewiss nichts für Sie!«

Margarete erinnerte sich noch immer an die aufsteigende Wut, weiß und heiß, die sie ihre Fingerspitzen in den weichen Ton krallen ließ und dafür sorgte, dass das Gefäß in sich zusammenfiel. Es war für Marcks eine Bestätigung seiner abfälligen Tirade. Er lachte sein diabolisches Lachen, und im Weggehen drehte er sich noch einmal zu ihr, die zusammengesunken auf dem Hocker saß, um und rief ihr zu: »Wie ich hörte, werden in der Weberei immer noch Frauen angenommen. Wenn Sie wollen, lege ich bei Gropius ein gutes Wort für Sie ein.«

Wie sollte sie das einer Frau wie Gertrud Grunow erklären? Sie erkannte, dass sie in der Lehrerin niemals jemanden haben würde, der ihren Standpunkt teilte. Sie war einfach zu sehr eine Vertreterin der vergangenen Generation, der Generation ihrer Eltern. Vielleicht war es wirklich zu viel verlangt, wenn sie sich von ihr Verständnis und Unterstützung erhoffte.

Enttäuscht verabschiedete sie sich von der Lehrerin, nicht, ohne ihr wieder eine kleine Keramikschale geschenkt zu haben, und fuhr zurück nach Dornburg, diesmal jedoch mit der Bahn bis Apolda, von wo aus sie in einem zweistündigen Fußmarsch über die Felder hinauf zu den drei Schlössern wanderte. Sie hatte, wie immer, ihr Skizzenbuch dabei und hielt hier und da an, um die Landschaft mit wenigen Strichen einzufangen. Deshalb wurde aus den zwei Stunden, die man normalerweise für die Strecke brauchte, das Doppelte an Zeit. Doch was war schon Zeit? Die Frage, die schon seit Längerem in ihr rumorte, musste bald eine Antwort bekommen: *Will ich wirklich unter der Fuchtel von Marcks und Krehan weiterhin das bestenfalls geduldete Frauenzimmer geben?*

Scherbengericht (Juli - November 1921)

Der Sommer zog ins Land. Und Margarete genoss die schönen Seiten ihres Lebens in Dornburg. Unter mit Rosen bewachsenen schattenspendenden Pergolen lief sie an lauen Sommerabenden oder während ihrer Mittagspause allein oder zusammen mit Gertrud durch die Anlagen zwischen den drei Schlössern. Oder sie saßen auf der Schlossmauer und ließen ihre Beine baumeln und ihre Blicke ins liebliche Saaletal schweifen. Die Gärten wurden von kundigen Händen bepflanzt und gepflegt, und der Duft der Rosen und anderen Blumen, die auf den Beeten und beidseits der Kieswege, die die Schlösser verbanden, blühten, war atemberaubend.

Was machte es da schon, wenn sie das Wasser vom Brunnen holen und einen Teil ihrer Zeit mit Aussaat und Ernte von Gemüse und dessen Zubereitung verbringen mussten?

Über dem Ort lag eine Heiterkeit, die es ihr leicht machte, die täglichen Betrübnisse zu ertragen. Wenn auf dem Markt gerade ihre Töpfe besonders gelobt und gekauft wurden, erfüllte sie dies mit Stolz, und es war ihr egal, dass die Behältnisse zu nichts anderem als eben ihrem Zweck dienten.

Im Oktober würde ihr Probesemester enden. Und eigentlich zweifelte sie nicht daran, dass ihr eine Weiterführung ihrer Lehre genehmigt werden würde. Schließlich hatte sie brav ihre Mustöpfe nach vorgeschriebenem Maß gedreht, hatte sich erfolgreich an Flaschen und Krügen versucht und mit ihrem Dekor auf den Märkten Verkaufserfolge erzielt.

Auch wenn ihr die Arbeitsatmosphäre unter den beiden Meistern immer noch nicht behagte, weil sie stets das Gefühl hatte, als Frau weniger zu zählen als ihre männlichen Kollegen, so profitierte sie doch vor allem von dem Können des Werkmeisters. Wie er da auf dem Hocker stand, die Zigarette im Mundwinkel, ab und zu neben sich spuckend, und seine Vierundzwanzig-Liter-Flaschen drehte, während ein Lehrling die Schwungscheibe bewegen musste. Das war schon ein Bild für die Götter. Aber er war zu sehr Marcks hörig. Was der sagte, wurde gemacht. Und wen der protegieren wollte, der wurde besonders gefördert. Gewiss war das nicht sie oder eine der anderen Frauen. Sie waren gut für die Küche und die Vorratshaltung. Vielleicht noch für das Dekor, das lag ihnen ja sozusagen im Blut.

Längst hatte sie gelernt, Marcks Kontra zu geben, wenn er wieder einmal seine abfälligen Bemerkungen über ihre Arbeit oder ihre Herkunft machte. Noch immer schämte sie sich, weil sie sich damals wie ein dummes Schulmädchen hatte beleidigen lassen. Wo war er da gewesen, ihr Kampfgeist, ihre Aufmüpfigkeit? Nein, sie würde sich nicht mehr von ihm kleinmachen lassen!

Als Ende September zu ihr durchsickerte, dass sie wohl nicht weiterbeschäftigt werden würde - jedenfalls nicht in der Töpferei - war sie bereits auf die Entscheidung des Meisterrats vorbereitet. Und ihr war klar, aus welcher Ecke die Initiative dazu kam. Jetzt reichte ihr die Taktiererei endgültig! Sie würde Marcks und allen anderen schon noch beweisen, dass sie es auch ohne das berühmte Bauhaus schaffen würde. Am dritten Oktober rief sie im Sekretariat an und gab ihren Austritt aus dem Bauhaus bekannt.

Ein letztes Mal gebärdete sie sich, verkleidet als Bacchantin, wie eine Verrückte beim Drachenfest. Sie tanzte auf dem Tisch, trank Unmengen von Alkohol und küsste sich mit mehr Männern, als sie Finger hatte. Sie wollte, dass sich alle an sie erinnerten.

Und auch den Herren Meistern wollte sie für immer in Erinnerung bleiben. Deshalb wütete sie abschließend auch noch in ihrer Stube in Dornburg.

Was sie jedoch genau gewusst hatte nach diesem scherbenreichen Abgang: Sie wollte Geschirr machen; eine völlig neuartige Art von Geschirr. Eine Form, die mit den Krehan'schen Mustöpfen und den von Marcks so geliebten Krügen genauso viel zu tun hatte wie der Winkelbau Van de Veldes mit dem Rokokoschloss in Dornburg. Sie musste nur

72

noch einen Ort finden, an dem sie ihre Kenntnisse vervollkommnen konnte. Denn dass sie noch viel lernen musste, war Margarete vollkommen klar.

Neubeginn (November 1921)

»Und du hast wirklich die Einrichtung zerlegt?«

Gunda starrte sie entgeistert an. Längst waren ihre Tassen leer, der Kuchen verspeist. Mehrmals schon war der Kellner an ihrem Tisch gewesen und hatte versucht, eine Bestellung entgegenzunehmen. Doch Gunda hatte ihn stets mit einer ungnädigen Handbewegung davongescheucht und den Erzählungen Margaretes weiter gelauscht.

»Möchten die Damen jetzt zahlen?« Schon wieder stand der schwarzbefrackte Kellner neben ihrem Tisch. Margaretes Hals war vom vielen Reden ausgetrocknet. »Bitte bringen Sie mir ein Glas Weißwein«, verlangte sie mit kratziger Stimme. Gunda schloss sich ihr an.

Nachdem beide mit ihren Gläsern angestoßen und getrunken hatten, meldete sich Gunda wieder zu Wort. »Das hätte ich jetzt nicht gedacht, dass die Herren am Bauhaus so rückschrittlich sind. Da merkt man doch wieder einmal, dass es nicht ausreicht, schöne Worte auf ein Papier zu schreiben. Das, was Jahrhunderte gegolten hat, ist anscheinend nicht so schnell auf den Müllhaufen der Geschichte zu werfen.«

»Das hast du schön gesagt, Gunda«, bekräftigte Margarete. »Auf den Müllhaufen der Geschichte gehören sie wohl, diese unsäglichen Fortschrittsverweigerer. Was nützt es, wenn in unserem Parlament Frauen sitzen? Was nützt es, wenn wir wählen und arbeiten dürfen? Die Männer müssen es auch wollen. Aber sie scheinen Angst zu haben, dass wir ihnen etwas wegnehmen.«

»Was hast du jetzt vor?«

»Ich weiß noch nicht genau. Auf jeden Fall will ich weiter Keramik machen. Ganz frei, verstehst du? Formen erfinden, meinen eigenen Stil entwickeln. Aber vorher muss ich noch viel lernen. Das kann ich aber auch anderswo. Nicht nur in Dornburg wird getöpfert. Ich werde mir etwas suchen und dort meine Kenntnisse vervollkommnen. Dann sehen wir weiter.«

Margarete verabschiedete sich kurz darauf von der Freundin und ging nach Hause.

Dort hatten sich die Wogen mittlerweile wieder geglättet. *Wahrscheinlich ist Papa froh, dass ich aus diesem Sündenpfuhl weg bin,* dachte sie mit grimmigem Trotz. *Aber wenn er sich jetzt einbildet, ich würde eine brave Ehefrau werden und meine einzige künstlerische Betätigung im Besticken von Taschentüchern sehen, hat er sich getäuscht.*

Wenige Wochen später hatte sie den Ort gefunden, an dem sie ihre Kenntnisse ausbauen wollte. In Frechen, ganz in der Nähe von Köln, konnte sie ihre Töpferlehre fortsetzen. Doch nach einigen Monaten zog es sie erneut in die Ferne. In der Traditionsstadt Velten, nordöstlich von Berlin, nahm sie eine Stelle als künstlerische Mitarbeiterin in der Keramikfirma Velten-Vordamm an.

Teil 2

10. August 1989, London

Margarete brühte sich eine neue Kanne Tee auf und schüttete den bitter gewordenen Rest ins Spülbecken. Seit sie in England lebte – und mittlerweile fühlte sie sich tatsächlich eher als Engländerin denn als Deutsche – trank sie ihren Tee stets mit Milch. Diese Tradition hatte sie anfänglich überhaupt nicht verstehen, geschweige denn annehmen können. Mittlerweile konnte sie nicht anders. Da es hier üblich war, die Teeblätter in der Kanne zu belassen und höchstens einmal heißes Wasser nachzufüllen, milderte die Milch den bitteren Geschmack des starken Teesuds.

Sie dachte an all die Teegeschirre, die sie im Laufe ihres Lebens schon entworfen hatte. Das Liebste war ihr das in Gelbgrün, das sie in Marwitz 1926 als eines der ersten gefertigt hatte. Damals war es als innovativ und neuzeitlich in die Designgeschichte eingegangen, und noch immer wurde es als eines der ersten mit ihrem Namen in Verbindung gebracht, auch wenn es sich als nicht so praktisch erwiesen hatte. Es waren die zwei unterschiedlich großen Scheiben, die sie anstatt eines Henkels an Tasse, Kanne, Zuckerdose und Milchkännchen angebracht hatte. Zwar waren die Kreisformen leicht nach innen gewölbt, doch man hatte bei gefüllten Gefäßen einfach keinen guten Griff, und sie musste erkennen, dass Henkel nicht ohne Grund seit jeher dieses Loch besaßen, durch das man den Zeigefinger stecken musste, um die Tasse in sicherer Hand zu halten. Später in England hatte sie dann bei ihrem silbernen Teekännchen die Scheibengriffe derart verändert, dass sie in die Ebenholzscheiben ein Loch gebohrt hatte. Jetzt entsprach die Kanne dem vom Bauhaus gepredigten Lehrsatz *Form follows function*. Aber das waren Lernprozesse gewesen, die genauso zu ihrem Leben gehört hatten wie die schmerzlichen Verluste.

Mit der gefüllten Teekanne betrat Margarete erneut das Wohnzimmer und ließ sich in ihren Sessel sinken. Auch wenn ihre Zeit am Bauhaus nur ein knappes Jahr gedauert hatte, waren dort in ihr die Samen gelegt worden, die später keimen sollten. Doch zuerst hieß es: Lernen und das Handwerkliche beherrschen.

Doch sie lernte nicht nur, sondern sie gab das Gelernte auch weiter. Sie dachte wieder an ihre Zeit in der Keramikfirma in Frechen, während der sie große Befriedigung darin fand, Kindern an der Kölner Kunstgewerbeschule, an der sie selbst einst zweieinhalb Jahre studiert hatte, Kurse in Töpferei zu geben. Diese Arbeit mit Kindern setzte sie später fort, als sie in Berlin jüdischen Kindern Malunterricht erteilte und noch später in London, als sie in einem Krankenhaus dasselbe tat.

Margarete musste an Friedl Dicker denken, die zusammen mit Itten von Wien nach Weimar gekommen war und zu den Schülerinnen der ersten Stunde am Bauhaus gehört hatte. Die Bekanntschaft mit Paul Klee hatte bei Friedl den Weg in die Motivik und Pädagogik der Kinderwelt geebnet. Selbst noch im Konzentrationslager Theresienstadt gab sie den Kindern heimlich Malstunden und schenkte ihnen so ein Stück Schönheit und Normalität im Grauen. Auch die Räume im Kinderheim dort verschönerte sie durch das Färben der Bettwäsche und freundliche Wand- und Möbelanstriche. So gesehen war das KZ Theresienstadt tatsächlich so etwas wie ein Vorzeige-KZ gewesen. Die Nazis hatten nicht umsonst dort internationale Abordnungen des Roten Kreuzes und Journalisten aus aller Welt herumgeführt. 1944 war sogar ein Spielfilm dort gedreht worden. Den Insassen hatte man die Freiheit versprochen, würden sie als Schauspieler mitwirken und darin eine völlig realitätsfremde Welt voller Spiel, Sport und Spaß darstellen. Zu diesem Zweck wurde das Getto in ein schmuckes Städtchen verwandelt: mit Rosenbeeten, Spielplätzen, Cafés und Läden. Dieser Propagandastreifen war nicht für das deutsche Volk gedacht gewesen, sondern für Kritiker des NS-Regimes im Ausland. »Schaut her, wie gut es unseren Juden geht!« Das sollte die Botschaft sein.

Doch weder die Schauspieler noch der Regisseur überlebten. In den Gaskammern von Auschwitz fanden sie ebenso ein Ende wie Millionen ihrer Glaubensbrüder.

Als das verlogene Machwerk fertig war, waren schon die ersten Konzentrationslager im Osten von der vorrückenden Roten Armee befreit worden, und die Wahrheit über das, was mit den Juden geschehen war, längst denen bekannt, die sie hören wollten.

Friedl Dicker war ihrem Mann freiwillig auf einen Transport im Oktober 1944 nach Auschwitz gefolgt. Ihr Mann überlebte, sie wurde einen Tag nach ihrer Ankunft ermordet. Friedl war Kommunistin und Jüdin gewesen. Ein doppeltes Risiko. Und fast ein Wunder, dass man sie nicht noch früher in ein KZ verschleppt hatte.

Margarete dachte auch an Otti Berger. Eine fantastische Textilkünstlerin, die erst ans Bauhaus gekommen war, als es schon sein neues Domizil in Dessau bezogen hatte. Otti hatte bei einem ihrer England-Aufenthalte Kontakt zu Margarete aufgenommen, weil sie eine Arbeit suchte und irgendjemand ihr Margaretes Adresse gegeben hatte. Nachdem ihre beantragte Aufnahme in die *Reichskammer der bildenden Künste* 1935 wegen ihrer jüdischen Wurzeln abgelehnt worden war und sie ein Jahr später mit einem Berufsverbot belegt wurde, kehrte sie nach Jugoslawien zurück. Weder Margarete noch László Moholy-Nagy, der sie in die USA eingeladen hatte, konnten ihr eine Arbeit vermitteln. Schließlich, so hatte Margarete viel später von Ottis jüngerem Bruder erfahren, dem einzigen ihrer Geschwister, der den Holocaust überlebt hatte, war die begabte Künstlerin ebenfalls in Auschwitz ermordet worden.

Margarete hatte Glück gehabt. Sollte sie deshalb ein schlechtes Gewissen haben? Diese Frage beschäftigte sie immer wieder, wenn sie an Menschen dachte, die ihr auf ihrem Lebensweg begegnet und die dem Vernichtungswillen der Nazis zum Opfer gefallen waren.

Sie erhob sich aus ihrem Sessel, um die Toilette aufzusuchen. Als sie im Flur am Telefon vorbeiging, klingelte dieses. Sie zuckte zusammen und ließ fast ihren Stock fallen. Mit zitternder Hand hob sie den Hörer von der Gabel und krächzte in die Sprechmuschel.

»Hallo, wer spricht?«

Sie hörte das leise Lachen ihrer Tochter.

»Mom, hast du dich immer noch nicht daran gewöhnt, dich hier auf Englisch zu melden?«

Margarete ärgerte sich. Denn natürlich tat sie das normalerweise. Sie war nur vorher so sehr in Gedanken bei ihrer Zeit in Deutschland gewesen und eben so erschrocken beim Klingeln des Telefons, dass sie einfach nicht daran gedacht hatte. Deshalb fiel ihre Entgegnung auch ein wenig barsch aus.

»Was willst du?«

Kurzes Schweigen am anderen Ende der Leitung.

»Mom, geht es dir gut?«

»Wie soll es einer Neunzigjährigen schon gehen? Gut wäre übertrieben.«

»Ich wollte nur fragen, was du so treibst. Und ob du auch an unser Essen heute Abend denkst.«

»Ich bin zwar alt, aber nicht senil. Natürlich weiß ich, dass wir heute Abend Essen gehen werden.«

Was sollte sie schon auf die erste Frage sagen? Dass sie ein letztes Mal in Erinnerungen wühlte? Dass sie das Gefühl hatte, es bliebe ihr nicht mehr viel Zeit, um ihre Angelegenheiten zu ordnen?

»Weißt du schon, was du anziehst?«

Das war wieder typisch Frances. Als ob es irgendeinen Unterschied machte, ob sie in einem Sack oder einem Abendkleid aus dem Haus ginge. Nach ihr drehte sich schon lange kein Mann mehr um. Höchstens, um ihr seinen Arm beim Überqueren der Straße anzubieten oder ihr einen Platz in der überfüllten Tube anzubieten. Nicht, dass sie in den letzten Jahren mit der Untergrundbahn gefahren wäre!

Kurz spielte sie mit dem Gedanken, ihren Nadelstreifenanzug samt weißem Biesenhemd und Krawatte aus dem Karton zu nehmen, in dem die Sachen, von Mottenkugeln garniert, seit Jahrzehnten als Reminiszenz an ihre Jahre in Deutschland ein dunkles Dasein auf dem Boden ihres Kleiderschranks fristeten. Beim Gedanken an das Gesicht ihrer Tochter musste sie lächeln. Nein, das konnte sie ihr nicht antun. Wahrscheinlich waren ihr die Klamotten sowieso zu groß. Sie hatte in den letzten Jahren nicht nur abgenommen, sondern war auch geschrumpft.

Frances schien auf eine Antwort zu warten. An die Frage konnte sich Margarete allerdings nicht erinnern. Deshalb beendete sie das Telefonat mit dem Hinweis, sie habe noch viel zu tun und legte den Hörer auf die Gabel.

Was wollte ich doch gleich nochmal?, fragte sie sich grübelnd. Ihre drückende Blase erinnerte sie daran, dass sie sich auf dem Weg zur Toilette befand.

Seufzend dachte sie, wie schon so oft vorher: *Das Alter ist wirklich nichts für Feiglinge.*

Velten – Marwitz – Bornholm - Berlin

Neuanfang (1923 – 1927)

Margarete genoss es, an der Drehscheibe zu sitzen und ihre Fertigkeiten zu vervollkommnen. Statt Mustöpfen konnte sie jetzt die Geschirrformen drehen, die sie vorher entworfen hatte. Auch im Gießverfahren mit Gipsformen erweiterte sie ihre Fähigkeiten. Sie war froh, die Tonerde nicht mehr mühselig im Gelände graben und in der Grube aufbereiten zu müssen. Dank der nahen Tongruben, die die Tradition der Keramikherstellung begründet hatten, stand stets genügend vom Ausgangsmaterial zur Verfügung. Der Leiter der Fabrik Herman Harkort versuchte, mit modernen Produktionsmethoden Kunst für die serielle Produktion nach seinen Vorstellungen zu etablieren. Genau das wollte auch Margarete.

In der Nähe der Firma hatte sie in einer kleinen Pension Wohnung genommen, und die Zimmerwirtin - ebenfalls eine Kriegerwitwe - umhegte sie mit ihren Kochkünsten und machte ihr außerdem die Wäsche. Margarete fühlte sich fast wie zu Hause. Die Berliner Schnoddrigkeit war Ausdruck einer – trotz der schwierigen Lebensbedingungen durch die immer weiter steigende Inflation – überbordenden Lebensfreude, die viel mit ihrer rheinischen Herkunft gemein hatte.

Und dann traf sie ihn.

Sie sah von ihrer Arbeit auf, weil sie sich beobachtet fühlte. Gerade hatte sie eine Schale auf der Töpferscheibe frei gedreht und war mit der Form zufrieden. Ihre Hände, mit Ton beschmiert, hielt sie vor sich in der Luft. Sie blies sich eine Haarsträhne aus der Stirn, die sie schon beim Drehen gestört hatte. *Ich muss zum Friseur*, dachte sie.

Der Fremde sah sie an und schwieg. Seine Erscheinung war nicht besonders imposant. Weder groß noch außergewöhnlich gutaussehend. Eher so der unscheinbare Typ. Runde Brille und schon leicht gelichtetes Haar. *Der könnte auch einen neuen Schnitt gebrauchen*, kam ihr angesichts der wirr und etwas zu lang um den Kopf liegenden Haare in den Sinn. Fragend schaute Margarete, in der Bewegung erstarrt, in seine Augen. Die waren allerdings beeindruckend. Hell strahlte aus ihnen Geist und Witz. Schließlich, als der schweigsame Fremde noch immer keinen Ton herausbrachte, nahm Margarete kurzerhand das Wort.

»Entschuldigen Sie, mein Herr, aber ich muss weiterarbeiten. Sonst«, und hier hielt sie ihm ihre Hände entgegen, an denen der Schlicker schon langsam zu trocknen begann, »verderbe ich die Schale.«

»Entschuldigen Sie, mein Fräulein, darf ich mich vorstellen? Mein Name ist Gustav Loebenstein, ich bin Leiter einer keramischen Fabrik und …« Er stockte. Margarete beendete seinen Satz: »… und jetzt wollen Sie mal sehen, wie man anderswo Keramik macht?«

Er stutzte kurz, dann lachte er herzhaft. Jetzt sah er richtig jung aus. Gespannt wartete sie auf das, was noch kommen würde. »Nein, nein«, wehrte er ab und wischte sich eine Träne aus dem Augenwinkel, »ich sehe mich hier um, weil ich mit dem Gedanken spiele, eine weitere Dependance zu eröffnen.«

Margarete horchte auf. Sie hatte noch nichts davon gehört, dass Harkort die Fabrik verkaufen wollte. Hatte sie hier den neuen Eigentümer vor sich?

Bevor sie eine weitere Frage stellen konnte, war der Besitzer wie aus dem Nichts aufgetaucht und begrüßte Gustav Loebenstein mit einem kräftigen Schlag auf die Schulter. »Na, mein Lieber, suchst du hier nach deinen zukünftigen Mitarbeitern?« Das hörte sich nicht nach Verkauf an. Die Sache wurde immer rätselhafter.

»Fräulein Heymann würde ich dir allerdings nur sehr ungern abtreten. Sie ist eine meiner kreativsten und talentiertesten Köpfe.« Margarete spürte, wie ihr die Hitze ins Gesicht stieg. Allzu oft wurde sie nicht gelobt.

Zwar hatte sie hier bei der traditionsreichen Keramikfirma Velten-Vordamm alle Freiheiten, sich auch künstlerisch auszuprobieren, doch schwebten ihr noch allerhand Dinge im Kopf herum, die zu neuartig waren, um sie in solch einem Traditionsbetrieb durchsetzen zu können. *Vielleicht bietet sich mir hier eine Chance?*

Bevor sie jedoch Näheres erfuhr, zog Harkort den Fremden mit sich fort. Ein letzter Blick, den ihr Loebenstein über die Schulter zuwarf und in dem Bedauern über die Unterbrechung ihrer Unterhaltung lag, und sie war wieder allein.

Am Abend lief sie in ihrem Zimmer auf und ab. Sie spürte, dass etwas geschehen würde, auch wenn sie noch nicht wusste, was es sein könnte. Diese Unruhe kannte sie. *Genauso habe ich mich gefühlt, als ich ans Bauhaus gegangen bin*, ging ihr durch den Kopf. Sollte jetzt schon wieder ein neuer Lebensabschnitt folgen? *Du erhoffst dir da zu viel*, hielt ihre kritische Stimme dagegen. *Sicher wollte er nur nett sein.*

Und überhaupt: Worum ging es ihr hier eigentlich? Darum, einen Mann zu finden oder darum, ihre Vorstellungen von einer neuartigen Keramik zu verwirklichen?

In dieser Nacht schlief sie schlecht. Immer wieder schreckte sie hoch und sah auf die Uhr. Wann war es endlich Zeit aufzustehn? Ob er heute wiederkommen würde?

Am Morgen beim Blick in den Spiegel ärgerte sie sich. *Ich sehe aus wie eine Nachteule. Und dabei habe ich nicht einmal Puder, um meine Augenringe zu überdecken und auch kein Wangenrot, um mich etwas munterer zu schminken.*

Fast schon hoffte sie, Gustav Loebenstein würde an diesem Tag nicht vorbeikommen. Als die Sirene die Mittagspause ankündigte, war sie froh. *Er wird wohl anderweitig zu tun haben. Wahrscheinlich habe ich wieder nur das gesehen, was ich sehen wollte*, schalt sie sich.

Sie hatte gerade den letzten Bissen ihres Brotes im Mund, als Gustav Loebenstein durch die Tür der Kantine trat. Margarete hörte auf zu kauen, als sie sah, dass er zielgerichtet auf sie zusteuerte. Kurz bevor er ihren Tisch erreichte, schluckte sie den Brocken hinunter und musste prompt husten. Er trat hinter sie und klopfte ihr auf den Rücken. Dann setzte er sich ihr gegenüber und reichte ihr das Wasserglas, das vor ihr stand. Mit tränenden Augen trank Margarete und langsam beruhigte sich ihr Atem wieder.

Toller Einstand!, beglückwünschte sie sich innerlich und wäre am liebsten im Erdboden versunken. Sie zog ihr Taschentuch aus der Schürze und schnäuzte sich wenig damenhaft. Gustav Loebenstein wandte seinen Blick diskret ab und schien auf dem Fensterbrett etwas sehr Interessantes entdeckt zu haben.

Na wenigstens ist er taktvoll, dachte Margarete.

»Geht's wieder?«

»Es tut mir leid«, sagte Margarete, der es gar nicht leidtat.

»Keine Ursache. Ich wusste ja nicht, dass mein Anblick bei Ihnen so eine Wirkung hat.« Er lächelte.

Als Margarete schwieg – was hätte sie darauf auch sagen sollen – sprach er weiter.

»Ich hörte, Sie waren am Bauhaus?«

»Ein Jahr nur.«

»Hat es Ihnen dort nicht gefallen?«

Was sollte sie dazu sagen? Sie seufzte. Die Sirene, die das Ende der Mittagspause anzeigte, erlöste sie. Margarete erhob sich. »Tut mir leid, aber ich muss wieder an die Arbeit.«

Auch Gustav Loebenstein erhob sich. »Ich würde mich freuen, wenn wir das Gespräch ein andermal fortsetzen könnten. Mich interessieren die Erfahrungen, die Sie am Bauhaus gemacht haben, sehr.«

Ein andermal. Klar. Er reichte ihr seine Hand zum Abschied. Margarete ergriff sie. Der Händedruck war angenehm. Nicht zu lasch, als habe man einen toten Fisch in der Hand und nicht zu kräftig, als wolle der andere einem sämtliche Knochen brechen. Gerade richtig. Ob er auch sonst »gerade richtig« war?

Als sie ging, spürte sie seine Blicke im Rücken.

Am Nachmittag konnte sie sich kaum auf ihr Werkstück konzentrieren. *Wird er noch einmal mit mir Kontakt aufnehmen oder war das nur so dahingesagt?* Derlei Gedanken gingen ihr durch den Kopf.

Die Antwort erhielt sie, als sie die Tür zu ihrer Pension aufschloss. Die Witwe Klein schien auf sie gewartet zu haben, denn sie wedelte, kaum dass Margarete im Flur stand, mit einem weißen Umschlag. »Das ist für Sie abgegeben worden, Fräulein Heymann«, sagte sie und strahlte dabei wie eine erfolgreiche Heiratsvermittlerin. Margarete nahm den dicken Umschlag aus Büttenpapier entgegen und dankte ihrer Wirtin. In ihrem Zimmer riss sie den Umschlag ungestüm auf, ohne sich erst die Mühe zu machen, nach ihrem Brieföffner zu suchen.

Mit schön geschwungener Schrift lud sie Gustav Loebenstein zum Essen ein. Und zwar noch am selben Abend. Ein Schrecken durchfuhr Margarete. Ein Blick auf die Uhr an der Wand zeigte ihr, dass sie noch genau zwei Stunden Zeit hatte, bis Gustav Loebenstein sie abholen würde. *Mein Gott, was soll ich bloß anziehen?*

Sie war nicht für solche Anlässe ausgestattet. Sie war nach Velten gekommen, um hier zu arbeiten. An Vergnügen hatte sie keinen Gedanken verschwendet. *Woher willst du wissen, was er mit diesem Essen bezweckt? Vielleicht ist es ein reines Arbeitsessen.* Damit war die Entscheidung gefallen. Das einzige Kleidungsstück, das ihr passend erschien, war ihr schwarzer Anzug. Würde ihn dieser Aufzug schockieren?

Sollte sie die Krawatte umbinden oder war das zu viel des Guten? Sie entschied sich, aufs Ganze zu gehen. *Da merke ich gleich, welcher Zeit und Gesinnung er anhängt.*

Gustav Loebenstein hielt pünktlich mit seinem Automobil vor dem Haus der Witwe Klein. Er hatte seine Mimik gut unter Kontrolle, als Margarete aus der Haustür und er auf sie zutrat. Vielleicht hatte er wegen des Wintermantels auch die Krawatte noch nicht bemerkt. Sie fuhren nach Oranienburg, da es in Velten keine geeignete Gaststätte gab.

Er hielt ihr die Tür auf, nahm ihr den Mantel ab und schob ihr den Stuhl zurecht. Das war ein anderes Benehmen als das der Männer am Bauhaus. *Woher willst du das wissen?*, meldete sich sofort ihre innere Kritikerin. *Du warst doch noch mit keinem von ihnen aus!*

Als sie am Tisch saßen, breitete sich zunächst ein Schweigen zwischen ihnen aus, das zum Glück durch den heraneilenden Kellner unterbrochen wurde. Er reichte ihnen die Speisekarten und empfahl sogleich die gefüllte Poularde. Gustav Loebenstein legte die Karte auf den Tisch, ohne hineingesehen zu haben und entschied sich dafür, dem Vorschlag des Kellners zu folgen, während Margarete die angebotenen Gerichte studierte. *Lässt er sich auch sonst die Entscheidungen gern abnehmen?*, rätselte sie währenddessen. Sie selbst wählte die Forelle Müllerin Art. Dazu bestellte Gustav Loebenstein eine Flasche Weißwein, allerdings ohne sie nach ihren Wünschen zu fragen.

»Ich trinke lieber einen Rotwein«, sagte sie, um ihm zu zeigen, dass sie sehr wohl auch imstande war, eigene Bedürfnisse zu artikulieren.

Während sie auf die Getränke warteten, erzählte Margarete auf seine Frage hin ein wenig von ihrer Bauhauszeit. Dabei versuchte sie, alles Kritische unerwähnt zu lassen. *Sonst denkt er noch, ich bin eine, die an allem etwas herumzunörgeln hat. Das schreckt ihn sicherlich ab.* Stattdessen beschränkte sie sich auf das Hervorheben der fortschrittlichen Unterrichtsmethoden.

Nachdem der Wein gekommen war und sie miteinander angestoßen hatten, erzählte Gustav Loebenstein von seinem beruflichen Werdegang. Er war Ökonom und ein Freund des Werksleiters der Keramikfabrik Hermann Harkort. Wenn Margarete es richtig verstanden hatte, war Gustav Loebenstein nicht unmaßgeblich an der Modernisierung der Fabrik beteiligt gewesen.

»Ich suche eine neue Herausforderung«, sagte er und erhob erneut sein Glas. »Ich könnte mir vorstellen, dass ich mit so einem kreativen Kopf wie Ihnen an meiner Seite noch viel

Größeres schaffen könnte. Hätten Sie Lust, etwas Neues zu wagen?«

Margarete fühlte ihren Puls im Hals klopfen. *Etwas Neues wagen.* Das hörte sich an wie die Verlautbarungen am Bauhaus. Und was war daraus geworden? Sollte sie sich noch einmal auf so etwas einlassen? Würde sie eine nochmalige Enttäuschung verkraften? »Ich bitte Sie zu bedenken, dass ich keine abgeschlossene Ausbildung habe.«

Gustav Loebenstein lächelte. Er trank, ohne dass auch Margarete ihr Glas erhoben hatte. Bevor er jedoch antworten konnte, wurde ihr Essen serviert. Gustav Loebenstein steckte sich eine Ecke der weißen Stoffserviette in seinen Hemdkragen, und Margarete fand den Anblick sehr amüsant. Er wünschte ihr einen Guten Appetit und sie verzehrten schweigend ihre Mahlzeit. Vor lauter Aufregung war Margarete allerdings der Hunger vergangen. Sie konnte es kaum erwarten, das Gespräch fortzusetzen. Vor allem seine Antwort auf ihren letzten Einwurf interessierte sie. Gustav Loebenstein kaute langsam und bedächtig. Seine Hände waren schlank, aber muskulös und seine Finger feingliedrig und gepflegt. Einen Moment versuchte sich Margarete vorzustellen, wie diese Finger über ihre Haut strichen. Augenblicklich spürte sie einen Schauer ihren Rücken hinunterlaufen. Als sie ihn anschaute, blickte er ihr direkt in die Augen, und es war ihr, als habe er ihre unzüchtigen Gedanken gelesen. Er zog die Serviette aus seinem Hemdkragen und tupfte sich die Lippen ab, bevor er zum Weinglas griff. Auch Margarete legte das Fischbesteck zur Seite und wischte sich mit der Serviette über den Mund. Dann nahm auch sie ihr Glas in die Hand.

»Ich frage nicht nach Abschlüssen und Dokumenten. Ich habe mich nach Ihnen erkundigt, und ich habe Sie arbeiten gesehen. Ihnen liegt die Töpferei im Blut. Und nicht nur das. Sie haben eine Vision, die in die Zukunft weist. Die Menschen wollen auch in ihrem Heim etwas Neues haben. Den

Mief der alten Zeit hinausscheuchen. Wir sollten ihnen liefern, wonach sie sich sehnen. Meinen Sie nicht?«

Margarete fiel dazu nicht viel ein. Sie spürte, dass ihr da jemand gegenübersaß, der ebenso wie ihre Lehrer am Bauhaus bereit war, etwas zu wagen. Würde er ebenso in den Konventionen der Vergangenheit, die doch eigentlich überwunden werden sollte, hängenbleiben, oder würde ihm dieser Aufbruch in eine neue Zeit gelingen? Sollte sie es noch einmal wagen?

»Ich stehe zu Ihrer Verfügung«, sagte sie deshalb nur und stieß mit ihrem Glas an das seine. Zufriedenheit breitete sich auf dem Gesicht ihres Gegenübers aus. Margarete leerte ihr Glas restlos. Fast ein wenig zu hart stellte sie es auf dem weißen Tischtuch ab. Bevor sie ihre Hand vom Stiel lösen konnte, hatte Gustav Loebenstein seine Rechte darübergelegt. Die Berührung war wie ein elektrischer Schlag. Erschrocken blickte Margarete ihr Gegenüber an. Doch der lächelte nur tiefgründig und zog seine Hand zurück.

»Wenn Sie mich kurz entschuldigen«, presste Margarete hervor und flüchtete mit ihrer Handtasche in den Waschraum. Sie brauchte einige Minuten allein, um sich zu beruhigen. Was ging hier vor sich?

Um ihre Gefühle unter Kontrolle zu bringen, zog sie sich die Lippen nach und fuhr sich mit dem Kamm durch die Haare. Auch ihr Krawattenknoten saß schief.

Sie ließ kaltes Wasser über ihre Handgelenke laufen, schob danach die Manschetten und die Ärmel der Jacke wieder nach unten und atmete ein letztes Mal tief durch. *Er ist nur ein Mann, der dir eine neue Betätigung anbietet*, sagte sie sich.

Dann straffte sie die Schultern, klemmte sich ihre Tasche unter den linken Arm und öffnete die Tür.

Am nächsten Tag schon zeigte er ihr die alte, nicht mehr genutzte Kachelofenfabrik der Firma Petry in Marwitz. Sie lag unweit der Hauptstraße, und die Schienen der Tonbahn, die von den *Pötterbergen* kam, verliefen ebenfalls in der Nähe. Margarete wusste, dass die Ansiedlung der Keramikindustrie nordwestlich vom Nachbarort Velten nur auf Grund des hier vorhandenen Geschiebemergels und -lehms erfolgt war. Seit 1835 wurde hier für die Ofenfabrikation im großen Maßstab mit Spaten und Spitzhacke in terrassenförmigen Absätzen der überdurchschnittlich fette Ton abgebaut. Auf den Schienengeleisen der Lorenbahn wurden, von einem Pferd gezogen, die geschlämmten und getrockneten Ballen zu den zahlreichen Fabriken gebracht, wo der Ton weiterverarbeitet oder in den Winterkellern und Schuppen gelagert wurde. Manche Fabriken bereiteten den Ton auch in ihren eigenen Schlämmanlagen für die Weiterverarbeitung vor.

Die Gebäude der ehemaligen Ofenfabrik sahen nicht gerade vertrauenerweckend aus. Ihr Begleiter schien ihre Vorbehalte zu spüren.

»Natürlich müsste hier noch einiges investiert werden. Trotzdem denke ich, dass es sich lohnen könnte. Ich habe auch schon mit dem Eigentümer gesprochen und einen Pachtpreis vereinbart.«

Auf Margaretes fragendes Gesicht ergänzte er verschämt: »Ich zahle ihm drei Zentner Roggen im Vierteljahr.«

Margarete konnte sich das Lachen nicht verkneifen. »Sind Sie jetzt auch unter die Bauern gegangen?«

Gustav Loebensteins Gesicht nahm eine rote Färbung an. Margarete winkte ab und signalisierte ihm, dass es ihr nicht Ernst war, sondern sie ihn nur necken wollte. *Ob er irgendwann meinen sehr speziellen Humor verstehen wird?*, fragte sie sich.

Margarete gefiel seine Vorsicht. Und es gefiel ihr, wie er ihr den Hof machte. Auf eine altmodische Art, von der sie eigentlich gedacht hatte, dass sie diese längst in ihrem Jahr am Bauhaus zurückgelassen hatte. Dort freie Liebe und nackte Körperlichkeit, hier im provinziellen Marwitz Kavaliere der Alten Schule.

Margarete war hin- und hergerissen. *Kann sich die Frau nur das herauspicken, was am bequemsten für sie ist?*, fragte sie sich. Wie passte das zusammen: Das Recht auf eigene Berufstätigkeit und das Bezahlen der Restaurantrechnung durch den Mann?

Und noch eine andere Frage ging ihr durch den Kopf, während sie Gustav Loebenstein an unzähligen Restauranttischen gegenübersaß oder mit ihm stundenlang die Gegend um Marwitz durchstreifte. Vorbei an den riesigen Schlämmbecken, an denen Arbeiter die Tonmasse mittels langer Stangen im Becken gleichmäßig verteilten und wo das überschüssige Wasser im Boden versickerte oder an der Sonne verdunstete, vorbei an den Schlämmanlagen, in denen die vorgereinigte Tonmasse durch Siebe und Rinnen in die nahe gelegenen Schlämmbecken geleitet wurde, vorbei an den gemauerten Becken, in denen der Geschiebemergel mit Wasser vermengt, aufgeweicht und zerkleinert wurde. Längst wurde das Rührwerk dafür nicht mehr durch Pferdekraft, sondern durch die Kraft des Dampfes angetrieben. Auf diese Art wurde der Ton gereinigt, und die gröberen Bestandteile wie Kies oder Wurzelfasern setzten sich auf dem Grund des Beckens ab.

All das konnte Gustav Loebenstein ihr wieder und wieder geduldig erklären. Doch die Frage, die Margarete bei all den Gelegenheiten durch den Kopf ging, war eine viel profanere: *Wann wird er mich endlich küssen?*

Gustav Loebenstein jedoch ließ sich Zeit. Wollte er sie weichkochen? Was bezweckte er mit seiner Zurückhaltung? Sie war doch schon längst bereit für ihn. Deutete sie womöglich seine Signale falsch? Bezog sich sein Interesse an ihrer Person ausschließlich auf die berufliche Seite? Mehr als einmal nahm sie sich vor, den ersten Schritt zu tun. Endlich Klarheit zu gewinnen. Schließlich war auch das Ausdruck der neuen Zeit. Frau war nicht mehr dazu verdammt, darauf zu warten, dass sich ein Mann ihrer erbarmte. Frau konnte – so sie denn den Mumm dazu besaß und nicht vor einem Korb zurückschreckte – selbst die Initiative ergreifen. Sie war doch nicht auf den Mund gefallen. Sie war doch eigentlich eine selbstbewusste Frau, die um ihr Aussehen wusste. Warum war sie so zögerlich?

An einem Sonntag im Juni lud Gustav Loebenstein sie ein, mit ihm nach Berlin zu fahren. Margarete war bisher nur einige Male in der nahegelegenen Stadt gewesen. *Er will mir die Hauptstadt zeigen*, mutmaßte sie, und zog sich ihre bequemen Schuhe an, die sie ohnehin fast immer trug. Diesmal verzichtete sie allerdings auf ihre Hosen, da das Wetter sehr warm zu werden versprach. Stattdessen trug sie ein rosenübersätes Sommerkleid, das sich allerdings mit den schwarzen flachen Schnürschuhen nicht besonders gut vertrug. *Egal*, dachte sie. *Bevor ich mir Blasen laufe und nicht mithalten kann, begehe ich lieber einen modischen Fauxpas.*

Als das Automobil vor dem Haus ihrer Zimmerwirtin hielt, lief Margarete bereits vor die Tür, noch bevor Gustav Loebenstein klingeln konnte. Eine leichte weiße Strickjacke hielt sie in der Hand. Bei ihrem Anblick glitt ein Lächeln über sein Gesicht, das Margarete sofort verunsicherte. *Findet er meinen Aufzug scheußlich?*, fragte sie sich. Am liebsten wäre sie wieder nach oben gelaufen und hätte doch ihre Hosen angezogen. Aber sie beherrschte sich und reichte Gustav Loebenstein die Hand zur Begrüßung.

»Es freut mich sehr, dass sich in Ihrem Kleiderschrank nicht nur Beinkleider zu befinden scheinen«, sagte er und grinste spitzbübisch. Margarete fühlte die Hitze in ihre Wangen steigen. Schnell nahm sie auf dem Beifahrersitz Platz.

Während der Fahrt sprachen sie wenig. Lediglich über das Wetter und die Landschaft, die von goldenen Getreidefeldern und schattigen Alleen geprägt war, ließen sie ab und zu ein paar Bemerkungen fallen. »Ich möchte unbedingt auch Autofahren lernen«, platzte Margarete heraus. Gustav warf ihr einen erstaunten Seitenblick zu. »Warum nicht?«, war alles, was er darauf erwiderte.

Sie hielten vor einer Villa im Grunewald. Bevor Gustav um das Auto herumeilen und ihr den Wagenschlag öffnen konnte, war Margarete bereits ausgestiegen. Sie würde es nie lernen. Etwas erstaunt war Margarete doch, weil sich hier keine der Sehenswürdigkeiten Berlins zu befinden schien.

Gustav Loebenstein öffnete das große schmiedeeiserne Tor mit den vergoldeten Spitzen und forderte Margarete mit einer Handbewegung auf, ihm zu folgen. Mit einem mulmigen Gefühl in der Magengegend kam Margarete näher. »Was wollen wir hier?«

»Sie sind zu ungeduldig, Werteste.«

Sie liefen über einen gekiesten Weg, der zwischen Rasenflächen und alten Bäumen hindurchführte. Das Grundstück war riesig. Im Garten sah sie ein kleines Teehaus, ein Springbrunnen plätscherte vor sich hin, und die Tropfen glitzerten in der Morgensonne. Gustav betätigte den messingnen Klopfer an der Holztür und fast sofort wurde die Tür von einem Dienstmädchen in gestärkter Schürze und Häubchen geöffnet.

»Hallo Lisa«, begrüßte Gustav Loebenstein das Mädchen. »Wo sind meine Eltern?«

Margarete verschluckte sich fast. Das hier war also sein Elternhaus. Was sollte das werden? Etwa das, was sie sich schon so lange gewünscht hatte?

»Ihre Eltern nehmen im Wintergarten ihren Tee«, antwortete Lisa.

Sie betraten eine riesige Empfangshalle, von der beidseitig Treppen nach oben gingen. Auf zwei runden Tischchen an den Aufgängen standen üppige Sträuße mit Sommerblumen. Der Steinfußboden war mit Intarsien geschmückt. Gustav Loebenstein zog aus einem der Sträuße eine weiße Sommeraster hervor und fiel vor Margarete auf die Knie. Die war so erschrocken, dass sie einen Schritt zurückwich.

»Liebste Margarete«, begann er. »Wir kennen uns nun schon eine ganze Weile. Und du wirst bemerkt haben, dass ich kein Mann der übereilten Handlungen bin. Ich prüfe lieber lange, bevor ich mich ewig binde. Und meine Prüfung hat ergeben, dass ich nichts lieber will, als an deiner Seite den Rest meines Lebens zu verbringen.«

Er machte eine kurze Pause, und Margarete registrierte, wie ihre Knie immer mehr zitterten. Würde sie seinen Antrag standhaft bis zum Schluss durchstehen können?

»Ich habe lange überlegt, an welchem Ort ich dich fragen würde, aber die Romantik liegt mir, wie du vielleicht schon gemerkt hast, nicht so sehr im Blut. Deshalb habe ich praktische Erwägungen siegen lassen und frage dich nun, hier in unserem zukünftigen Heim, ob du meine Frau werden willst.«

Margarete merkte, wie ihr Mund offenstand. Was für einen Anblick mochte sie wohl bieten? Sie streckte ihre Rechte nach Gustav aus und zog ihn in die Höhe. Sein Gesicht war ein einziges Fragezeichen. Unsicherheit und sogar Angst spiegelten sich darin. *Der Ärmste!*, dachte Margarete. Welch ein Risiko er einging! Weder kannte er ihre Antwort, noch wusste er, ob sie wirklich zusammenpassten. Schließlich hatten sie sich noch nicht einmal geküsst! Hätte man das nicht etwas langsamer angehen können? *Nein, nicht langsamer*, berichtigte sie sich gleich darauf selbst. *Eher anders. Zielgerichteter.*

Noch immer lastete Schweigen auf den beiden. Gustav trat von einem Fuß auf den anderen. Schließlich schien ihm etwas einzufallen. Er legte die Blume auf dem Marmortischchen ab und griff in seine Jackentasche. Strahlend klappte er ein kleines schwarzes Etui auf und entnahm ihm einen Ring. Dann griff er nach ihrer linken Hand und schob den schmalen Reif mit dem unglaublich großen glitzernden Stein auf ihren Ringfinger.

Jetzt solltest du langsam mal was sagen, ging Margarete durch den Kopf. *Erlös ihn!*

»Ja«, krächzte sie und zog ihren zukünftigen Ehemann am Revers seiner Jacke zu sich, um endlich ihre Lippen auf die seinen zu pressen. Sie wusste nicht, wie lange sie schon so bewegungslos in inniger Umarmung dort im halbdunklen Vestibül gestanden hatten. Seine Lippen schmeckten gut, und das, was er mit seiner Zunge in ihrem Mund tat, gefiel ihr außerordentlich. Kleine Schauer liefen über ihren gesamten

Körper und besonders in einer Region kribbelte es schier unerträglich.

Ein verhaltenes Räuspern riss sie aus ihrer Versenkung. Wie aus einem Traum erwachend sah sich Margarete nach dem Ursprung des Geräuschs um. Ein paar Schritte von ihr entfernt stand eine Frau in einem eleganten Seidenkleid, eine lange Perlenkette auf dem moosgrünen Taft.

Sie blickte nicht etwa schockiert, sondern eher wohlwollend und neugierig auf die beiden Liebenden. »Wie lange brauchst du denn noch, um uns deine Braut vorzustellen?« In ihrer Stimme lag leiser Tadel.

Bevor er etwas erwidern konnte, war seine Mutter bereits vorausgegangen, und Gustav zog Margarete hinter sich her.

Das »Vorstellungsgespräch« verlief locker. *Ob ihn Mama und Papa genauso mögen werden, wie mich seine Eltern zu mögen scheinen?*, ging Margarete durch den Kopf.

»Jetzt werden wir Nägel mit Köpfen machen und uns die Synagoge anschauen, in der wir heiraten werden«, sagte Gustav, als sie wieder auf die Straße getreten waren.

Bereits im Auto erzählte Gustav ihr einiges über die Entstehung dieses größten jüdischen Gotteshauses in Europa.

»Den maurisch-byzanthinischen Stil hat sich der Architekt von der Alhambra in Granada abgeschaut«, sagte er und ratterte Jahreszahlen und andere Daten herunter.

Als Margarete auf das Portal der Synagoge zuging und die drei Kuppeln mit ihren goldenen Rippen sah, wusste sie, dass sie hier ein architektonisches Juwel vor sich hatte. Schon draußen vor den Bogenfenstern und der durch farbige Ziegelstreifen gegliederten Fassade überkam sie ein Gefühl, als befände sie sich in einem Märchen aus 1001 Nacht. Gustav machte sie auf den, in goldenen Buchstaben aufgeprägten Spruch über den Portalen aufmerksam.

Weil Margarete kein Hebräisch lesen konnte, übersetzte er ihr den Ausspruch Jesajas: *Tuet auf die Pforte, dass einziehe das gerechte Volk, das bewahret die Treue.*

Während sie auf die reichlich mit Holzschnitzereien verzierte Eingangstür zutraten, sagte Gustav: »Es war übrigens das erste jüdische Gotteshaus, dessen Portale sich auf Straßenniveau öffneten und das nicht, wie in früheren Zeiten, durch ein Vorgebäude oder einen Hof von der Straße getrennt war.«

Sie betraten durch eine der hohen Türen die Eingangsrotunde. Gustav zeigte auf die nach oben führenden Treppenstufen. »Hier ist der Aufgang für die Männer in den großen Gebetssaal.«

»Ich hoffe, dass auch in den Synagogen bald die Trennung von Männern und Frauen aufgehoben wird«, entgegnete Margarete.

Sie betrachtete die reichverzierten Säulen mit ihren viereckigen Kapitellen und bewunderte die mit Rosetten, Ranken und Pflanzenelementen bemalten Rundbögen.

Gustav dozierte weiter: »Die Frauen gelangen dort über das Treppenhaus auf die Emporen. Kannst du dir vorstellen, dass dieses Gebäude über dreitausend Gläubige fasst?«

Als Margarete nichts erwiderte, fuhr er fort: »Der Andrang ist manchmal – vor allem an hohen Feiertagen – so groß, dass Eintrittskarten mit Nummern verkauft werden. Die sind an den jeweiligen Sitzen angebracht. Oft werden auch zwei Gottesdienste nacheinander gefeiert.«

Margarete fühlte sich ein wenig unwohl. Gustav schien ein eifriger Gläubiger zu sein. Mit der Kippa, die er sich vor dem Eintreten noch schnell über den Kopf gestreift hatte, wirkte er irgendwie ganz anders. *Hoffentlich erwartet er nicht von mir, dass wir an jedem Sabbat in die Synagoge gehen und dass ich womöglich auch noch koscher kochen muss.*

Margarete war in ihrem Elternhaus nicht sehr orthodox erzogen worden – man feierte die großen Feste und ging ab und zu in die Synagoge. Mehr hatte sie auch in ihrer eigenen Familie nicht vor.

Jetzt wies Gustav sie auf das Licht hin, das durch die bunten Scheiben fiel. Tatsächlich verklärte dieser Schein die Verzierungen und verschlungenen Arabesken, das Schnitzwerk und die Wandmalereien zu etwas Feenhaften, Überirdischen.

»Für die drei Kuppeln hat man erstmalig im Kirchenbau eine moderne Eisenkonstruktion verwendet, die sonst nur bei Zweckbauten wie Bahnhöfen und Ausstellungshallen eingesetzt wird.« Woher wusste er das alles?

Seine Arme holten weit aus und beschrieben die riesigen Spannkonstruktionen, zwischen denen man dann die hölzernen Dachsparren eingefügt hatte.

Jetzt zog er Margarete in den Vorsynagoge, den letzten Raum vor dem großen Betsaal. An der Wand rechts sahen sie die *Chuppa* lehnen. Er zeigte darauf. »Bald, mein Herz, werden wir unter dieser *Chuppa* unser Ehegelöbnis sprechen.«

Margarete nickte. Irgendwie wurde es ihr ganz komisch. War das wirklich die richtige Entscheidung gewesen? War es nicht etwas übereilt?

Viel Zeit zum Überlegen ließ ihr Gustav nicht. Sie heirateten am 4. August 1923. Margarete hatte sich zur Feier des Tages ein ganz und gar konventionelles langes weißes Kleid schneidern lassen und trug dazu sogar einen kurzen Schleier. Auch Gustav war, entsprechend der jüdischen Tradition ganz in weiße Seide gekleidet. Unter der *Chuppa*, die an die Zeiten erinnern sollte, in denen die Israeliten noch in Zelten wohnten, wurden die Heiligung und die Angelobung vom Rabbiner ausgesprochen. Sie tranken aus dem mit Wein gefüllten Becher und Gustav steckte ihr den Ring an den Finger und sprach die traditionellen Worte: »Durch diesen Ring seiest du mir angelobt entsprechend dem Gesetz von Moses und Israel.« Der Rabbiner verlas anschließend auf Aramäisch, der Sprache, die auch Jesus gesprochen hatte, die *Ketuba*, den Ehevertrag. Natürlich hatte Margarete sich diesen vorher von Gustav übersetzen lassen. Besonders der Passus, in dem sich der Ehemann verpflichtete, ihre sexuellen Bedürfnisse zu beachten und zu befriedigen, amüsierte Margarete, und sie musste sich ein Grinsen verkneifen.

Das Zertreten des in ein Tuch eingewickelten Glases, das an die Zerstörung des Tempels in Jerusalem erinnern sollte, hatte erst beim dritten Mal geklappt. Anschließend war darüber gewitzelt worden, ob Gustav in seinen Lenden mehr Kraft habe als in seinem Fuß.

Wenige Tage nach der Hochzeit nahm die neue Keramikfabrik in Marwitz den Betrieb auf. Sie beschlossen, sie so zu nennen, wie man die Anfangsbuchstaben ihrer beider Nachnamen, lautlich ausgesprochen, verstehen würde: Ha-El. Und weil es schick aussah, setzten sie noch zwei Punkte auf das kleine e: Haël. Die kaufmännische Seite teilte sich Gustav mit seinem Bruder Daniel. Margarete war für die künstlerische Seite verantwortlich.

Das Zusammenleben mit der Familie gestaltete sich völlig unproblematisch. Da sie ohnehin den ganzen Tag in Marwitz waren, begegneten sie seinen Eltern nur selten.

Als sie merkte, dass sie schwanger war, kamen Margarete Zweifel. Würde sie auch weiterhin arbeiten können? Noch immer war es üblich, dass die Mütter bei ihren Kindern zu Hause blieben. Genauso wie es noch nicht alltäglich war, dass Frauen überhaupt einer Arbeit nachgingen und ihr eigenes Geld verdienten. Sie musste mit Gustav sprechen!

Der war zunächst von der Nachricht ihrer Schwangerschaft begeistert. Auf ihre vorsichtigen Fragen, wie er sich denn die Kinderbetreuung vorstellte, sagte er: »Schatz, ich weiß doch, wie viel dir deine Arbeit bedeutet. Du kommst in die Fabrik zurück, sobald es dir gut genug geht. Für den Kleinen finden wir schon eine Lösung. Es gibt gute Kinderfrauen, das ist überhaupt kein Problem. Meine Eltern sind ja auch noch da. Und sie werden ganz aus dem Häuschen sein, wenn ich ihnen die Neuigkeit mitteile.«

Margarete war vorerst beruhigt. Nur eines störte sie. »Woher willst du wissen, dass es ein Junge wird?«

Gustav schaute sie verwirrt an. Dann schlug er sich mit der flachen Hand an die Stirn. »Ach so, du meinst, weil ich *den Kleinen* gesagt habe! Nein, das ist mir nur so rausgerutscht.

Natürlich ist es vollkommen egal, was es wird. Ein Mädchen nehme ich genauso gern.« Er zwinkerte Margarete zu.

Die Schwangerschaft verlief unkompliziert und den Jahreswechsel 1924 konnten sie bereits mit ihrem kleinen Michael feiern.

Drei Monate nach seiner Geburt fuhr Margarete wieder hinaus nach Marwitz. Mittlerweile hatte sie den Führerschein gemacht, so dass sie nicht von Gustav, Daniel oder einem Chauffeur abhängig war. Die Brüder hatten meist länger in der Fabrik zu tun, die sie mittlerweile auch gekauft und ausgebaut hatten. Die Fabrik war alles, was sie sich je erträumt hatte. Hier konnte sie ihre Ideen umsetzen, ohne jemanden erst davon überzeugen zu müssen. Und es lief ja auch alles bestens.

Haël produzierte sowohl Einzelstücke als auch Massenware in handwerklich ausgezeichneter Qualität. Die Gebrauchskeramik fiel durch Form, Glasur, Farbe und Dekor aus dem Rahmen des bis dahin Bekannten. Rund die Hälfte der Produktion ging in den Export. Margarete konnte ausgefallene, expressionistisch anmutende Stücke herstellen, die ihr von den betuchten Kunden, die auf ihren Tischen das Besondere zur Schau stellen wollten, aus den Händen gerissen wurden.

Im Juli und September 1925 wurden ihre Produkte in der Ausstellung der avantgardistischen *Sturm-Galerie* in Berlin gezeigt. Dort standen Margaretes Entwürfe neben Werken von Kurt Schwitter, László Moholy-Nagy und Wassily Kandinsky.

In den Lifestyle-Magazinen jener Zeit schalteten sie nicht nur Anzeigen, sondern es wurde auch über ihre innovative Keramik berichtet.

Die Idee, die hinter ihrer Keramik stand, war dieselbe wie am Bauhaus: Funktionalität, technische Präzision, Vielfalt und Modularität.

1924 stellten sie erstmals Produkte auf der Leipziger Grassi-Messe aus. Das Besondere daran: Bevor dort ein Aussteller seine Produkte präsentieren konnte, mussten sie vor einer Jury bestehen.

1925 wurde die Firma Mitglied im Deutschen Werkbund, dem renommierten Verband von Künstlern, Designern und Architekten.

Auch auf der Herbstmesse in den Mädler-Passagen in Leipzig 1927 waren sie vertreten. All ihre Produkte waren so konzipiert, dass sie für das Budget eines Durchschnittsverdieners geeignet waren. Die moderne Hausfrau wollte mittlerweile etwas, womit sie sich gegenüber ihren Freundinnen und Besucherinnen abheben konnte. Die alten Zöpfe wurden allmählich auch im häuslichen Bereich abgeschnitten.

Auch auf dem Werksgelände veränderte sich einiges. 1927 hatten sie ein neues Verwaltungsgebäude mit einliegender Wohnung errichten lassen. Doch die junge Familie Loebenstein wollte weiterhin in der pulsierenden Metropole Berlin bleiben. Zu sehr genossen sie die Möglichkeiten der Zerstreuung, die sich ihnen dort boten. Mittlerweile waren sie in ihre eigene Villa umgezogen. Sie befand sich in Tempelhof und war etwas kleiner als die seiner Eltern. Doch Platz gab es mehr als ausreichend. Auch das Kindermädchen hatte dort ihr eigenes Reich.

Die Fertigungsmethoden in der Fabrik hatten sich mit den Jahren gewandelt. Die in den ersten Jahren gefertigten Gefäße wurden noch aus Tonklumpen manuell auf der Töpferscheibe geformt. Formal erschienen sie einfach, fast rustikal. Doch durch ihre abstrakten Pinseldekore, bei denen sich Margarete sehr durch die fernöstliche Kunst inspirieren ließ, wirkten sie modern. Später wurde die Keramik normiert mit Modeln erstellt. Dies ermöglichte eine serielle Produktion immer gleich großer und nahezu identischer Waren. Besonders gern verwendete Margarete den Werkstoff Fayence, wobei ein gebrannter Ton mit einer Zinkglasur versehen wurde, die nach dem Brand weiß erschien und damit den idealen Malgrund bot.

Neben dem freien Drehen auf der Töpferscheibe stand zu dieser Zeit für offene Gefäßformen auch die Fertigungsmethode des Eindrehens zur Verfügung. Hierbei begrenzte eine

Gipsform auf einer rotierenden Scheibe die äußere Form des Gefäßes, während eine metallische, von oben herab aufgedrückte Schablone durch Schaben die innere Form und die Wandstärke bedingte. Beim Gussverfahren, das sie ebenfalls anwendeten, bildete sich an der Innenwandung der Model durch das Trocknen und die Aufnahme des Wassers durch den Gips eine Kruste. Nach dem Abgießen der überflüssigen Schlickermasse und weiterem Trocknen, bei dem der Rohling schrumpfte, konnte dieser leicht aus der Form entfernt werden. Danach konnten die Henkel und Deckelknäufe angeformt werden. Dann folgte der Glühbrand, das Tauchen in der Zinkglasur und die Bemalung.

Dabei fand Margarete heraus, dass temperaturstabile Inglasurfarben mit der Zinkglasur gebrannt, temperaturempfindliche Farben jedoch erst nach dem Glattbrand aufgebracht werden konnten und danach nochmals bei niedriger Temperatur gebrannt werden mussten. All dies hatte ihr niemand beigebracht. Weder in Dornburg noch in Frechen. Sie experimentierte viel und so mancher Scherben fiel ihren Versuchen zum Opfer. In Abwandlung des Spruchs von den Spänen beim Hobeln hatte sie den Satz geprägt: *Wo gebrannt wird, gibt es Scherben.*

Natürlich beschäftigte sie auch einen Chemiker, das war unvermeidlich, und dieser Mann war mit Leib und Seele dabei, immer wieder neue Techniken und Verfahrensweisen auszuprobieren.

Es war eine Zeit des Aufbruchs und der wachsenden Erfolge. Alles lief gut. 1927 bekam Margarete einen zweiten Sohn, den sie Stephan nannte. Auch Stephan ließ sie, ebenso wie Michael nicht gemäß der jüdischen Tradition beschneiden. Dieses uralte jüdische Ritual, das auch von den Muslimen praktiziert wurde, war für sie nichts weiter als Körperverletzung. Das brachte ihr eine der wenigen Diskussionen mit Gustav ein.

»Wenn Gott oder Jahwe oder Allah den Menschen vollkommen und nach seinem Ebenbilde geschaffen hat«, argumentierte sie, »wie kann es dann sein, dass ein Stück Haut abgeschnitten werden muss? Glaubst du wirklich, Gott braucht dieses kleine Fitzelchen, um sich der Gefolgschaft seiner Gläubigen sicher zu sein? Glaubst du, nach dem Tod steht jemand an der Himmelspforte und kontrolliert die Pimmel, ob die Anklopfenden auch hineindürfen? Und wie unterscheidet er die Juden von den Muslimen, wenn doch alle beschnitten sind? Nein, meinem Kind fügt keiner unnötige Schmerzen zu! Das hat schon genug durch die Geburt gelitten.«

Die ersten drei Monate nach Stephans Geburt war sie wieder zu Hause und konnte in dieser Zeit auch eine etwas engere Bindung zu Michael, ihrem Erstgeborenen aufbauen. Es hatte sie so manches Mal geschmerzt, wenn sie den Eindruck hatte, er sähe in seiner Kinderfrau die eigentliche Mutter. Einmal, er war hingefallen und hatte sich das Knie aufgeschlagen, lief er statt zu ihr, zur Nanny und ließ sich von dieser trösten. Margarete stand nur wenige Meter entfernt und ließ die Arme und den Kopf hängen.

Ihr war klar, dass es in dieser Hinsicht kein Sowohl-als-auch gab. Hier gab es nur ein Entweder-Oder. Sie konnte nicht beides gleichzeitig sein: Die perfekte Mutter und die kreative Künstlerin. Längst hatte sie gemerkt, dass ihre Schwiegereltern sich das Ganze etwas anders vorgestellt hatten. Sie liebten ihre beiden Enkel genauso wie die Kinder ihres zweiten Sohnes, dessen Frau allerdings ganz traditionell zu Hause geblieben war und ihre drei Kinder versorgte. Doch zu Margarete sagten sie nichts. Trotzdem spürte sie die Vorbehalte und den stillen Tadel an ihrer Lebensweise. Sie war Gustav sehr dankbar, dass er sie in ihrer Einstellung stärkte und sicher auch gegenüber seinen Eltern verteidigte.

So oft es ihnen möglich war, fuhren sie am Abend oder am Wochenende ins Zentrum, wo trotz Inflation und Massenarbeitslosigkeit das Leben pulsierte. Die Berliner gaben sich dem Vergnügen hin, als gäbe es kein Morgen.

Tanz auf dem Vulkan (Berlin 1927 - 1930)

Da waren die Künstlercafés, in denen sich alles traf, was gesehen werden wollte. Besonders gern kehrten Margarete und Gustav im Romanischen Café an der Gedächtniskirche ein. Die Einrichtung war ein munterer Stilmix aus maurischen Elementen und Wiener Caféhausstil. Eine mächtige Säule mit einem noch mächtigeren viereckigen Kapitell schloss sich links an die üppig bestückte Kuchentheke an. Kellner in Frack und Fliege mit beeindruckenden Schnurrbärten wuselten zwischen beleibten Frauen aus den gehobenen Schichten und der Schar mitteloser Schriftsteller und Maler herum. Daneben sah man bekannte Regisseure, Schauspieler und Journalisten. Jeder hoffte, hier auf denjenigen zu treffen, der seiner eigenen Karriere förderlich sein könnte. Oder wenigstens doch einen zu finden, der die jeweilige Zeche zahlte oder gar willens war, als Mäzen zu fungieren.

Leider blieb auch diese Oase der Freidenker nicht von den immer zahlreicher werdenden Ausbrüchen nationalsozialistischer Gewalt verschont. Als die braunen Schreihälse und Krawallmacher im März 1927 den Kurfürstendamm überschwemmten, geriet auch das Romanische Café ins Zentrum ihrer Zerstörungswut.

Wie gerne war sie mit Gustav in den *Topp-Keller* der Schwerinstraße in Schöneberg hinabgestiegen, in dem Dinah Nelken ihr Kabarett *Die Unmöglichen* unterhielt. Dabei war der Name Programm. Die Bühne war ein Verschlag aus Eierkisten, der Souffleurkasten ein Regenschirm, die Zuschauer saßen unbequem auf Kisten und Kästen, es wurde kein Eintritt erhoben, und die Schauspieler rekrutierte sie aus den Gästen des Romanischen Cafés. Nicht nur die Schauspieler, Dichter, Maler und Musiker kamen aus dem beliebten Caféhaus, sondern auch die Besucher wurden dort mittels eines Schildes angelockt, das auf einem großen Leiterwagen stehend, verkündete: *Freifahrt zu den Unmöglichen*. Und das war durchaus wörtlich zu nehmen. Denn vor der Vorstellung luden die Veranstalter die Zuschauer auf den Wagen und los gings über die Tauentzienstraße und den Wittenbergplatz hin zur Schwerinstraße. Unter den Gästen waren so illustre Herren wie Albert Einstein, Erich Maria Remarque und die Gebrüder Ullstein. Bei jedem ihrer Besuche erfuhren Margarete und Gustav, wer an den letzten Abenden, an denen sie nicht dagewesen waren, das Etablissement mit seiner Anwesenheit beehrt hatte.

Doch die Gäste kamen nicht so sehr wegen des Vergnügens, sondern vor allem wegen der politischen Texte, die von Dinah Nelken verfasst und vorgetragen wurden. Frech, frivol und links. Das war es, was sowohl Margarete als auch Gustav ansprach. Das Kabarett war im Januar 1928 gegründet worden, und bereits Ende des Jahres wurde die Truppe von der Polizei von der Bühne geholt. Sie hätten gegen die Nazis agitiert – was natürlich voll und ganz stimmte. Das Kabarett wurde geschlossen. Danach spielten sie noch ein Stück in Droschken auf der Straße, das Publikum folgte ihnen zu Fuß oder in ihren Wagen.

Als Dinah Nelken Ende 1928 erneut ein Kabarett mit dem Namen *Anti* eröffnete, das noch schärfer links und antikapitalistisch war, fuhr Margarete schon nicht mehr in die Stadt und traf sich nur noch selten mit Freundinnen.

Doch zuvor hatte sowohl sie als auch Gustav die Tanzwut erfasst. Die Modetänze, aus den USA stammend, von afrikanischen Rhythmen durchsetzt, hießen Foxtrott, Charleston oder Shimmy. Statt exakter Schrittführung waren wilde Bewegungen angesagt, statt männlicher Führung Damenwahl, statt weiblichen Geführtwerdens gemeinsames Bewegen, Loslösen, Wiederzusammenfinden. Ein wenig erinnerte Margarete all das an ihre Bauhaus-Zeit, wo sie ebenso wild und unkonventionell getanzt hatten.

Man spürte nirgends so sehr wie auf den Tanzböden von *Clärchens Ballhaus* in der Auguststraße in Berlin-Mitte oder einem der unzähligen, wie Pilze aus dem Boden geschossenen Etablissements, den Anbruch der neuen Zeit. Hier tanzten Frauen mit Frauen, die aussahen wie Männer. Die starren Rollenkorsetts wurden weggeworfen. Der androgyne Mensch war geboren.

Margarete, die nicht nur symbolisch ihre alten Zöpfe bei Eintritt ins Bauhaus abgeschnitten hatte, fühlte sich wohl unter all diesen Frauen, die spätestens seit ihrem Einsatz in Rüstungsfabriken und Schreibstuben während des Weltkrieges gemerkt hatten, wie viel mehr in ihnen steckte als das Hausmütterchen am Herd.

Aber auch die nackte Verzweiflung ob all der Kriegstoten, des Hungers und des Elends tanzte mit. Der Tanz selbst wurde zur Manie, zur fixen Idee, zum Kult. Nicht selten war er auch Ausdruck einer Todessehnsucht, die angesichts der Leichen, die fast täglich im Landwehrkanal trieben, nicht verwunderte.

»Klappert uns im Takt entgegen auch der Tod, steckt ihm Blumen in die Augen blutig rot, schmiert und ölt ihm schleunigst die Gelenke ein, und der alte Knabe wird noch brauchbar sein.« Das sang die Kabarettistin Trude Hesterberg.

Und Margarete verschloss keineswegs, so wie viele andere, die Augen vor der Wirklichkeit. Weder in einem der unzähligen Varietés noch im Kino oder auf der Tanzfläche.

Sie trat dem *Soroptimistclub* bei, der sich nach der lateinischen Bezeichnung *sorores optimae*, die besten Schwestern, nannte. Er war im Januar 1930 als erster Club dieser Art in Deutschland gegründet worden. In diesem egalitären Zirkel - eine Art weiblicher Rotarier - hatten sich erwerbstätige Frauen vereinigt, die sich immer dienstags im Restaurant *Hahnen* am Nollendorfplatz zum Essen trafen, um miteinander über ihre Arbeit zu sprechen. Jedesmal referierte eine andere Frau. Aber auch in der Lessing-Hochschule referierten einige von ihnen innerhalb des Vortragszyklus *Frauen über Frauenberufe*.

Mit der Journalistin Gabriele Tergit verband sie eine jahrelange Freundschaft. Schon bei ihrer ersten Begegnung hatte Margarete ihr offenes, freundliches Gesicht sofort für sie eingenommen. In ihren dunklen Augen hinter dem großen Brillengestell funkelte Schalk, manchmal auch Sarkasmus. Ihre schwarzen welligen Haare waren straff zurückgekämmt. Oft trug sie etwas albern wirkende Kugeln um den Hals. Gabriele war Gerichtsreporterin beim *Berliner Tagblatt* und berichtete über Prozesse gegen Mütter, die abgetrieben hatten, Eierdiebe und andere kleine Leute. Gegen eine Pauschale von 500 Mark hatte sie neun Berichte im Monat abzuliefern. Das war gutes Geld, zumal ihr Mann, der Architekt Heinz Reifenberg, auch nicht immer mit lukrativen Aufträgen eingedeckt war. So bezahlte sie lieber eine Kinderfrau für ihren kleinen Sohn, als ihre Arbeit aufzugeben.

»Warum werden immer die Frauen so hart bestraft?«, fragte sie oft. »Wo ist der Vater des unerwünschten Kindes? Warum entzieht er sich seiner Verantwortung? Die Frauen müssen unter Gefährdung ihres eigenen Lebens und ihrer Gesundheit das Kind wegmachen lassen. Vielleicht hätten sie es ja gern behalten, wenn der feige Kerl sich dazu und zu ihr bekannt hätte. Aber nein, die arme Frau wird angeklagt und verurteilt, und der Schweinehund kommt davon. Damit er es einer anderen erneut antun kann.«

Auch die Nachsicht gegenüber Männern, die ihre Frauen schlugen, empörte Gabriele immer wieder. Aber so war es eben: Egal, wie das Geschlechterverhältnis sich zu wandeln begann, egal, was Frauen seit dem Krieg leisteten und wie sie ihren Mann standen - oft als Alleinverdiener, weil ihre Männer verletzt an Leib und Seele aus dem Krieg zurückgekehrt waren, in den sie so jubelnd gezogen waren - der Mann sah sich letztlich doch als der, der über die Frau bestimmte. Er war der Herr, zumindest noch im eigenen Haus, wenn schon nirgends mehr sonst.

Berlin jedenfalls, so sah es Margarete, war wie eine brennende Lunte. Die Gegensätze sprangen dem aufmerksamen Besucher tags wie nachts ins Auge: Hier die Krüppel, Bettler, Prostituierten und Kleinkriminellen, dort die Vergnügungssüchtigen, die mit Federboas und Zigarettenspitzen die Tanzlokale und Varietés stürmten. Über den rußschwarzen Häusern und den belebten Boulevards lag ein Gefühl von Endzeitstimmung. Man ahnte, dass alles jederzeit in die Luft fliegen konnte. Und man wollte, bevor dies geschah, noch ein letztes Mal leben. Egal, was es kostete, egal, was es mit einem anstellte. Ein Rausch, der wie alle Räusche, in einem bitteren Erwachen endete.

Die Katastrophe (1928)

»Wann kommt Papa endlich?«, quengelte Michael und lief immer wieder ans Fenster, um nach draußen zu spähen. Margarete wusste, dass ihr Großer seinem Vater seine neueste Kreation zeigen wollte. Ein buntes Gekritzel, das, so hatte der Knirps ihr stolz erzählt, ein Autorennen darstellen sollte. Autos faszinierten Michael, seitdem er das Wort aussprechen konnte. Und es war eines der ersten gewesen, die er überhaupt gekonnt hatte. Und seit Gustav ihn zu einem Rennen auf der AVUS mitgenommen hatte, kannte seine Begeisterung keine Grenzen mehr.

Es war der 24. August 1928. Margarete wartete zu Hause auf das Eintreffen von Gustav und versuchte nebenbei, ihren quirligen Großen zu beschäftigen, während sie dem Kleinen die Flasche gab. Wo blieb Gustav nur? Längst hätte er zu Hause sein müssen. Am nächsten Tag würde er nach Leipzig fahren, um dort ihre Keramik erneut auf der Grassi-Messe zu präsentieren.

Es klingelte. Wer konnte das sein? Hatte Gustav seinen Schlüssel vergessen? Beim Anblick der beiden Polizisten, die vor der Tür standen, begann ihr Herz plötzlich wie wild zu galoppieren, und sie ahnte sofort, dass etwas Furchtbares passiert war.

Der Ältere der Polizisten drehte seine Mütze verlegen zwischen beiden Händen, während der Jüngere neugierig durch den Türspalt spähte.

»Frau Loebenstein«, begann er endlich zu sprechen, und Margarete hätte am liebsten ihre Hände auf die Ohren gepresst, »Frau Loebenstein«, wiederholte er noch einmal ihren Namen. Dann räusperte er sich lange. »Ich muss Ihnen leider eine sehr traurige Nachricht überbringen.«

Margarete taumelte zurück und wäre fast über Michael gestolpert, der sich unbemerkt herangeschlichen hatte. Mit zitternden Beinen ließ sie sich in einen Sessel fallen. Die Uniformierten waren ihr ins Wohnzimmer gefolgt. Noch immer sagte sie kein Wort. Hing stattdessen an den Lippen des Polizisten, der augenscheinlich an jedem Ort lieber gewesen wäre als hier in ihrer Stube.

Endlich brachte er es heraus: »Ihr Mann hatte einen Unfall.«

Kurz und knapp. Ein Unfall. Noch gab es Hoffnung. Vielleicht war er nur verletzt. Vielleicht lag er irgendwo im Krankenhaus. Margarete sprang aus dem Sessel auf. Inzwischen berichtete der Polizist stakkatoartig, als wolle er die ungeliebte Aufgabe so schnell wie möglich hinter sich bringen, von den Umständen.

»Es geschah auf der Chaussee zwischen Marwitz und Hennigsdorf. Dort, wo etwa auf halbem Weg die Straße im Wald eine starke Rechtskurve macht. Doktor Loebenstein – Ihr Mann - muss die Gewalt über seinen Wagen verloren haben, als er auf den sandigen Sommerweg rechts neben der Straße geriet. Er prallte infolgedessen gegen einen Baum. Der Wagen wurde völlig zertrümmert.«

Endlich fand sie ihre Sprache wieder: »Sind sie - verletzt?«

Der jüngere Polizist schüttelte den Kopf, während der ältere nickte. Margarete sah verwirrt von einem zum anderen. Schließlich ergriff der Ältere wieder das Wort.

»Ihr Schwager war sofort tot. Leider kam erst eine halbe Stunde später ein Pferdefuhrwerk und hat den verunfallten Wagen gefunden.«

Margarete verlor die Geduld. »Was ist mit meinem Mann?«, schrie sie fast. Die Polizisten zuckten zusammen.

»Ihr Mann wurde besinnungslos und mit schweren Kopf- und Armverletzungen ins Krankenhaus nach Reinickendorf gebracht.«

Margarete spürte, wie die Kälte von unten in ihren Körper kroch. »Und wo ist Daniel jetzt?«

»Er ist in der Hennigsdorfer Leichenhalle.«

Was die Polizisten ihr sonst noch erzählten, drang gar nicht mehr zu ihr durch. Dass vor dem Eintreffen der Polizei

Landstreicher die Verunglückten ausgeraubt und die Brieftaschen mit größeren Summen Bargelds und Schecks entwendet hatten, erfuhr sie erst später.

Das alles interessierte sie im Moment nicht. So schnell wie möglich wollte sie zu Gustav ins Krankenhaus. Da fielen ihr die Schwiegereltern und Charlotte ein. Auf ihre Frage meinten die beiden Polizisten, dass zur selben Zeit zwei Kollegen bei ihnen im Grunewald vorsprachen. *Mein Gott*, dachte Margarete, *wie furchtbar muss es sein, zwei Kinder auf einmal zu verlieren!* Doch gleich darauf schalt sie sich: *Noch lebt einer!*

Michael, der die Situation mit der untrüglichen Ahnung eines Kindes richtig einzuordnen schien, fing an zu weinen. Margarete brachte die beiden Polizisten zur Tür und kniete sich dann zu ihrem Sohn hinunter. »Schatz, Papa liegt im Krankenhaus. Er hatte einen Unfall. Ich fahre jetzt zu ihm und ihr bleibt bei Isolde. Seid schön brav.«

Sie trocknete die Kindertränen mit einem Zipfel ihrer Bluse und erhob sich. Schluchzend hielt ihr Michael sein Zeichenblatt hin. »Nimmst du es Papa mit?«, fragte er. »Damit er schnell gesund wird!«

Margarete nahm das zerknitterte Blatt aus der Kinderhand und strich es glatt. Die bunten Linien verschwammen vor ihren Augen. »Klar, mein Schatz, da freut er sich bestimmt ganz toll darüber.«

Margarete rief nach Isolde und wies sie an, so lange bei den Kindern zu bleiben, bis sie zurück war. Und sei es auch über Nacht. Dann ließ sie sich von ihrem Chauffeur in die Klinik fahren. Sie war viel zu aufgeregt, um sich selbst hinters Steuer zu setzen.

Der Anblick war furchtbar. Völlig in Binden eingewickelt lag Gustav wie eine Mumie in seinem Bett. Nur die Augen sahen aus dem weißen Verband heraus. Und wie viel diese überhaupt noch wahrnahmen, vermochte Margarete nicht zu sagen. Erkannte er sie überhaupt? War noch der Funke eines Gedankens in seinem malträtierten Gehirn?

Weinend streichelte Margarete die unverletzte Hand und flüsterte immer wieder den Namen des Geliebten. Als der Arzt hereinkam, bombardierte sie ihn mit Fragen. Doch er konnte ihr keine große Hoffnung machen. Auch die Nacht über blieb Margarete an seinem Bett. Ohne noch einmal das Bewusstsein erlangt zu haben, verstarb Gustav am Vormittag des nächsten Tages.

Die folgenden Tage erlebte sie wie unter einem Schleier. Die Beerdigung von Daniel und Gustav glitt vorüber wie ein Traum. Der Friedhof konnte die vielen Trauergäste kaum fassen.

Irgendjemand war statt der beiden nach Leipzig gefahren, wo sie noch nie so große Ausstellungsflächen beschickt hatten wie in diesem Jahr.

In den Tagen und Wochen nach dem Begräbnis funktionierte sie wie ein Automat: Aufstehen, waschen, Zähne putzen, anziehen, die Kinder wecken, mit ihnen frühstücken, in die Firma fahren. Sie blendete vollkommen aus, dass jemand fehlte. In ihrem Bett, am Frühstückstisch. Die Beileidsbekundungen, die sie von überallher erreichten, waren überwältigend. Ihre Eltern waren bereits vor der Beerdigung aus Köln gekommen, wofür sie ihnen sehr dankbar war, konnte sie sich dadurch doch ab und zu zurückziehen und sich ganz ihrem Schmerz überlassen. Die siebentägige *Schiwa*, die in Gustavs Elternhaus abgehalten wurde, bekam sie gar nicht richtig mit. Sie vermied es, dort zu sein, denn sie wollte niemanden sehen und sprechen. Zum Essen musste sie geduldig von ihrer Mutter gezwungen werden.

Zusätzlich wurde sie noch mit dem Schmerz ihrer Schwägerin konfrontiert, die ebenfalls ihren Mann und Vater ihrer drei Kinder verloren hatte.

Immerhin hatte Margarete dank Gustavs Voraussicht eine stattliche Lebensversicherung zu erwarten. Da war es das Mindeste, dass sie auch dafür sorgte, dass Daniels Frau Charlotte mit ihren Kindern ein gutes Auskommen hatte.

Es war die Arbeit, die sie schließlich ablenkte. Sie musste eine Fabrik mit annähernd hundert Angestellten nun allein leiten. Ganz allein. Und das, was man für sein Geld kaufen konnte, wurde immer weniger. Und damit die Kunden, die sich ihre ausgefallenen Stücke noch leisten konnten.

Am Horizont deutete sich die nächste Katastrophe an.

Veränderungen (Marwitz 1931 – 1933)

Die Insolvenz der benachbarten Steingutfabriken Velten-Vordamm, in denen Margarete einige Jahre gearbeitet, und wo sie Gustav kennengelernt hatte, beunruhigte sie tief. Seit Bestehen ihres Betriebes in Marwitz war sie gewissermaßen in ein Konkurrenzverhältnis zu ihrem ehemaligen Arbeitgeber getreten. Noch dazu arbeiteten dort Meister, die sie aus ihrer Bauhaus-Zeit kannte und die der Geschäftsführer Hermann Harkort nach Velten geholt hatte. Theodor Bogler war mit ihr zusammen in Dornburg gewesen; mit ihm hatte sie sich immer gut verstanden. Er hatte die wunderbar schlichten weißen Vorratsdosen entworfen, die auch in dem, zur Jahresausstellung 1923 fertiggestellten Musterhaus Am Horn in Weimar zu sehen waren. Ab und zu hatte sie sich während seiner Zeit in Velten sogar mit ihm getroffen, und sie hatten über vergangene Zeiten und neue Ideen gefachsimpelt. Zum Glück hatte er sich mittlerweile völlig anders orientiert. Wie sie gehört hatte, studierte er Philosophie und Theologie. Was für ein Talent, das da der Keramik verlorenging!

Auch Werner Burri, der 1928 die Stelle von Bogler in Velten übernahm, war ihr noch in Dornburg begegnet. Es tat ihr wirklich leid, vor allem für die Mitarbeiter, die jetzt auf der Straße standen.

Viele von ihnen fragten bei ihr an. Und manche stellte sie auch ein. Trotz der Weltwirtschaftskrise waren ihre Auftragsbücher so voll, dass sie noch 1930 einen modernen vierten Brennofen für 20.000 Reichsmark kaufen konnte. Ihren Gewinn hatte sie 1929 gegenüber dem Vorjahr noch einmal kräftig steigern können, obwohl der Umsatz leicht zurückgegangen war. Dass ihre Firma selbst die Weltwirtschaftskrise so gut überstanden hatte, war den Erfahrungen mit der ersten Inflationswelle nach 1919 geschuldet, die in der Hyperinflation 1923 gegipfelt hatte. Nach dem Attentat auf Reichsaußenminister Walther Rathenau am 24.6.1922, der in der

Königsallee im Grunewald von Rechtsradikalen ermordet worden war, stürzte die Mark ins Bodenlose. Um zwölf kam der neue Dollarkurs raus, und um zehn vor zwölf sah man die Menschen in die Läden rennen und irgendwas – ein Brot, ein Hemd, eine Schachtel Zigaretten – kaufen. Anfangs hatte man noch ein paar Tage Zeit, um die schlimmsten Wertverluste zu vermeiden. Auf dem Höhepunkt der Inflation nur noch Minuten. Binnen kürzester Zeit kostete ein Buch mehr als eine ganze Druckerei, ein Stück Seife mehr als eine ganze Seifensiederei. Die Inflation zwang Familien zum Verkauf des Tafelsilbers und der teuren Ausstattung ihrer Töchter. Erst nach 1924 erholte sich die Mark wieder allmählich.

Margaretes Mann und dessen Bruder hatten bei allen Verträgen mit nicht-deutschen Abnehmern darauf geachtet, dass die Rechnungen in Dollar fakturiert wurden. Deshalb waren sie der Geldentwertung nicht wehrlos ausgeliefert.

Doch die Geschäftsführergehälter, die sie nach dem Tod Gustavs und Daniels an Siegfried Katz und Gerhard Wolfram zahlen musste, belasteten das Unternehmen ebenso wie die Unterstützung ihrer Schwägerin.

Und so musste auch sie sich auf die neue Zeit einstellen. Eine Zeit, in der es nicht mehr auf das Besondere ankam, mit dem sich die moderne Frau von der Mehrheit absetzen wollte, sondern in der wieder geschaut werden musste, was notwendig und günstig zu haben war. Margarete verschlankte das Sortiment, und ein Stilwandel mit einer deutlich gemäßigteren Gestaltung wurde unumgänglich. Statt hochwertigen Einzelstücken mit expressiver Bemalung produzierte man nun massentaugliches Gebrauchsgeschirr. Auch die Preise wurden gesenkt.

Das alles tat Margarete in der Seele weh. Da war es ihr eine Freude, dass ihr Service *Norma*, das sie 1932 kreierte, so gut ankam. Um die Produktionskosten und damit den Preis niedrig zu halten, wurde das Programm hoch standardisiert. Alle *Norma*-Artikel hatten weiß glasierte Innenwände. Für das Außendekor standen drei Farben zur Verfügung: ein charakteristisches sonniges Gelb, einfaches Schwarz oder erdiges Braun.

Trotz dieses Erfolgs musste Margarete das Arbeitsverhältnis mit ihrem kaufmännischen Geschäftsführer Siegfried Katz 1932 beenden. Das bedeutete gleichzeitig das Ende ihrer Messepräsenz in Leipzig. Siegfried Katz präsentierte letztmalig im August/September in Leipzig auf der Grassi-Messe ihre Produkte.

Im März 1933 erschien im Magazin *Die weite Welt* eine positive Rezension der neuen Produkte. Allerdings fehlte der Firmenname in dem Artikel, was Margarete sehr ärgerte. Das gezeigte Geschirr wurde ganz allgemein und nationalistisch *unseren deutschen Veltener Fabriken* zugeschrieben.

Doch Margarete musste sich noch mit ganz anderen Problemen herumschlagen. Zunächst war es nur ein Tuscheln. Mehr ein Gefühl als Gewissheit. Scheele Blicke. Unterbrochene Gespräche, wenn sie dazukam. Mehr Ausschuss als normalerweise. Was war hier los?

August Wojak, den sie im März 1933 als Werksleiter anstellte, und der bereits in der Steingutfabrik Velten-Vordamm handwerklich äußerst anerkannt war, sollte für einen stärkeren Halt unter den Mitarbeitern sorgen. Was auch eine gewisse Kontrolle mit einschloss.

Eines Tages betrat Wojak ihr Büro und bat um eine Unterredung. Margarete war gespannt, was der Werksleiter ihr zu sagen hatte. Zunächst druckste dieser herum und trat von einem Fuß auf den anderen.

»Heraus damit!«, machte ihm Margarete Mut.

»Hier in unserer Fabrik gibt es eine von diesen nationalsozialistischen Zellen, wo die Arbeiter gegen Juden und Marxisten reden. Weil die angeblich Schuld daran sind, dass es uns in den letzten Jahren so schlecht ging. Diese Zelle gibt es schon einige Jahre, aber ich habe erst jetzt davon erfahren. Fast jeden Tag finden Betriebsversammlungen statt, in denen gegen Sie«, hier schlug August Wojak die Augen nieder, »gehetzt wird. Sie sagen, dass sie nicht weiter unter einer Jüdin arbeiten wollen.«

Margarete schluckte. Das war es also, was sie die ganze Zeit gespürt hatte.

»Niemand zwingt sie, für mich zu arbeiten«, gab sie zurück.

»Ich wollte es Ihnen nur sagen.« Fast entschuldigend stammelte Wojak diesen Satz.

Margarete bedankte sich für sein Vertrauen und ließ den Werksleiter gehen. Wie sollte sie gegen solch eine geballte Feindseligkeit vorgehen?

Würde es besser sein, mit den Wölfen zu heulen? Sie verachtete all das, was dieser Adolf Hitler repräsentierte, zutiefst. Er war ein Emporkömmling, er war nicht einmal Deutscher. Es war ihr ein Rätsel, wieso Hindenburg diesen Größenwahnsinnigen zum Reichskanzler ernennen konnte. Die Verfassung der Weimarer Republik war das Papier nicht mehr wert, auf dem sie geschrieben war.

Sie ließ ihren Werksleiter wenige Tage nach dieser Unterredung zu sich kommen.

»Herr Wojak, könnten Sie sich vorstellen, in die Partei einzutreten?«

Der Werksleiter musste nicht nachfragen, denn er wusste sofort, welche Partei seine Arbeitgeberin meinte.

»Ich bin kein Nationalsozialist«, antwortete er.

»Ich weiß, Wojak. Doch es könnte vielleicht für mich und die Firma einen gewissen Schutz bedeuten.«

Wojak kratzte sich am Kopf, auf dem spärliches Haar wild in alle Richtungen abstand.

»Ich weiß nicht …«

»Lassen Sie es sich durch den Kopf gehen. Wenn die Firma zugemacht wird, verlieren auch Sie Ihre Arbeit. Damit ist niemandem geholfen. Außerdem können Sie als Parteimitglied Ihren Kollegen vielleicht mäßigend gegenübertreten.«

In einem Brief, den sie an den Gau Brandenburg schrieb, beklagte sie das antisemitische Verhalten ihrer Mitarbeiter. Doch von dort hatte sie keine Hilfe zu erwarten.

Flammen (März – Mai 1933)

Die Nacht zuvor hatte sie schlecht geschlafen. In ihrem Kopf reifte ein Entwurf, den sie unbedingt aufs Papier bringen musste. Sie wollte zurück zu den ganz schlichten Formen, die sie mit asiatischen Motiven schmücken wollte. Schwarz und edel sollte das Teeservice werden. Keine Tassen, nur Schalen. Fast körperlos leicht sollten sie sich in die Hand schmiegen. Und das Dekor in tiefem Rot. Wenige Striche. Wie abstrahierte Bambuszweige.

Margarete konnte es kaum erwarten, in die Firma zu kommen. Es war zwar der freie Tag ihrer Kinderfrau, doch die paar Stunden konnte sicher Michael auf seinen jüngeren Bruder achtgeben.

»Pass auf den Kleinen auf!«, schärfte sie dem Älteren ein, als sie wegging. Michael war mit seinen neun Jahren schon sehr verständig und zuverlässig. Stets sicherte er ihr zu, der Mann im Haus zu sein und sie zu beschützen.

Stephan, der Kleine, war gerade fünf Jahre alt und erkältet. Gegen seine Halsentzündung hatte sie ihm einen Wollschal umgebunden, der mit Gänsefett getränkt war.

»Das ist das Beste«, hatte ihre Mutter ihr schon bei Michael immer gesagt. Und es hatte sich als wahr erwiesen.

Als sie mit ihren Skizzen zufrieden war und die ersten Anweisungen für die Herstellung einer Gipsform gegeben hatte, wollte sie im Büro schnell noch die letzten Abrechnungen prüfen. Das Telefon läutete, und sie spürte, dass etwas Schreckliches geschehen war. Ihre Hand schwebte über dem Hörer. *Und wenn ich nicht abnehme?* Schließlich meldete sie sich mit kratzender Stimme.

»Bitte kommen Sie schnell ins Hospital!«, sagte eine Schwester, deren Namen Margarete schon noch den ersten Sätzen wieder vergessen hatte.

»Ihr Sohn hatte einen Unfall.«

Unfall. Das verhasste Wort mäanderte in ihren Gehirnwindungen. Sofort fühlte sie sich in eine Zeit zurückkatapultiert, die sie mühsam hinter sich gelassen zu haben glaubte.

Selbst als nur noch das Rufzeichen aus dem Hörer an ihr Ohr drang, stand sie wie eine Statue festgewachsen, das kalte Bakelit an ihrer heißen Haut, neben ihrem Schreibtisch.

August Wojak riss sie aus ihrer Starre. »Frau Loebenstein«, sagte er immer wieder, ohne dass Margarete zu einer Reaktion fähig war. Erst, als er sie am Arm berührte, zuckte sie zusammen und fand in die Wirklichkeit zurück. Einer Wirklichkeit, die von einem Moment auf den anderen plötzlich ihren festen Boden verloren zu haben schien.

Nachdem Wojak aus ihr die nötigsten Informationen herausgeholt hatte, fuhr er sie in die Stadt.

Mit zitternden Knien eilte Margarete zum Empfang des Krankenhauses und stammelte ihren Namen. Die weißgekleidete Schwester schickte sie in die Notaufnahme.

Es war wie ein Déjà-vu. Der Geruch nach Lysol und Angst nahm ihr den Atem. *Bitte, lieber Gott, lass ihn überleben!*, betete sie wie ein Mantra. Als sie endlich das richtige Zimmer gefunden hatte, sah sie im Bett vor lauter weißen Binden überhaupt nichts. *Vielleicht eine Verwechslung*, hoffte sie. *Das falsche Zimmer. Ein Missverständnis.*

Der Arzt, der wie aus dem Nichts hinter ihr auftauchte, ließ ihre Hoffnungen durch seine ersten Worte zerplatzen.

»Frau Loebenstein, es tut mir leid, aber ich kann Ihnen nicht viel Hoffnung machen. Die Verbrennungen sind zu massiv. Wir konnten nichts anderes tun, als die verbrannten Hautflächen steril abdecken und Ihrem Sohn die Schmerzen nehmen. Er ist nicht ansprechbar, wir werden versuchen, ihm Flüssigkeit zuzuführen, wenn er sich etwas stabilisiert hat. In seinem Alter greift glücklicherweise noch der Schluckreflex, so dass das wahrscheinlich gelingen wird. Ob der Körper aber mit derart großflächigen Verbrennungen, noch dazu im Gesicht und Oberkörperbereich fertig wird, muss leider bezweifelt werden.«

Verbrennungen? Von was redete der Arzt da?

Der Arzt drückte Margarete auf einen Stuhl nieder. Dann setzte er sich ihr gegenüber und erzählte, wie der Unfall passiert war.

»Ihre Söhne haben Lampions aus Karton und Transparentpapier gebastelt. Dabei gerieten sie in Streit. Die Laterne Ihres Älteren war fertig, und der Kleine schnappte sich diese, lief ins Bad und wollte die Kerze darin am Durchlauferhitzer anzünden. Dabei geriet erst die Laterne selbst in Brand und kurz darauf auch der fettgetränkte Wollschal.«

Margarete schlug ihre Hände vors Gesicht und stieß einen Ton aus, von dem sie selbst erschrocken war. Als sie ihre Augen wieder auf den Arzt richtete, der sie voll Besorgnis ansah, laubte sie sich gewappnet, auch den Rest noch zu hören.

»Leider hatte Stephan die Badtür von innen abgeschlossen, so dass Michael erst Hilfe holen und die Badtür dann aufgebrochen werden musste. Zu diesem Zeitpunkt war Stephan schon nicht mehr bei Bewusstsein.«

Margarete presste ihre Hände auf die Ohren. *Aufhören! Aufhören!* Ihr Augenstern bei lebendigem Leib verbrannt? Welcher Gott konnte so grausam sein?

»Gibt es Hoffnung?«

Das Gesicht des Arztes enthob ihn einer Antwort.

Margarete saß Tag und Nacht am Bett ihres Sohnes. Die Schwestern mussten sie zwingen zu essen und zu trinken, sie schlief in ihren Kleidern auf einer, ins Zimmer geschobenen Pritsche. Nach drei Tagen stellte der Arzt eine Infektion der Wunden fest. Stephan erlangte das Bewusstsein nicht mehr zurück.

Zwei Wochen später hörte Stephan auf zu atmen.

Ihre Mutter, die inzwischen eingetroffen war, stützte sie auf dem Weg zum Auto und pflegte sie wie ein kleines Kind. Margarete wollte nicht mehr leben.

Sie haderte mit einem Gott, dessen Existenz sie gleichzeitig anzweifelte. Sie haderte mit einem Schicksal, von dem sie sich ungerecht hart behandelt fühlte. Sie dachte an Hiob.

Doch das Schlimmste waren die Vorwürfe, die sie sich selbst machte. *Nie wieder werde ich künstlerisch tätig sein können*, glaubte sie. *Mein Sohn ist gestorben, weil mir meine Kunst wichtiger war.*

»Du musst dich um Michael kümmern!«, mahnte ihre Mutter sie. »Er macht sich solche Vorwürfe, weil er nicht auf Stephan aufgepasst hat. Du musst ihn davon abbringen. Nur du kannst das.«

Margarete war alles egal. Den beiden Polizisten, die eines Tages vor ihrer Tür standen, um sie mitzunehmen, weil ihre Kinderfrau sie wegen Vernachlässigung der Aufsichtspflicht denunziert hatte, folgte sie ohne Widerspruch gesenkten Kopfes. Im Gefängnis würde sie wenigstens Buße zu können. Sie hatte es verdient.

Die enge Zelle. Die kratzige Wolldecke. Die Schüssel mit dem Waschwasser. Der Eimer für ihre Notdurft. Es war die gerechte Strafe. Hier konnte sie ungestört wegdriften. Niemand da, der sie zurückholte in diese grauenhafte Realität. Sie hatte es verdient, hier zu sitzen. Mit den Nägeln kratzte sie Zeichen in den Putz der Wände. Sie merkte nicht, dass es Muster waren.

Zwei Tage später war sie wieder zu Hause. Der Familienanwalt hatte sie herausgeholt. Weitaus schlimmer als die Tage in der kleinen stinkenden Zelle war das, was noch kommen würde: Die Beerdigung.

Obwohl Margarete drei Jahre zuvor durch ein formloses Schreiben den Rabbi von ihrem Austritt aus der Jüdischen Gemeinde in Kenntnis gesetzt hatte in der Hoffnung, dadurch den zunehmenden Bedrohungen von Seiten der Nationalsozialisten zu entgehen und ihre Familie zu schützen, war dieser bereit, ihren Sohn neben ihrem Ehemann im jüdischen Ritus zu beerdigen. Da weder ihre Familie noch die Nachbarn von ihrem Austritt wussten, trafen diese während der anschließenden *Schiwa* wie üblich zur Woche der tiefsten Trauer in ihrem Haus ein. Margarete nahm alles wie durch einen Schleier wahr. Die Nachbarn, die kamen und Essen brachten, ihre Schwiegereltern, die gar nicht bis zu ihr durchdrangen, Fritz und Trude, die es kaum auf ihren Hockern hielt.

Margarete dachte an das einzige, was ihr geblieben und was nicht durch Schmerz und Schuldgefühle belastet war: Ihr Werk in Marwitz. Ob in ihrer Abwesenheit wohl alles seinen Gang ging?

Nach den sieben vorgeschriebenen Trauertagen, an denen sie keinerlei Arbeit nachgehen durfte, fuhren ihre Verwandten wieder zurück nach Köln, und Margarete zog die Tücher von den verhängten Spiegeln und Bildern. Beim ersten Blick in einen Spiegel erschrak sie vor dem, was ihr da vom Kristallglas zurückgeworfen wurde. War dieses Gespenst, dem die Kleider nur so am Leibe schlackerten, wirklich sie? Die strähnigen ungewaschenen Haare, das bleiche, wie leblose Gesicht mit den tiefen Schatten und den Falten dort, wo sie noch nie welche gesehen hatte?

»Was hast du getan?«, flüsterte sie ihrem Spiegelbild zu. Dann streckte sie ihm die Zunge heraus.

»Ich hasse dich!«

So gern sie auch in ihrem Kokon aus Selbstvorwürfen und Schmerz eingeigelt geblieben wäre, sie wusste auch, dass das Leben weitergehen musste. Die obligatorische Gedächtnisfeier in der Synagoge, die es noch fünf Jahre zuvor für ihren Mann an selber Stelle gegeben hatte, fiel diesmal wegen ihres Austritts aus. Dadurch erfuhr nun auch ihre Familie davon. Mit Rücksicht auf ihren Schmerz unterließen sie es jedoch, ihr deswegen Vorwürfe zu machen.

Auch wenn der jüdische Brauch dreißig Tage für die Trauer um ein Kind – ebenso wie um einen Ehepartner – vorsah, blieb Margarete keine Zeit dafür. Die Zustände in Marwitz verlangten ihre ganze Aufmerksamkeit. Um sie herum deuteten sich Dinge an, vor denen Margarete als Jüdin, die sie trotz ihres Austritts immer noch war, denn - das wusste auch sie - die jüdische Herkunft konnte man nicht einfach ablegen, kaum noch die Augen verschließen konnte.

Einen Tag vor dem Unglückstag hatten Wahlen zum Reichstag stattgefunden. Die NSDAP hatte reichsweit trotz massiver Übergriffe auf Gegner im Wahlkampf nur 43,9 Prozent der Stimmen erreicht. Die Regierung erzielte aber in ihrer Koalition mit den deutsch-nationalen Kräften die absolute Mehrheit. Doch in Velten war die Stimmung eine andere. Hier, in der von industrieller und handwerklicher Arbeit geprägten Gegend, errangen die Nationalsozialisten mit 31,7 Prozent noch nicht einmal ein Drittel der Stimmen. SPD und KPD büßten zwar im Vergleich zu den Wahlen vom November 1932 Stimmen ein, doch stimmten für sie rund ein Drittel bzw. ein Viertel aller Wähler. Allerdings entsprachen die Ergebnisse in Marwitz eher den landesweiten.

Am 1. April 1933 erfolgte der Boykottaufruf der NSDAP: *Kauft nichts in jüdischen Geschäften und Warenhäusern! Geht nicht zu jüdischen Rechtsanwälten! Meidet jüdische Ärzte! Zeigt den Juden, dass sie nicht ungestraft Deutschland in seiner Ehre herabwürdigen und beschmutzen können!*

Auch in Velten setzte der angeordnete Boykott pünktlich vormittags 10 Uhr ein und verlief *in völliger Planmäßigkeit und Ruhe.* Nach Schluss der Geschäftszeiten wurden die Boykottzettel von den SA-Leuten wieder entfernt. Doch Margarete erfuhr auch, dass Juden verschiedener Berufsgruppen mit Berufsverbot belegt wurden. Der Antisemitismus war nun nicht länger zu leugnen. Und Margarete wurde klar, dass sie auch ihr Austritt aus der Jüdischen Gemeinde vor nichts schützen würde.

Im Soroptimistclub, den Margarete nur noch selten besuchte, war auch die erste Rabbinerin der Welt Mitglied. Damals hatte Regina Jonas noch an der Hochschule für die Wissenschaft des Judentums studiert. Sie war zwar nicht die einzige Frau dort, aber die einzige, die das Studium mit dem erklärten Ziel absolvierte, Rabbinerin zu werden.

»Warum sollen das nur Männer dürfen?«, fragte sie die anderen im Club. Natürlich wusste sie, dass ihr bei der Verwirklichung ihres Ziels viele Hürden in den Weg gelegt werden würden. Doch sie war festen Willens, alle diese Stolpersteine zu bewältigen. Ihre Abschlussarbeit trug den Titel *Kann die Frau das rabbinische Amt bekleiden?* Leider verhinderte der Tod ihres Professors, dass sie dann tatsächlich das Diplom als Rabbinerin bekam. Deshalb blieb ihr nichts anderes übrig, als ihren Unterhalt mit Religionsunterricht und Vorträgen zu bestreiten. Immer wieder regte sie sich mit ihrer typischen *Berliner Schnauze* bei den Treffen über die borniere Einstellung der männlichen Rabbiner auf, die nicht gewillt waren, eine Frau in ihren Reihen zu dulden.

Sie sagte immer: »Ich kam zu meinem Beruf aus dem religiösen Gefühl, dass Gott keinen Menschen unterdrückt, dass also der Mann nicht die Frau beherrscht.«

Als ihr Club nur noch im Untergrund weiterexistierte und Margarete kaum noch zu den Treffen kam, fragte sie Regina, ob sie nicht auch emigrieren wollte. Doch diese wies auf ihre Mutter hin, die dazu nicht bereit war und die sie nicht allein lassen wollte.

Regina hatte jedenfalls vollstes Verständnis für Margaretes Austritt gehabt. Doch trotz diesem Schritt erinnerte sich Margarete gern an ihre Besuche in der Synagoge. Denn nicht nur bei der Architektur war man neue Schritte gegangen, auch den Ritus hatte man – sehr zum Leidwesen der orthodoxen Juden – modernisiert. So gab es neben der Neuheit einer Orgel auch Chorgesang und Konzerte, von denen eines Margarete noch lebhaft in Erinnerung war.

Im Januar 1930 – es war ihr letzter Besuch in der Synagoge – wurde zugunsten des Wohlfahrts- und Jugendamtes der Jüdischen Gemeinde ein Konzert gegeben. Und zu diesem Konzert hatten sie den berühmten Opernsänger Hermann Jadlowker eingeladen. In ihrem Geburtsjahr hatte der Sänger am Opernhaus in Köln in Conradin Kreutzers Oper *Das Nachtlager in Granada* sein Debüt gegeben. Ihre Mutter war damals schwanger mit ihr gewesen. Noch Jahre später hatte Emma Heymann von diesem Kunstgenuss geschwärmt. Und Margarete hatte viele seiner Platten auf dem Grammophon in der elterlichen Wohnung anhören müssen.

Bei diesem Konzert erlebte sie noch einen anderen berühmten Zeitgenossen: Albert Einstein. Er spielte auf seiner Violine; die langen weißen Haare quollen unter seiner schwarzen Kippa hervor.

Sechs Tage vor der Ernennung Adolf Hitlers zum Reichskanzler hatte links neben der Synagoge im ehemaligen Hospiz der Gemeinde das Jüdische Museum eröffnet, in dem sie neben den Werken von Max Liebermann so berühmte Künstler wie Marc Chagall und Lesser Ury bewundern konnte. Dorthin hatte sie auch Michael mitgenommen. Wie sie selbst von ihren Eltern aufgezogen worden war, wollte sie auch ihrem Sohn kulturelle Werte vermitteln. Leider interessierte sich Michael weder für die schönen Künste noch für die jüdische Religion. Zwar war er immer gern zu den Gottesdiensten mitgegangen, weil Kinder dort sehr nachsichtig behandelt wurden und sich in den Räumen und Gängen frei bewegen konnten, doch nachdem sie nicht mehr die Synagoge besuchte, hatte er jegliches Interesse an diesen Dingen verloren. War dies vielleicht auch ihr Verschulden, weil sie sich strikt geweigert hatte, ihre Söhne beschneiden zu lassen?

Und dann kamen die Einschläge näher. Margarete erfuhr, dass am 21. März von der SA in einem leerstehenden Fabrikgebäude im benachbarten Oranienburg ein Konzentrationslager eingerichtet worden war. Doch sie ließ sich nicht ihren Mund verbieten. Sie äußerte ihren Widerwillen gegen das System genauso, wie sie mit ihrer Überzeugung nicht hinter dem Berg hielt, dass Angehörige anderer Parteien, die mit den Nationalsozialisten nicht opportun waren, in Konzentrationslagern weggesperrt würden. Denn dass das KZ in Oranienburg das einzige war oder bleiben würde, glaubte Margarete keinesfalls. Auch von einem »wilden« Konzentrationslager in

Börnicke, in dem vor allem Kommunisten und Sozialdemokraten interniert waren, hatte sie gehört.

Im April 1933 forderte die »Gewerkschaftsorganisation« der NSDAP, die NSBO, die Arisierung von Unternehmen. Überall, so erfuhr Margarete, wurden jüdische Angestellte entlassen. Aus den Reihen der NSBO übernahmen sogenannte »Kommissare« die Geschäftsführung.

An einem regnerischen Maiabend war Margarete noch in Berlin unterwegs. Eigentlich wollte sie so schnell wie möglich nach Hause. Und vor allem ins Trockene. Da geriet sie hinter der Universität in einen Fackelzug, der entlang der Museumsinsel Richtung Oranienburger Straße zog. Dorthin, wo ihre Synagoge lag. Die Synagoge, die sie schon seit drei Jahren nicht mehr besucht hatte. Was war da los? Die Neugier siegte. Ihr schwante Unheil. Vor dem Studentenhaus standen Lastwagen, und auf ihnen, sofern Margarete das über die vielen Köpfe hinweg und durch den flackernden Fackelschein erkennen konnte, lagen Stapel von Büchern. Was hatten die Nazis mit diesen Büchern vor? Jemand, den sie nicht kannte, hielt eine Rede, von der sie nichts verstand. Doch sowohl der Ton der Rede als auch einige Worte, die vereinzelt an ihr Ohr drangen, ließen sie Schlimmes befürchten. Hier ging es wieder um die Juden.

Es war schon fast zehn, als die Menschenmassen sich zu den Klängen einer Blaskapelle erneut in Bewegung setzten. Auch wenn Margarete gewollt hätte, es wäre nahezu unmöglich gewesen, sich aus diesen Massen herauszuarbeiten. So ließ sie sich mitschieben. Diesmal ging es Richtung Königsplatz. Im Zug, den zusammen mit ihr tausende Berliner begleiteten, sah sie Uniformen der SA, der SS und der Hitlerjugend. Eskortiert wurden diese von berittener Polizei. Es ging durchs Brandenburger Tor über den Linden-Boulevard hin zum Opernplatz neben der Staatsoper. Was hatte sie hier für erbauliche Stunden zusammen mit Gustav verbracht! Der gesamte Platz war von Scheinwerfern hell ausgestrahlt. Inmitten des Platzes war ein riesiger Scheiterhaufen aufgerichtet.

Es regnete immer stärker. Trotz ihres Schirms war Margarete völlig durchnässt. Mitglieder der Feuerwehr leerten Benzinkanister auf dem Holz aus. Wieder hielt einer eine kurze Rede. Diesmal verstand Margarete zumindest einige Worte. »Wir haben unser Handeln gegen den undeutschen Geist gewendet. Ich übergebe alles Undeutsche dem Feuer.« Der Holzstapel wurde entzündet und die ersten Bücher flogen in die Flammen. Zu jedem Buch wurde ein Spruch aufgesagt. Später konnte Margarete diese *Feuersprüche* in der Zeitung nachlesen. Bei Erich Kästner, dessen Buch »Emil und die Detektive« sie erst kurz zuvor ihrem Sohn geschenkt hatte, wurde gegen Dekadenz und moralischen Zerfall gewettert. Als ob es etwas Dekadenteres geben würde als das Verbrennen von Zeugnissen der Kultur eines ganzen Volkes.

Nachdem die neun Sprüche verlesen und die dazugehörigen Bücher von Remarque, Tucholsky, Sigmund Freud und anderen den gefräßigen Flammen geopfert worden waren, flogen von den Lastwagen herunter die »undeutschen« Bücher bündelweise ins Feuer. Die Studenten und große Teile des sie umgebenden Publikums johlten bei jedem Aufspritzen der Funken. Margarete fühlte, wie die Kälte ihr von den Zehen nach oben kroch. Eine Kälte, die nicht vom Regen herrührte. Eine Kälte, die sich wie ein Eisenring um ihr Herz schloss. Als der Name Heinrich Heines, ihres Vorfahren, genannt wurde, erinnerte sie sich an seinen Spruch: »Dort wo man Bücher verbrennt, verbrennt man auch am Ende Menschen.« Doch sie verscheuchte diese Erinnerung, weil es ihr zu unglaubwürdig erschien, dass dieses jemals wahr werden könnte.

Seit jenem 10. Mai 1933 jedoch war etwas in ihr in Bewegung geraten. Sie spürte eine unterschwellige Angst vor dem, was noch kommen mochte. Wenn sie am Abend ihren Sohn zudeckte, der seit dem Tod seines Bruders wieder begonnen hatte, nachts einzunässen, was, wie ihr ein Psychologe erklärt hatte, die Folge seiner Schuldgefühle war, ergriff sie eine Furcht vor der Zukunft, die auch ihre Nächte bestimmte. Oft wachte sie schweißgebadet auf, nur um im Nachbarzimmer das Stöhnen ihres Sohnes zu hören. Sie ging dann hinüber zu ihm und weckte ihn, um mit ihm die Toilette aufzusuchen. Manchmal war es schon zu spät, und sie musste das ganze Bettzeug wechseln. Michael klammerte sich an sie wie ein kleines Kind. Hatte er sich nach Gustavs Tod wie der Mann an ihrer Seite gefühlt, der sie nun beschützen musste, wollte er jetzt nichts weiter sein als der kleine Junge, der er noch war. Wenn Michael sich in kindlicher Panik an Margarete klammerte, als habe er Angst, auch sie könne ihn verlassen, nahm sie sich jedes Mal vor, am nächsten Tag nicht zur Arbeit zu gehen und stattdessen etwas mit Michael zu unternehmen. Doch kaum war die Nacht mit ihren Gespenstern und Spukgestalten vorbei, zog es sie wieder hinaus nach Marwitz, und mit ihr ging das Gefühl einer Schuld, das schwer um ihren Hals hing und sie nach unten zog.

Eines Tages stand ihr Werksleiter erneut im Büro und hatte schlechte Nachrichten zu verkünden.

»Man hat Sie denunziert«, kam er gleich zur Sache. »Sie sollen wegen Verächtlichmachung und Herabminderung der deutschen Staatsautorität und minderwertiger Behandlung Ihrer Mitarbeiter eingesperrt werden.«

Margarete sah ihren Werksleiter ungläubig an. »Ich soll meine Arbeiter schlecht behandelt haben?«

Der drehte verlegen seine Mütze zwischen den schwieligen Händen. »Sie wissen doch, diese Gruppe, denen ist doch alles recht, um nicht mehr unter einer Jüdin arbeiten zu müssen. Sie haben behauptet, dass sie willkürliche Arbeitszeiten hätten und grausam behandelt würden. Die Öfen müssten sie bei zu hohen Temperaturen ausnehmen und zu alledem würden Sie die Arbeiter auch noch beschimpfen.«

Margarete konnte es nicht fassen. Gerade ihre Arbeiter lagen ihr sehr am Herzen. Sie hatte dafür gesorgt, dass sie in hellen, gut durchlüfteten Hallen arbeiten konnten. Regelmäßige Pausenzeiten standen ihnen zu. Die Arbeiter in ihrer Fabrik hatten bessere Bedingungen als sie selbst in Dornburg je gehabt hatte. Sie schüttelte den Kopf. Was sollte sie nur gegen diese dreiste Verleumdung unternehmen? Würde es überhaupt etwas nützen, sich dagegen zu wehren? Stand sie nicht ohnehin schon auf der Abschussliste, und war den Herren in Berlin nicht jedes Mittel recht, um sie aus dem Verkehr zu ziehen und sich ihre Fabrik anzueignen?

Sie bedankte sich bei Wojak und lief unruhig in ihrem kleinen Büro auf und ab.

Dann fasste sie einen weitreichenden Entschluss.

Bornholm (Juli - Oktober 1933)

Sie standen auf der Fähre und sahen dem sich entfernenden Ufer nach. Würden sie jemals wieder nach Deutschland zurückkehren? Neben Margarete stand Michael, der im August seinen neunten Geburtstag feiern würde. Seine kleine Hand lag in ihrer. Er schwieg. Fühlte er, dass es sich nicht, wie von ihr behauptet, um eine Urlaubsreise handelte?

Der Aufbruch war überstürzt gewesen. Nur das Nötigste hatte Margarete einpacken können. Einen Großteil ihrer Arbeiter hatte sie entlassen, das Licht und das Telefon abgemeldet und einen Liquidator bestellt. Dem zuständigen Finanzamt hatte sie die Stilllegung des Betriebes zum 1. Juli 1933 gemeldet. Sie hatte nachgewiesen, dass derzeit auf Grund der feindlichen Stimmung unter den Arbeitern sowie von Absatzproblemen in ihrer Firma keine Rentabilität bestand. Ihre Lager waren zwar voll, doch war der Absatz nach den Boykottaufrufen der Nazis fast vollständig zusammengebrochen. Nahezu sämtliche Bestellungen jüdischer Einzelhändler oder Besitzer von Warenhäusern waren storniert worden.

Es war ihr keine andere Möglichkeit geblieben, als den Betrieb stillzulegen. Noch dazu wegen des Drucks der bevorstehenden Verhaftung. Wojak war in ihrer Abwesenheit weiterhin als Verwalter beschäftigt und sollte ein Auge auf die Firma haben. Max Silberberg war Wirtschaftsberater und Bücherrevisor und ihr von Glaubensgenossen empfohlen worden. Er betreute die buchhalterische und finanzielle Seite.

Hatte es wirklich keinen anderen Weg gegeben?, fragte sich Margarete nicht zum ersten Mal, während sie auf dem Deck der Fähre stand und ins gischtende Wasser schaute. Noch hatte sie ihre Firma nicht gänzlich aufgegeben. *Ich will erst einmal etwas Gras über die Sache wachsen lassen*, dachte sie. *Vielleicht ist eine Weiterführung der Geschäfte ja später möglich. Vielleicht wird ja alles doch nicht so schlimm.*

Es wurde kalt. Margarete begab sich mit ihrem Sohn unter Deck. Welch ein Glück, dass Gabriele jemanden kannte, der auf Bornholm ein kleines Ferienhaus besaß, in dem sie nun würde wohnen können.

Unter Deck bestellte Margarete zwei heiße Schokoladen, und das erste Mal seit ihrer Abreise schlich sich ein kleines Lächeln in die Züge ihres Sohnes. Noch immer litt er unter dem Tod seines Bruders. So oft sie seitdem auch versucht hatte, ihm seine Schuldgefühle zu nehmen; sie saßen in ihm genauso tief wie in ihr selbst. Damit würde sie leben müssen. Michael war noch jung. *Vielleicht kann er es eines Tages überwinden*, hoffte sie.

Ein Gutes hatte die erzwungene Reise doch: Sie würde endlich einmal das nachholen können, was sie so viele Jahre sträflich vernachlässigt hatte. Sie würde ihrem Sohn, ihrem letzten verbliebenen, Zeit widmen. Keine Fabrik, die immer wichtiger war, keine Entwürfe, die sie oft abends noch an ihrem heimischen Schreibtisch zu Papier bringen wollte. Keine Telefonate mit säumigen Zahlern oder unzufriedenen Kunden. Sie konnte auf der Insel nicht viel mehr tun als warten und hoffen. Und eben versuchen, das Beste aus der Situation zu machen.

Bis zum Anlegen der Fähre verbrachten sie auf einer Bank unter Deck in inniger Umarmung. Kurz schlief Michael sogar ein. Während Margarete das schlafende Kind betrachtete, krampfte sich ihr Herz zusammen. Sie dachte an Gustav, und dann dachte sie an Stephan. Wie viel Leid konnte ein Mensch noch ertragen? Wie gern würde sie ihre Fabrik und alles, was sie an Gut und Geld angesammelt hatte, hergeben, wenn ihre zwei Lieben wieder bei ihr sein könnten! Aber das Schicksal ließ sich auf keinen Handel ein. Das Schicksal war unerbittlich.

Wenige Stunden später, als ihr die frische Seeluft die kurzen Haare durcheinanderwirbelte und sie dem Anlegemanöver am Hafen in Rønne zusahen, war die trübe Stimmung gewichen. Trotzig streckte sie das Kinn in die steife Brise.

Hier bin ich, und ich bin noch keineswegs erledigt! Dass sie hatte fliehen müssen, bedeutete nicht, dass sie nicht zurückkommen würde. Sie hatte sowohl Silberberg als auch Wojak ihre Postanschrift gegeben. So konnte sie weiterhin über alles Wichtige informiert werden.

Am Kai, auf den die Menschen von der Fähre gespuckt wurden, wartete ein älterer Mann mit einem Schild, auf dem ihr Name stand, auf Margarete. Er streckte ihr seine, vom Arbeiten schwielige Hand entgegen und wuschelte Michael durch die Haare. Dann nahm er einen der beiden Koffer; Margarete schleppte den anderen. Es war kein Auto, zu dem er sie führte, sondern ein Pferdefuhrwerk mit einem Leiterwagen. Entschuldigend wies er auf die Bretter und half erst Margarete, dann ihrem Sohn hinauf. Michael bestaunte alles Neue um sich herum: die krächzenden Möwen, die in pfeilschnellem Flug auf die Wasseroberfläche hinabstürzten und mit einem Fisch im Schnabel wieder auftauchten, die farbigen kleinen Häuschen, die bucklige Katzenkopfstraßen säumten, die Menschen, die so ganz anders gekleidet waren als in Berlin.

Der Bauer – denn um einen solchen musste es sich handeln – paffte eine Pfeife und schwieg ansonsten. Margarete hatte schon befürchtet, dass die Verständigung hier oben sich schwierig gestalten könnte. Wer würde schon Deutsch oder Englisch sprechen? Vermutlich waren die Bewohner noch nie über ihre Insel hinausgekommen. Touristen würde es hier wohl auch kaum geben. Auf der Fähre schienen jedenfalls nur Dänen gewesen zu sein.

Das Fuhrwerk hielt in einer schmalen Gasse vor einem hellblauen Häuschen. Der Kutscher half ihnen, das Gepäck ins Haus zu tragen. Dann übergab er Margarete den Schlüssel. Dazu einen Zettel mit einer Telefonnummer und dem Namen *Jytte* darunter. Vermutlich die Besitzerin des Häuschens.

Hoffentlich kann ich mich mit ihr verständigen, bangte Margarete. Aber zuerst hieß es, die Räume erkunden. Michael stand noch etwas verloren im Eingangsbereich herum. Ihm schien der Ortswechsel mehr Schwierigkeiten zu bereiten als der reiselustigen Margarete. Als Gustav noch lebte, waren sie oft im Automobil durch die Gegend gefahren. An die Ostsee, in den Süden Deutschlands und in das wunderschöne Elbsandsteingebirge. So weit allerdings war sie noch nie von Berlin weggewesen.

»Komm!«, sagte sie zu ihrem Sohn, »wir wollen doch mal sehen, wo dein Zimmer sein wird.« Unten befand sich eine große Wohnküche mit blankgescheuertem Holztisch, daneben eine kleine Stube mit Sofa und zwei Sesseln um einen niedrigen Tisch. Eine niedrige Tür führte in eine gut bestückte Speisekammer. Sie gingen die schmalen Treppen nach oben. Die Holzstufen knarrten. Oben war ein kurzer, mit einem Flickenteppich ausgelegter Flur, von dem rechts und links je zwei Türen abgingen. Die erste auf der linken Seite entpuppte sich als Schlafzimmer mit einem Doppelbett. Es war ebenso wie der Kleiderschrank aus hellem Holz. Auf den nackten Dielen lagen geschmackvolle Teppiche in erdfarbenen Tönen. Hier würde sie wohl schlafen.

Der Nebenraum entpuppte sich als kleines Stübchen mit einem einzelnen Bett und wiederum Schrank, Tisch und Stuhl.

»Hier kannst du schlafen. Wie gefällt es dir?«

Michael schaute etwas zweifelnd und betrat das Zimmer, das für unbestimmte Zeit sein Reich sein würde, zögernd.

»Du wirst dich schon wohl fühlen, wenn du dich erst einmal eingelebt hast«, meinte Margarete und drückte ihren Sohn an sich.

Gegenüber befand sich ein modernes Badezimmer mit Wanne, Waschbecken und Toilette. Margarete atmete auf. Das war ihr stets wichtig gewesen. Ein wenig Luxus also auch hier. Die letzte Tür führte zu einer Art Bibliothek, und die vielen Bücher an den Wänden ließen Margarete staunen. Sofort trat sie an eines der Regale heran und zog ein Buch heraus. Dänisch. Was sonst? Aber vielleicht würde sie auch etwas in Englisch oder Deutsch finden. Sie hatte ja Zeit, alle Bücher zu begutachten.

An dem zierlichen Schreibtisch würde sie ihre Korrespondenz erledigen können. Das bequeme Sofa lud zum Ruhen ein. Alles in allem ein wunderschönes Refugium, in dem es sich gut ein paar Wochen oder auch Monate aushalten ließ. Die Miete, die sie dafür an Gabrieles Bekannte zahlte, war lächerlich gering.

»Hast du Hunger?«, wollte sie von ihrem Sohn wissen.

Der nickte. »Na da lass uns mal schauen, was wir in der Küche so finden!«

Margarete inspizierte die Küchenschränke, doch es war alles zu ihrer Zufriedenheit. Für die unzureichenden Kochkünste, derer sie sich rühmen konnte, würde es genügen. Aus der Speisekammer holte sie eine Packung Nudeln, und auch Eier und Butter fand sie dort. Kurz darauf stand eine duftende Mahlzeit vor ihnen auf dem Tisch.

»Wir werden nachher gleich den Ort auskundschaften und schauen, wo wir was einkaufen können«, sagte sie zu Michael. Der aß schweigend seine gebratenen Nudeln mit Ei.

Hoffentlich gibt es hier andere Kinder, bangte Margarete. Der Junge musste unbedingt ein wenig Zerstreuung haben. Im nächsten Monat würde er seinen neunten Geburtstag hoffentlich im Kreise vieler Kinder feiern können.

Nachdem Margarete das Geschirr gespült hatte, nahm sie eine Einkaufstasche vom Haken an der Tür und steckte ihr Portemonnaie ein. Würde sie hier überhaupt mit Dollar bezahlen können? Sie musste es darauf ankommen lassen oder eine Bank finden, die ihr Geld in dänische Kronen eintauschen würde. Ob dieser Ort jedoch so eine Bank hatte, bezweifelte sie. Andererseits war das hier ja die größte Stadt der Insel. Wo sonst sollte es eine Bank oder Wechselstube geben?

Es war zwar schon später Nachmittag, aber noch immer warm. Margarete zog sich nur eine leichte Jacke über ihr Kleid und Michael wollte gar nichts über sein kurzärmliges

Hemd ziehen. Sie schlossen die Haustür ab und betraten die Straße. Margarete meinte sich zu erinnern, dass sie vorhin an einigen Läden vorbeigefahren waren und wandte sich nach links. Die Häuser waren mit Blumen im Vorgarten überreich geschmückt. Auf den Fensterbrettern saßen Puppen oder Teddys und begrüßten den Vorbeigehenden. Michael staunte. Unter Spitzengardinen sahen sie schöne Porzellanfiguren, kunstvoll geblasene farbige Gläser und Keramikgefäße. Margarete hatte schon von Gabriele gehört, dass es auf Bornholm eine sehr bekannte Keramikfabrik gab, die sie sich unbedingt ansehen wollte.

Nach etwa hundert Metern gelangten sie auf einen Marktplatz, von dem eine Einkaufsstraße abging. Hier fanden sie auch Lebensmittelgeschäfte. Margarete zeigte auf die Produkte, die sie frisch kaufen wollte. Kartoffeln, Gemüse, Obst und Kaffee. Auch an Süßigkeiten für Michael dachte sie, als sie seine Augen sehnsüchtig auf die großen Gläser mit verschiedenen Naschereien neben der Kasse gerichtet sah. Als sie der drallen Verkäuferin mit dem blonden Zopf einen Zehn-Dollar-Schein hinhielt, zögerte diese erst kurz und nahm ihn dann an. Anschließend erklärte sie Margarete mit Händen und Füßen den Weg zur Bank, was im Dänischen wohl genauso hieß wie im Deutschen und schrieb ihr auf einen Zettel die Öffnungszeiten auf. Margarete bedankte sich herzlich und verließ mit dem glücklich an einer bunten Zuckerstange lutschenden Michael den Laden.

Neugierig erkundeten die beiden die Umgebung rund um den Marktplatz, in dessen Mitte ein Springbrunnen sprudelte. Die Menschen schienen freundlich und ohne Eile. Hier und da standen sie vor einem Haus und unterhielten sich in der fremden, aber angenehm klingenden Sprache. Auch Kinder sahen sie auf der Straße, die selten von einem Fahrzeug frequentiert wurde, mit Fußbällen spielen oder Reifen hinterherjagen.

»Morgen schauen wir uns den Strand an!«, verkündete Margarete. »Vielleicht kann ich dir hier ja das Schwimmen beibringen.«

Michael schaute ein wenig ängstlich, doch schließlich leuchtete sein Gesicht in vorfreudiger Erwartung.

»Wir machen richtig schöne Ferien«, versuchte Margarete, ihr Unwohlsein beim Gedanken an ihre Fabrik und alles, was sie zurückgelassen hatte, zu ignorieren.

Vielleicht würde sich ja alles inzwischen in der Heimat zum Guten wenden. Immerhin war sie erst einmal ihren Häschern entwischt. Da gab es sicher einige, die sich darüber ärgerten.

Am Abend, nachdem sie die Koffer ausgepackt und Michael gebadet hatte, klopfte es an die Haustür. Michael lag schon in seinem Bett und schlief, und Margarete hatte es sich gerade mit einem Buch aus der Bibliothek auf dem Sofa bequem gemacht. Es waren wunderschön illustrierte Märchen vom dänischen Nationaldichter Hans Christian Andersen. Sie wollte sie sich noch einmal vergegenwärtigen, damit sie sie später Michael erzählen und ihm die Bilder dazu zeigen konnte.

Vor der Tür stand eine junge Frau mit rotem Haar und vielen Sommersprossen. Freundlich hielt sie ihr einen Kuchen entgegen und sagte: »Hej, varmt velkommen!« Das verstand Margarete auch ohne Übersetzer.

»Jytte?«

Die Frau nickte. Margarete machte eine einladende Handbewegung. Sie hatte sich gerade einen Tee gemacht und fragte: »Möchten Sie auch eine Tasse Tee?«

Jytte nickte. Nachdem sie die ersten Schlucke getrunken und sich gegenseitig ausgiebig gemustert hatten, fiel Margarete etwas ein. »Moment«, sagte sie, hoffend, dass im Dänischen auch dieses Wort so ähnlich klang. Sie ging die Treppen nach oben und wickelte ihr Geschenk aus dem Packpapier. Gottlob war es heil geblieben.

Wieder unten überreichte sie Jytte die Schale aus Fayence. Auf einen grüntürkisen Untergrund hatte sie mit Lapislazuli-Blau einen äußeren und etwas weiter innen einen weiteren Rand gesprenkelt. Auch der Boden und der Fuß waren blau. Jytte geriet ganz aus dem Häuschen angesichts der wunderschönen Schale. Mit Händen und Füßen erklärte ihr Margarete, dass die Schale ein Entwurf von ihr war. Sie zeigte ihr auf der Unterseite ihr Signum, die zwei verschlungenen Buchstaben H und L, die Anfangsbuchstaben der Namen Heymann und Loebenstein. Links mit den Buchstaben verbunden ein kleiner Kreis. Den hatten sie damals als Zeichen ihrer Zusammengehörigkeit hinzugefügt. Doch nun war nur sie allein übriggeblieben. Sofort bemächtigte sich ihrer wieder das Gefühl tiefer Trauer. Doch schnell wischte sie die Gedanken an ihren verstorbenen Mann beiseite und widmete sich ihrem Gast.

Jytte bestand darauf, den Kuchen anzuschneiden, und so aßen sie zum Tee auch noch ein Stück des leckeren Zitronenkuchens mit Marzipan. Bevor Jytte ging, erkundigte sie sich noch, ob Margarete alles habe oder noch etwas brauche. Dann schrieb sie ihr noch einmal ihre Telefonnummer auf und zeigte auf das Telefon, das auf einem kleinen Tischchen im Flur stand. Die Nummer des Telefons stand unter dem Hörer. Die Nummer der Vermittlung lag daneben. Jytte schrieb ihr noch die dänischen Worte auf einen Zettel, die sie dem Fräulein vom Amt sagen musste, wenn sie in Deutschland eine Nummer anrufen wollte. Dann ging sie und versprach, in ein paar Tagen erneut vorbeizukommen.

Wenn Margarete sie richtig verstanden hatte, empfahl sie ihr noch, frischen Fisch am Hafen zu kaufen. Das, so dachte Margarete, würde sie wohl bleiben lassen. Denn wie sollte sie wohl einen Fisch ausnehmen? Oder gab es den gar bereits küchenfertig dort zu kaufen? Sie würde wohl noch einiges lernen müssen, so ohne Köchin. *Hier wird es doch auch ein paar Restaurants geben,* dachte sie. *Da können wir wenigstens die einhei-*

mischen Spezialitäten probieren. Morgen würde sie jedenfalls erst einmal auf der Bank einige Dollar umtauschen.

Plötzlich fühlte Margarete eine bleierne Müdigkeit in sich. Sie schaffte es gerade noch, das Teegeschirr in die Küche zu räumen und den Kuchen abzudecken, dann war sie auch schon im Bad und kurz darauf in ihrem Bett verschwunden. Kaum hatte sie das nach Lavendel duftende Kopfkissen berührt, fiel sie in einen tiefen traumlosen Schlaf.

In den ersten Tagen auf Bornholm kam sich Margarete vor, als sei sie aus der Zeit gefallen. Nichts belastete sie auf der Insel, und das einzige Problem, das sich ihr tagtäglich stellte, war, was sie kochen sollte. Bis sie heraus hatte, welches Gericht am besten in welchem Topf zu kochen war, hatte sie einige angebrannte Kartoffeln und Mehlsuppen auszukratzen.

Sie unternahm mit Michael viele Ausflüge. Jeden Tag, wenn das Wetter einigermaßen freundlich zu ihnen war, ließen sie sich zu einer anderen Sehenswürdigkeit fahren. Im Norden besichtigten sie die alte Burgruine Hammershus. Auf einer Klippe hoch über dem Meer bot sich ihnen von dort ein fantastischer Rundblick über die Insel. Da passte es hervorragend, dass sich Michael gerade sehr für Ritter interessierte. In der Hausbibliothek entdeckte Margarete ein Buch über die Wikinger, in dem ihr Sohn gern blätterte und die farbigen Bilder der Waffen und Gewänder dieser Krieger betrachtete. Mit den Nachbarskindern, mit denen er glücklicherweise bald Freundschaft geschlossen hatte, spielte er oft mit Holzschwertern und Schilden aus Pappe deren Kämpfe nach. Ebenso spielerisch lernte er die fremde Sprache, so dass er schließlich oft die Übersetzerrolle bei ihren Ausflügen übernahm.

Auch die *Helligdomsklippen* in der Nähe der Festung besichtigten sie. Steil ins Meer abfallende Wände aus massivem Granit. Michael bestand darauf, auf einem schmalen Weg hinabzusteigen, weil ihm einer seiner Freunde von der Höhle, dem *Schwarzen Topf*, erzählt hatte und er sie nun unbedingt erkunden wollte. Margarete war nicht wohl dabei, und sie stand einige Ängste aus, bis sie wieder heil oben angekommen waren.

Bei schönem Wetter gingen sie zum Strand. Es gelang Margarete tatsächlich, Michael das Schwimmen beizubringen. Schließlich war er gar nicht mehr aus dem Wasser herauszubringen, auch wenn es ziemlich kalt war. Sie selbst konnte dem frischen Vergnügen hingegen nur wenig abgewinnen. Lieber saß sie, dick in Decken eingemummelt, im warmen Sand und sah ihrem Sohn beim Toben in den flachen Wellen oder beim Sandburgenbauen zu.

Auch von den vielen, weiß getünchten Rundkirchen, die über die Insel verstreut lagen, besichtigten sie einige.

An einem Tag fuhren sie mit der Fähre zu den Erbseninseln, die wegen ihrer Größe so genannt wurden. Dort, auf Christiansø, begeisterte sich Michael wieder an den Festungsanlagen Christian des V. Über eine Hängebrücke gelangten sie zur Nachbarinsel Frederiksø. Auf jeder der Inseln lebten nur ein paar Dutzend Menschen. Doch viele von ihnen waren Künstler, töpferten, malten oder stellten Dinge aus dem her, was das Meer anschwemmte. In kleinen Geschäften wurden diese Kunstwerke dann den Touristen angeboten. Margarete war begeistert. Könnte sie hier wohnen? Ihre Sachen töpfern, sich dem Lauf des Jahres anpassen und im Rhythmus der Natur leben?

Jytte lud sie oft zum Essen zu sich nach Hause ein, so dass sie bald wie ein Teil ihrer Familie waren. Sie zeigte Margarete, wie man Fische schuppte und ausnahm. Auch die Zubereitung auf verschiedene Arten brachte sie ihr bei. Und erstaunlicherweise machte es Margarete sogar Spaß, mit umgebundener Schürzte am Herd zu stehen und ihre rudimentären Kochkünste zu vervollkommnen. Wenn es hinterher allen schmeckte, war das tatsächlich ein schönes Gefühl für sie.

So kann man sich ändern, dachte sie manchmal, wenn sie das schmutzige Geschirr spülte. *Was wohl Papa und Mama denken würden, wenn sie mich hier so sähen?*

Jytte nahm sie eines Tages in Hjorths Keramikfabrik mit. Sie hatte Margarete über die Anfänge der Keramikherstellung auf der Insel erzählt, hatte ihr erzählt, dass man bei der Suche nach Kohle im Jahr 1800 auf große Tonvorkommen gestoßen war. Aus dieser Tatsache hatte sich die Keramikindustrie entwickelt.

Als Margarete das rote Backsteingebäude betrat, über dessen Tür auf einem Schild das Signum der Firma, ein Elch, wachte, fühlte sie sich zurück nach Dornburg versetzt. Sofort war die Sehnsucht wieder da. Die Sehnsucht nach dem Gefühl, den feuchten Ton an den Händen zu spüren, die Schwungscheibe mit den Füßen zu treten und etwas zu erschaffen, das einen Nutzen hatte und schön war. Und es dauerte nicht lange, da saß Margarete an einer der Töpferscheiben und zog ein Gefäß in die Höhe. In dem kleinen, an die Fabrik angeschlossenen Laden, erwarb sie einen blauen Kerzenleuchter.

Dieser Sommer verwöhnte sie mit fantastischem Wetter. Der Duft der zahlreichen Heckenrosen, die ebenso wie die hohen Stängel der Malven vor den bunten Häuschen den Eindruck von Frieden und Schönheit vermittelten, begleitete sie bis in ihre Träume. Diese verloren ihren Schrecken, je länger sie auf der Insel weilte. Hinter den Häusern empfingen sie schattige Gärten, in denen um große Tische ganze Familien samt Freunden saßen und die Spezialitäten der Insel genossen. Dazu gehörte auch das Smørrebrød, ein reichlich beladenes Stück Brot, das die Dänen gern zum Mittag verspeisten. Jede dieser kleinen Brotscheiben wurde als Kunstwerk hergerichtet und phantasievoll verziert.

Mit Jyttes Familie fuhren sie an einem Wochenende mit der Fähre in die dänische Hauptstadt, nach Kopenhagen. Dort gab es einen Vergnügungspark, das *Tivoli*, das man, so meinte Jytte, unbedingt besucht haben musste.

Nicht nur Michael war begeistert von der Vielzahl von Fahrgeschäften und Vergnügungsmöglichkeiten. Margarete genoss vor allem das romantische Flair der vielen Grünflächen, Brunnen und Laternen, der Seen mit ihren Brücken und der unzähligen farbigen Lichterketten, die dem Park bei hereinbrechender Dunkelheit eine Stimmung verliehen, die alle diesseitigen Sorgen vergessen ließ. Sie schleckten sahniges Eis, aßen kandierte Früchte und leckere frisch gebackene Waffeln mit Sahnecreme. Sie fuhren auf Kettenkarussells und durch Geisterbahnen. Die Kinder kreischten vor Vergnügen. Auf einem kleinen See neben einer chinesischen Pagode ließen sie sich in einem Boot treiben. In einem Theater sahen sie einem Künstler bei seiner Pantomime zu, und das historische Segelschiff wurde von den Kindern genauestens inspiziert.

Um auch den Abend genießen zu können, hatten sie sich in einem benachbarten Hotel einquartiert. Den nächsten Tag nutzten sie zu einer kleinen Stadtführung, die Jytte ihnen gab. Kopenhagen gefiel Margarete sehr gut. Auch die Menschen hier waren entspannt und freundlich, ganz anders als im hektischen Berlin.

Sie sahen das Schloss Christiansborg und bewunderten die verschlungenen Drachenschwänze auf dem Dach der Börse. Über die äußere Wendeltreppe erklommen sie den Turm der Erlöserkirche, von dem sie einen wundervollen Blick auf die Stadt am Wasser hatten.

Natürlich sahen sie sich auch Schloss Amalienborg an, wo sie Glück hatten und die Wachablösung verfolgen konnten. Die hohen Fellmützen begeisterten die Jungen ebenso wie die Marschmusik der Blaskapelle und die gebrüllten Kommandos, die wohl nur die dänischen Freunde verstanden. Bald schon marschierten die Kleinen im Stechschritt über das Kopfsteinpflaster.

Weniger interessant für die Kinder war die wundervolle Kuppel der Friedrichskirche daneben, die nach dem Vorbild des Petersdoms in Rom errichtet worden war. Das Kastell nördlich des Schlosses vermochte sie hingegen wieder zu begeistern.

Unterhalb der Festungswälle sahen sie die Kleine Meerjungfrau auf ihrem Felsen sitzen. Das dazugehörige Märchen hatte sie Michael schon oft erzählen müssen.

Eigentlich war das Programm viel zu viel für einen einzigen Tag gewesen, und Jytte betonte immer wieder, dass da noch so viel mehr sei, das man unbedingt gesehen haben musste. Jedenfalls war eine zweite Übernachtung unumgänglich, und am nächsten Morgen fuhren sie mit der Fähre zurück auf die Insel.

So sehr Margarete auch versuchte, ihre Probleme in Deutschland ebenso zu verdrängen wie die immer schwieriger werdende politische Situation, so vergeblich waren diese Versuche angesichts der Briefe, die sie aus Marwitz erreichten.

Wojak schrieb ihr, dass die Eigentümer der benachbarten Steingutfabriken Velten-Vordamm ein Auge auf ihre Fabrik geworfen hatten. Er selbst habe dem Ortspolizisten und auch den Vertretern der Ortsgruppe der NSDAP in Velten erklärt, welche Anstrengungen nötig seien, um das Werk weiterzuführen. Auch auf das gut bestückte Warenlager und dessen Verkäuflichkeit im Rahmen des Weihnachtsgeschäftes habe er hingewiesen, so Wojak in seinem Brief.

Am 1. August, so schrieb ihr Silberstein später, habe der Landrat ihr Warenlager beschlagnahmen lassen. Das war für Margarete ein Schock, immerhin enthielt es Waren im Wert von 10.000 Reichsmark.

Der Gemeindevorsteher schrieb ihr und wollte mit ihr über die Wiedereröffnung im Interesse des Abbaus der Arbeitslosigkeit in der Gegend verhandeln.

Im September schließlich meldete sich bei ihr der Direktor des Keramischen Werkes Vordamm, Adolf Kruckau. Margarete kannte Kruckau noch aus ihrer Veltener Zeit. Ein äußerst unangenehmer Typ. Er war zu Zeiten der Steingutfabriken Velten-Vordamm ein Gegenspieler von Hermann Harkort, dem Gründer und eigentlichem Chef der Steingutfabriken gewesen. Ihr Verwalter Wojak hatte ihr geschrieben, dass er ihm, Kruckau, von ihrer Absicht erzählt hatte, das Werk eventuell zu verpachten oder sogar zu veräußern. Doch Kruckau, ein ebensolcher Nazi wie der Gemeindevorsteher, wollte ebenso wie jener auf keinen Fall erneut eine jüdische Leitung der Firma. Das sagte er jedoch nur hinter vorgehaltener Hand, während er mit ihrem Bevollmächtigten Silberberg die Möglichkeiten auslotete, gemeinsam mit ihr den Betrieb wieder aufzunehmen. Für diese angeblich angestrebte Partnerschaft verlangte er von Margarete eine Beteiligung von 20.000 Reichsmark. Margarete indes war sofort klar, was hinter dieser vorgeblichen Partnerschaft steckte: Hier wollte sich jemand auf ihre Kosten bereichern. *Nicht mit mir!*, dachte sie, und wies Silberberg an, entsprechende Vorschläge abzuschmettern.

Wojak schrieb ihr im September auch, dass ein Generalsekretär des Deutschen Handwerks mehrmals die Fabrik besichtigt habe. Dieser Herr, ein gewisser Dr. Heinrich Schild, stehe in Verbindung mit der Keramikerin Hedwig Bollhagen, die auch August Wojak aus seiner Zeit in Velten-Vordamm bekannt war. Einmal habe sie Schild, der in seiner Uniform erschienen war, bei einem Besuch auch begleitet, berichtete ihr Wojak.

Neben den ganz konkreten Entwicklungen in ihrer Firma erfuhr Margarete durch die Briefe und die beigelegten Zeitungen auch, was sich sonst so in ihrer Heimat zutrug.

Das Heben der rechten Hand zum sogenannten Hitlergruß schien plötzlich Teil des Alltags geworden zu sein. Nach dem Verbot der SPD und anderer Parteien war die NSDAP die einzige Partei im Land. Weil deren Führer sich in Monumentalbauten verewigen wollte, ging die Arbeitslosigkeit zurück, was die Akzeptanz, ja Begeisterung in Arbeiterkreisen nur befeuerte. Hakenkreuzfahnen sah man plötzlich auch überall dort, wo eigentlich Brauchtum und uralte Feste ihren Platz hatten. So zum Beispiel verleibten sich die Nazis die heidnischen Sonnwendfeiern ein und entzündeten überall unter Absingen patriotischer Lieder große Stöße von Holz. Sie selbst hatte in Marwitz in den Jahren zuvor an solchen Sonnwendfeiern teilgenommen. Ihre Söhne liebten die brennenden Holzstöße und die alten Lieder, die dazu gesungen wurden.

Schnell schob Margarete die Erinnerung an lodernde Flammen zur Seite. Sie würde wohl nie mehr an ein Feuer denken können, ohne ihren armen Sohn vor sich zu sehen. Wie er eingewickelt wie eine Mumie, mehr tot als lebendig, in diesem Krankenhausbett auf seinen Tod gewartet hatte.

Die Juden, ihre ehemaligen Glaubensbrüder und -schwestern wurden immer mehr in ihrer Bewegungs- und Handlungsfreiheit eingeschränkt. Verschiedene Berufsgruppen wurden mit Arbeitsverbot belegt und damit ihrer Lebensgrundlage beraubt. Jüdische Sportler wurden aus der Deutschen Turnerschaft ausgeschlossen und Autoren, die nicht *auf dem Boden der nationalen Erhebung* standen, flogen aus dem Schriftstellerverband.

Würde dieses Land überhaupt noch ein Land sein, in dem sie leben konnte?

Es half alles nichts. Sie musste zurück.

Voller Trauer, aber auch getrieben von Unruhe, packte sie ihre Koffer, verabschiedete sich von Jytte und ihren neu gewonnenen Freunden und verließ die Insel mit ihrem Sohn an einem regnerischen und stürmischen Oktobertag des Jahres 1933.

Letzte Versuche (Oktober 1933 – August 1934)

Der erste Weg in Berlin führte sie in die Villa in den Grunewald. »Ihr seht aus, als habet ihr eine ausgedehnte Sommer-
frische genossen«, empfing sie ihre Schwägerin. Charlotte
trug immer noch schwarz, obwohl David nun bereits seit
fünf Jahren tot war, und sah grau und verhärmt aus. Fast
schämte sich Margarete, weil sie sich zumindest äußerlich er-
holt hatte.

Michael prahlte sogleich mit seinen Kenntnissen der dänischen Sprache und verblüffte seine Cousins. Ihre Schwiegereltern lauschten gespannt den Erzählungen ihres Enkels.
Margarete schien es, als sei Michael während des Sommers
irgendwie reifer geworden. *Als ob er sich gehäutet hat*, dachte
sie. War jetzt endlich die schwere Zeit vorbei? Oder würde er
zu Hause wieder anfangen, nachts einzunässen und schreiend
aus Albträumen zu erwachen?

Weil Margarete gleich am nächsten Tag nach Marwitz
wollte und erst noch eine neue Kinderfrau einstellen musste,
war sie dankbar, dass Michael noch einige Zeit im Haus der
Schwiegereltern bleiben konnte. Auch er freute sich darauf,
wieder mit seinen Cousins zusammen zu sein. In den letzten
Wochen schien er genügend mütterliche Zuwendung erhalten zu haben, so dass er sie nun ohne Proteste gehen ließ.

Margarete hatte Wojak telefonisch über ihre Ankunft
unterrichtet, und er führte sie am nächsten Tag durch die
Werkhallen und Lagerräume, wo sie alles in bester Ordnung
fand. Auch mit Silberberg traf sie sich und teilte ihm mit,
dass Kruckau auf keinen Fall in irgendeiner Weise an der Fabrik beteiligt werden würde.

Noch immer wusste Margarete nicht, was mit der Fabrik
geschehen sollte. Verkaufen? Verpachten? Selbst wieder eröffnen? Die politischen Verhältnisse sprachen eine deutliche
Sprache. Auch Silberberg, selber Jude, riet ihr dringend da-

von ab. »Sie werden alles verlieren, wenn Sie nicht bereit zu einem Verkauf sind«, mahnte er.

Doch Margarete schob die Entscheidung immer wieder hinaus. Etwas anderes machte ihr genauso viel Sorgen. Die Frage, ob sie in Deutschland bleiben oder ob sie, wie viele ihrer jüdischen Bekannten, nach Palästina oder ein anderes Land emigrieren sollte. Um wenigstens einmal das Land ihrer Vorfahren gesehen zu haben, entschloss sie sich spontan, noch im Oktober mit ihrem Sohn eine weite Schiffsreise nach *Eretz Israel* anzutreten. Sie hatte von Bekannten eine Adresse von Menschen bekommen, bei denen sie wohnen können würde. Michael war von der Aussicht einer langen Seereise begeistert. Er dachte wohl an die Fähren Dänemarks, wo es ihm so gefallen hatte.

Margarete fühlte sich vom ersten Tag an in diesem Land nicht wohl. Sie spürte, wie der jüdische Teil der Bevölkerung, der zahlenmäßig der arabischen weit unterlegen war, feindlich angesehen wurde. Doch die Feindseligkeiten gingen nicht nur in die eine Richtung. Was sollte sie in einem Land, in dem statt Arier gegen die Juden nun die Juden gegen die Moslems kämpften? Warum immer nur Kampf? Man hatte doch viele Jahrhunderte Seite an Seite gelebt und voneinander profitiert. Nein, sie wollte nicht als unerwünschte Einwanderin angesehen werden. Sie wollte keinem Fellachen sein Land wegnehmen, wenn es seit Urzeiten im Besitz seiner Familie gewesen war. Bereits nach vier Wochen reiste sie wieder ab. Michael war nicht böse darüber, hatte er doch keinerlei Verbindung zu den meist sehr orthodoxen Juden herstellen können.

Nun waren sie wieder zurück in Berlin und fast wöchentlich schlug Silberberg Margarete einen neuen Käufer vor. Auch der Gemeindevorsteher wollte zusammen mit Dr. Schild die Fabrik erwerben. Als Margarete dies ablehnte, weil die gebotene Summe viel zu niedrig war, erhöhte man den Druck auf sie. Schild schaltete verschiedene Behörden ein, und im Januar schrieb er mit drohendem Unterton an Silberberg, dass sich eine höhere Regierungsstelle für diese Angelegenheit interessiere.

Zu Margarete sagte Silberberg wegen ihrer Zögerlichkeit: »Sie müssen sich endlich entscheiden! Der Landrat hat schon durchblicken lassen, dass er keinesfalls eine jüdische Leitung dulden werde.«

Zum 18.1.1934 beantragte Margarete schließlich die Liquidation. Sie hatte sich entschieden. Schweren Herzens würde sie die Fabrik verkaufen. In so einem Deutschland hatte sie keine Zukunft mehr.

Die Verkaufsverhandlungen zogen sich noch weitere drei Monate hin, bis sie Ende April 1934 die Fabrikgebäude einschließlich der Öfen, Keramikformen, Kundenlisten und mitsamt dem gut gefüllten Lager für 45.000 Reichsmark an Dr. Heinrich Schild, Ökonom und einflussreiches Mitglied der NSDAP, verkaufte. Margarete wusste, dass der Preis viel zu niedrig war. Und das wusste auch der Käufer. Doch sie hatte keine Wahl.

Die entsprechende Passage im Kaufvertrag lautete: »Die Haël-Werkstätten für künstlerische Keramik GmbH Berlin, ... verkauft die ihr gehörigen in Marwitz ... gelegenen Grundstücke ..., auf denen ein Fabrikgebäude und mehrere Lagerschuppen und ein Wohn- und Bürogebäude

errichtet sind, wie sie stehen und liegen, einschließlich aller vorhandenen Waren ..., Rohstoffen, sowie Einrichtungsgegenstände ... sowie ferner der für den kaufmännischen Betrieb in Frage kommenden Kundenlisten, Kartotheken und Lieferantenlisten, sowie des im Büro- und Wohngebäude vorhandenen Mobiliars.«

Ein gesonderter Vertrag wurde über die Verwertung des erfolgreichen Geschirrservices *Norma* abgeschlossen. An den Verkaufserlösen sollte Margarete beteiligt werden. Ab 1. Mai firmierte Margarete Loebensteins Fabrik unter der Bezeichnung *HB-Werkstätten für Keramik*. HB, das waren die Initialen der neuen künstlerischen Leiterin Hedwig Bollhagen. Ihr Signum unterschied sich nicht wesentlich von dem Haël-Zeichen. Statt der Buchstaben H und L waren es jetzt H und B. Schild übernahm die Geschäftsleitung unentgeltlich.

Doch Margarete erfuhr auch weiterhin, was in ihrer ehemaligen Fabrik so vor sich ging. Nora Herz, ebenfalls Keramikerin und eine ehemalige Freundin ihres Bruders sowie eine enge Vertraute von Hedwig Bollhagen, die von Köln nach Berlin gezogen war, erzählte ihr alles, was sich dort abspielte, brühwarm. Sie war es sogar gewesen, die Hedwig Bollhagen auf ihre, zum Verkauf stehende Fabrik hingewiesen hatte. Und Nora, die als Kind mit ihren Eltern aus England nach Köln gekommen und wegen des Ausbruchs des Krieges dortgeblieben war, arbeitete ab und zu an ihren Skulpturen in der Fabrik in Marwitz. Dadurch war sie immer bestens informiert.

»Sie hat viele von deinen ehemaligen Mitarbeitern und dazu noch einige aus Velten-Vordamm eingestellt«, berichtete sie ihr im Mai. August Wojak leitete wieder den Betriebsablauf. Und von dem erfuhr sie, dass auch die zwei Männer, die sie denunziert hatten, von Hedwig Bollhagen eingestellt worden waren. Überhaupt schien diese nicht die geringsten Skrupel zu haben, auf ihrer ersten Grassi-Messe im August 1934 auch Produkte von Haël auszustellen und damit als ihre auszugeben. Wahrscheinlich hatte sie das übervolle Warenlager etwas leeren wollen, vermutete Margarete. In ihrem Werbeprospekt, der Margarete natürlich umgehend erreichte, umschrieb sie diese Aneignung so: »Wir bringen die bewährten Muster der von uns übernommenen Haël-Werkstätten und eine große, preiswerte Kollektion neuer Formen und aparter Dekorationen.«

Nora erzählte ihr einmal, dass sich Hedwig bei ihr darüber beklagt habe, dass sie es nicht in dem angestrebten Umfange schaffe, eigene Entwürfe zu verwirklichen. Margarete entgegnete darauf bitter: »Da kommen ihr die Bestände mit meinen Teilen ja wohl ganz recht.«

»Und stell dir vor«, erzählte Nora weiter, »sie verwendet sogar das Briefpapier, das noch von dir da ist, für ihre eigenen Notizen und Entwürfe. Dass sie dabei kein schlechtes Gefühl hat!«

Margarete konnte sich ohnehin nicht vorstellen, wie jemand, der eine offensichtlich völlig unterbezahlte Firma übernahm, nicht jeden Tag ein schlechtes Gewissen haben konnte. Schließlich sah doch auch Hedwig Bollhagen täglich, was mit den jüdischen Mitbürgern hierzulande passierte. Konnte sie da wirklich ruhig an ihrem Schreibtisch sitzen und Rechnungen verfassen? Für Ware, die eine andere entworfen hatte?

Margarete versuchte, nicht allzu oft an Marwitz zu denken. Nicht daran, dass in dem neu gebauten Bürogebäude jetzt diese Frau, ihre Nachfolgerin, die Wohnung im Obergeschoss bewohnte. Eine enge Freundin – und wohl sogar mehr, wenn sie Nora Glauben schenken durfte – dieses Nazis Schild, der Margarete ihr Lebenswerk abgepresst hatte. Nein, sie durfte nicht daran denken! Sie musste nach vorn schauen.

Von Nora erfuhr Margarete, dass etwa die Hälfte der produzierten Stücke auf ihre Entwürfe zurückging. Auch ihr erfolgreiches Service *Norma* wurde jetzt unter dem Signum HB produziert. Zwar verwendete Hedwig Bollhagen meist eigene Dekore für ihr Geschirr, doch die Formen stammten von Margarete. Besonders ärgerte es Margarete, wenn wieder einmal in einer der Zeitschriften diese, ihre Entwürfe gezeigt wurden, ohne jedoch auf ihre Urheberschaft hinzuweisen. Doch diese Ärgernisse waren nicht die einzigen Probleme, denen sich Margarete ausgesetzt sah.

An einem Tag Anfang August 1934 kam Michael mit Schrammen und einem blauen Auge von der Schule nach Hause. Tapfer versuchte er, seine Tränen zu unterdrücken.

»Was ist passiert?«, fragte Margarete erschrocken.

Es dauerte lange, bis Michael mit der Sprache herausrückte.

»Die haben gesagt, dass du eine Judensau bist«, schluchzte er. Margarete versuchte, ihren Schrecken zu verbergen und strich ihrem Sohn über die Haare.

»Und du hast mich verteidigt?«

Michael nickte.

»Das war sehr tapfer von dir. Aber es bringt nichts, sich mit diesem Abschaum zu schlagen. Sie bekommen jetzt überall Oberwasser. Wenn du willst, rede ich mit der Lehrerin. Oder ich melde dich an einer anderen Schule an.«

Michael sah sie mit großen, tränenfeuchten Augen an.

»Die Kinder, die in der HJ sind, haben jetzt am Samstag schulfrei«, sagte er und blickte auf seine Füße. Margarete wusste nicht, was sie darauf sagen oder wie sie diese Mitteilung interpretieren sollte.

»Willst du etwa auch in die Hitlerjugend?«

Ihr Sohn bohrte mit seinem großen Zeh, der durch ein Loch im Strumpf schaute, auf den Holzdielen herum. Margarete erschrak.

»Schatz, das sind dieselben Rabauken, die mich beleidigen und dich schlagen. Du willst doch nicht allen Ernstes mit denen gemeinsame Sache machen?«

Erschrocken blickte Michael auf. In seinen Augen spiegelte sich seine Verwirrung. Wie sollte er auch nicht verwirrt sein, dachte Margarete. Sie selbst wusste ja manchmal nicht, wie sie die Volten, die die Politik schlug, interpretieren sollte. Einerseits Nichtangriffspakt mit Polen und Autobahnbau, andererseits der Tod des von ihr sehr geschätzten Dichters Erich Mühsam im KZ Oranienburg, nur wenige Kilometer entfernt. Einerseits die Hinrichtung einer ganzen Führungsriege der gefürchteten SA und die Eröffnung der ersten deutschen Theaterwoche in Dresden durch Adolf Hitler, andererseits die Ausbürgerung Albert Einsteins aus dem Deutschen Reich.

Wie ging das zusammen? Wagner-Liebhaber und Bücherverbrenner. Margarete wusste nicht, wie sie diesen Mann mit dem übergroßen Ego einschätzen sollte. Sie ahnte aber, dass mit ihm noch viel Leid über die Menschen kommen würde. Sollte sie nicht langsam die Koffer packen und außerhalb Deutschlands Zuflucht suchen? Gerade erst hatte sie gelesen, dass Hitler in einem Interview mit der »Daily Mail« einen Krieg gegen Großbritannien ausgeschlossen hatte. Es sei ein »Verbrechen gegen die eigene Rasse«. Wäre England vielleicht ein geeignetes Exilland für sie?

Sanft wurde sie am Ärmel gezupft und kehrte aus ihren Überlegungen zurück in die Gegenwart. Vor ihr stand noch immer Michael, der sie fragend ansah.

»Ich werde mit Tante Charlotte reden«, sagte Margarete. »Vielleicht hat sie eine Idee. Und ich werde auch mit Onkel Fritz reden.«

Als Michael im Bett war, telefonierte Margarete zunächst mit ihrer Mutter. Nach dem plötzlichen Tod ihres Vaters lebte diese nun zusammen mit Trude in der großen Villa in der Kinkelstraße 9.

Nach den üblichen Fragen, die Gesundheit betreffend, kam Margarete zum Grund ihres Anrufs.

»Du weißt, dass ich meine Fabrik verkaufen musste«, begann Margarete. »Seitdem suche ich nach einem Land, in dem wir sicher sind. Palästina wird es nicht sein. Wie wäre es mit England? Würdest du und Trude mit uns kommen?«

Die Mutter seufzte, und Margarete ahnte die Antwort bereits. »Kind, meinst du wirklich, dass es nötig ist, aus Deutschland, aus unserer Heimat fortzugehen? Vielleicht ist dieser ganze braune Spuk ja schon bald vorbei. Wir müssten unser schönes Haus verkaufen, und gerade jetzt wurde die Grenze für Vermögenswerte bei der Reichsfluchtsteuer auf fünfzigtausend gesenkt. Das heißt, wir würden noch dazu ein Viertel unseres verbleibenden Vermögens verlieren.«

Margarete verstand ihre Mutter, denn ihr ging es ebenso. Nachdem sie ihre Firma so weit unter Wert hatte verkaufen müssen, würde sie nicht einmal das Geld, das sie dafür erhalten hatte, mit ins Exil nehmen können. Denn da war auch noch die Villa, in der sie wohnte sowie die Reste aus der Lebensversicherung von Gustav. Die Devisen, die sie noch vom Verkauf ihrer Produkte ins Ausland besaß, wurden neuerdings ebenfalls bei Ausführung in ein anderes Land mit hohen Abschlägen belegt. Würde ihr überhaupt genug bleiben, um irgendwo einen Neuanfang wagen zu können?

Illegal auszureisen, das kam auch nicht in Frage. Sie hatte gehört, dass die Gestapo an verschiedenen Stellen ihre Spitzel sitzen hatte, die sofort bei verdächtigen Bewegungen Meldung machten. So würden Wohnungsverkäufe von den Notaren, Rückkäufe von den Lebensversicherungen, Nachsendeanträge von der Reichspost sowie Aufträge an Spediteure von diesen gemeldet werden. Auch Post- und Telefonüberwachungen waren an der Tagesordnung. Selbst wenn ihre Mutter all das nicht wusste – wovon Margarete ausging – war es nicht trotz allem besser, im Ausland sicher zu sein, auch wenn man alles Materielle verloren hatte?

»Wie sieht es denn bei euch in Köln überhaupt aus? Müsst ihr irgendwelche Schikanen erleiden? Wie geht es Trude?«

Ihre Mutter hatte ihr im März erzählt, dass beim Rosenmontagszug ein sogenannter »Palästina-Wagen« mitgefahren war. Auf diesem hatten sich mit schwarzen Anzügen und Hüten sowie angeklebten Bärten und Schläfenlocken als Juden verkleidete Männer mit dem hämischen Kommentar »Die Letzten ziehen ab« über die Emigranten lustig gemacht. Die echten Juden, die, wie ihre Mutter und Schwester, dem Rosenmontagszug vom Straßenrand zusahen, hatten diese Verunglimpfung natürlich nicht lustig gefunden.

»Ach weißt du«, begann ihre Mutter zögerlich, »jetzt, wo Vati nicht mehr lebt, ist es recht einsam in dem großen Haus. In der ersten Zeit nach seinem Tod besuchten uns ja immer noch seine Arbeitskollegen oder Freunde. Seit so gegen die Juden gehetzt wird, ist es auch bei uns ganz still geworden. Letzte Woche hat sogar die Frau von Vatis Prokuristen die Straßenseite gewechselt, als sie mich gesehen hat. Und stell dir vor, Doktor Goldstein, der von jeher unser Hausarzt war, musste seine Praxis schließen. Es kamen nicht mehr genug

Patienten zu ihm. Er konnte sie nicht mehr halten. Ich glaube, er ist auch ins Ausland gegangen.«

Margarete wunderte sich nicht. Warum sollte es in Köln anders sein als in Berlin? Umso dringlicher war die Suche nach einem anderen Lebensmittelpunkt.

»Und Trudchen, hat sie immer noch keinen Mann gefunden?«

»Ach Kind, du weißt doch, wie sie ist! Eine Träumerin, die sich lieber hinter Buchrücken verschanzt als Tanzen zu gehen. Na ja, die Zeit ist im Moment auch nicht nach Vergnügen. Sie scheint mir manchmal älter als ich. Richtig verhärmt und verbittert ist sie geworden. Aber ich bin ja so froh, dass wenigstens sie noch bei mir ist. Wie geht's denn meinem Enkel?«

Margarete war froh über den Themenwechsel. Machte sich in ihr doch immer ein schlechtes Gewissen breit, wenn sie nach dem Tod ihres Vaters mit ihrer Mutter telefonierte. Sie war weit weg. Sie konnte ihre Mutter nicht unterstützen. Erleichtert erzählte ihr Margarete einige lustige Episoden und blendete verstörende Geschehnisse vollkommen aus. Ihre Mutter sollte sich nicht noch mehr Sorgen machen.

Nach dem Telefonat war sie genauso schlau wie vorher. Doch sie würde sich weiter nach Möglichkeiten zur Emigration umhören. Und wenn sie etwas gefunden hatte, würde sie ihre Mutter und Trude mitnehmen. Egal, wie sie sich auch wehren mochten.

Dunkle Wolken (1935 – 1936)

Die Villa war zu groß. Margarete kündigte den Mietvertrag und nahm sich in der Hertastraße 23, im Grunewald, eine Wohnung. Das hatte auch den Vorteil, dass Michael die Schule wechseln konnte. Dort richtete sie sich ein Atelier ein, in dem sie malte. Ganz ohne künstlerische Betätigung konnte sie nicht sein. So besann sie sich auf ihr Kunststudium und das, was sie am Bauhaus in der kurzen Zeit gelernt hatte. Außerdem erteilte sie jüdischen Kindern in einer von ihr gegründeten Kinderkunstschule, die ebenfalls in ihrem Atelier angesiedelt war, Unterricht. Stundenweise unterrichtete sie in der jüdischen Schule.

Im Mai 1935 erschien in der NS-Zeitschrift *Der Angriff* ein Artikel, der mit der reißerischen Überschrift »Jüdische Keramik in der Schreckenskammer« Aufsehen erregte. Nora hatte ihr das Schmierblatt gebracht, so dass Margarete den Artikel lesen konnte. Rechts oben auf der Doppelseite war ein Foto ihrer Werkstatt in Marwitz mit dem neuen Brennofen zu sehen, in dem gerade ein Arbeiter die Kapseln, in denen sich die Stücke befanden, zu hohen Türmen aufschichtete. Links schräg darunter eines, auf dem ihre Entwürfe denen von Hedwig Bollhagen gegenübergestellt waren. Ihre modernen und expressiven Formen mit Scheibenhenkeln und konischen Körpern standen neben den klassischen und, wie sie fand, eben auch langweiligen ihrer Nachfolgerin. Unter dem Foto stand: »Zwei Rassen fanden für denselben Zweck verschiedene Formen. Welche ist schöner?«

Doch was Margarete an dem Artikel wirklich empörte, war die völlig erlogene Darstellung des Übergangs ihrer Fabrik in die Hände der nachfolgenden Besitzer.

»Als der Sturm der nationalsozialistischen Revolution so manche morsche Mauer in Deutschland umlegte, blieben nämlich auch in dieser *Fabrik für keramische Erzeugnisse* die Räder stehen. Juden hatten die Produktion geleitet. Sie zogen es vor, im Februar 1933 das Werk zu verlassen. Die Arbeiter verloren ihr Brot. Sie mussten stempeln. Den Unternehmer kümmerte ihr Schicksal nicht. Der Fabrikhof verödete. Unkraut wucherte über die Türschwelle. Fenster zerbrachen. Gähnende, trostlose Leere führte das Regiment. Irgendwo auf verstaubten Regalen nur standen ein paar Tongefäße und Krüge, zurückgelassen bei der eiligen Flucht der jüdischen Direktion. Vierzehn Monate lang suchten Ratten und Fledermäuse hier nächtliches Vergnügen. Bis das große Reinemachen begann. Seit April 1934 hat der Betrieb einen neuen Herrn. Junge Kräfte schufen im Zuge des Aufbaus in wenigen Monaten ein neues Werk. Fast 40 Männer und Frauen aus Marwitz und der nahen Umgebung stehen unter den Symbolen der Deutschen Arbeitsfront seit dem 1. September 1934 wieder am Werktisch – kneten und drehen, malen und brennen nach altem, handwerklichem Brauch. Eine junge Frau zwischen ihnen als Leiterin des Werkes.«

Nach dieser Neuschreibung der Realität erläuterte der Journalist zumindest wahrheitsgemäß die Arbeitsschritte, die bis zur Fertigstellung einer Keramik getan werden mussten. Allerdings suggerierte er in jedem zweiten Satz, dass dieses alte Handwerk nur von den neuen Eigentümern so traditionell ausgeübt wurde. *Klar*, ging Margarete beim Lesen durch den Kopf, *vermutlich habe ich meine Keramik durch Hexerei produziert.*

Nach seiner Erklärung des Herstellungsprozesses schüttete der Redakteur, der den Artikel mit dem Kürzel »rau« unterzeichnet hatte, weiter seinen Kübel voller Häme über den Vorbesitzern aus.

»Was ehemals die Hand mit feiner Empfindung formte, das entartete unter einer falsch verstandenen Sachlichkeit und verlor Farbe und Form, verlor in der Zweckbestimmung die schlichte, gesunde Bodenständigkeit und damit die Schönheit, die den deutschen Landschaften und dem deutschen Menschen entspricht. Der Einfluss fremdgearteter Kräfte hatte das Gewicht auf den äußerlichen Effekt gelegt. … In

155

Marwitz hat man diese Dinge in die *Schreckenskammer* gestellt. Grauen erregen sie bei dem Betrachter. Zumal er in den Sälen nebenan edlen Formen begegnet. Ein Blick in diese Schreckenskammer zeigt, welchen Weg wir eingeschlagen, an welchem Punkt wir kehrtgemacht haben. ... Mancher Küchenschrank mag noch jener Schreckenskammer gleichen, in dem jeder vor dem Vermächtnis einer vergewaltigten Töpfer*kunst* vom Jahre 1932 eine leichte Gänsehaut bekommt. Der letzte Sinn der Schreckenskammer von Marwitz ist aber nicht das Gruseln, sondern die Erziehung.«

Auf der Folgeseite war ein kleines Foto von Hedwig Bollhagen abgedruckt, die gerade an einer Form arbeitete.

Welche Unverschämtheit! Besonders angesichts der Tatsache, dass die Formen aus dieser »Schreckenskammer« unter dem Namen der neuen Leiterin weiterhin Eingang in Kataloge, Zeitschriften und auf Messen fanden. Ebenso wie einige der Stücke, die auf dem Foto ihrer Nachfolgerin zugeschrieben wurden, ebenfalls noch aus der Werkstatt Margaretes stammten.

»Ist sie froh über dieses Geschmiere?«, fragte Margarete und warf die Zeitung in die Ecke. Nora musste nicht fragen, wen Margarete meinte.

»Du schätzt sie falsch ein«, antwortete Nora. »Sie ist jung, will sich beweisen. Hättest du nicht auch die Chance ergriffen, wenn sie sich dir geboten hätten?«

Margarete schnaubte. »Aber nicht auf Kosten anderer!«

Nora legte ihre Hand auf Margaretes Arm. »Das sagt sich so leicht. Wie viele unserer Mitmenschen glauben noch immer, die Nationalsozialisten täten unserem Volk gut, und dieser Herr Hitler sei der neue Messias.«

»Weil sie blind sind!«, stieß Margarete hervor und schüttelte die Hand der Freundin ab. Sie erhob sich und lief erregt im Wohnzimmer auf und ab.

»Wirst du jetzt von mir verlangen, mit Hedwig zu brechen? Nur weil sie vielleicht nicht deinen Weitblick hat, nicht deine politischen Ansichten teilt?«

Margarete schüttelte den Kopf, so dass ihr die Locken ins Gesicht fielen. Mit einer unwilligen Geste schob sie sich die Haare zurück. Dann setzte sie sich wieder und blickte Nora in die Augen.

»Du solltest nur aufpassen, dass sie nicht mit dir bricht«, sagte sie sanft.

Danach sprachen sie noch über Margaretes Vorhaben, außerhalb von Deutschland einen neuen Lebensmittelpunkt zu suchen. Nora, selbst Jüdin, trug sich ebenfalls mit dem Gedanken, zurück in ihre englische Heimat zu gehen.

»Vielleicht landen wir ja beide noch auf deiner Insel«, sagte Margarete und lächelte dabei wehmütig.

Als die Freundin sich verabschiedete, hob Margarete die Zeitung vom Boden auf und drückte sie Nora in die Hand. »Ich will diesen Dreck nicht in meinem Haus haben«, sagte sie.

Ende 1935 bekam Margarete eine der wenigen Gelegenheiten, ihre Werke der Öffentlichkeit zu präsentieren. Ihre Gemälde erhielten in der jüdischen Presse – sofern sie noch existierte – positive Besprechungen. Jedoch konnte das nicht darüber hinwegtäuschen, dass der Wind ihr kräftiger ins Gesicht blies. Immer mehr Juden um sie herum verschwanden. Wohin? Sie wusste es nicht. Hatten sie es irgendwie geschafft, eine Ausreisegenehmigung zu erhalten? Waren sie unter irgendwelchen Vorwänden in Konzentrationslagern eingesperrt worden?

Kurzzeitig hatte sie das Gefühl, die Schikanen hätten etwas abgenommen, und sie begann bereits, Hoffnung zu schöpfen. Zu spät erkannte sie, dass das lediglich der Vorbereitung der Olympischen Sommerspiele geschuldet war. Deutschland konnte es sich in diesen Monaten nicht leisten, allzu hart gegen Juden und Andersdenkende vorzugehen, da der Fokus der Weltöffentlichkeit auf Berlin lag. Man instrumentalisierte den Sport und den hohen und jahrtausendealten Gedanken friedlicher Wettkämpfe, um sämtlichen Kritikern den Wind aus den Segeln zu nehmen. Wenn ein Land sich so offen und liberal den zahlreichen Besuchern aus aller Welt präsentierte, was konnte da schon Schlimmes dort passieren?

Sie hörte von der Rede Heinrich Manns auf der Konferenz zur Verteidigung der olympischen Idee im Juni im Paris, und sie las von den Boykottbestrebungen der USA. Die Sowjetunion hatte ihrerseits bereits verkündet, nicht an den Spielen teilnehmen zu wollen.

Im September 1935 wurden die Nürnberger Rassengesetze verabschiedet, die Eheschließungen zwischen Juden und Nichtjuden verboten sowie allerlei Einschränkungen staatsbürgerlicher Rechte für nicht reinrassige Deutsche postulierte. Alle Juden, die ein öffentliches Amt bekleideten, verloren dieses. Sie durften nicht mehr wählen. Doch all das interessierte die ausländische Presse anscheinend nicht.

Zunächst durften, um die USA von ihren Boykottabsichten abzubringen, zwei »jüdische Mischlinge« an den Spielen teilnehmen. Sogar einen »halbjüdischen« Präsidenten des Organisationskomitees duldeten die Nazis. Die Regierung verpflichtete sich gezwungenermaßen zur Einhaltung der olympischen Regeln, zu denen ein freier und ungehinderter Zugang für alle Rassen und Konfessionen in die Olympiamannschaften gehörte. Letztlich gehörte der deutschen Olympiamannschaft nur eine einzige »Halbjüdin« an, die Fechterin Helene Mayer, die eine Silbermedaille gewann. Hingegen wurde die Leichtathletin Gretel Bergmann unter dem Vorwand einer Verletzung von der Teilnahme ausgeschlossen. Besonders perfide war es, dass die Nazis die bereits nach England emigrierte Sportlerin unter Androhung von Repressalien an ihrer noch in Deutschland lebenden Familie gezwungen hatte, nach Deutschland zurückzukehren, um dort zu trainieren.

Margarete bekam all dies nur am Rande mit. Sie plagten ganz andere Sorgen. Auch umziehen musste sie noch einmal, diesmal nach Wilmersdorf, in die Hildegardstraße 31.

Ein letztes Mal reiste sie nach Köln in ihr Elternhaus. Versuchte erneut, ihre Mutter und ihre Schwester dazu zu bewegen, zusammen mit ihr zu emigrieren. Ihr Bruder Fritz hatte im Vorjahr geheiratet und mit seiner Frau Edith eine Familie gegründet. Kurz vor der Olympiade kam ihr Sohn Michael zur Welt. Auch sie lebten in Köln, überlegten aber, nach Palästina auszuwandern. Margarete riet ihnen zu und hoffte, dass sich ihre Mutter und Schwester dann vielleicht bereit erklären würden, mit Fritz nach *Eretz Israel* zu gehen. Sie selbst nutzte ihre Beziehungen, um ihr neues Leben zu planen.

Einen Teil ihrer beweglichen Habe lagerte sie bei der Spedition Brockerhoff & Lippschütz ein. Am 2. September 1936 entrichtete sie beim Finanzamt Wilmersdorf Süd die Reichsfluchtsteuer in Höhe von 67.000 Reichsmark. Das noch verbliebene Vermögen auf diversen Konten hob sie sukzessive ab.

Und dann war er da, der Abschied von ihrer Heimat. Einer Heimat, von der sie so sträflich behandelt worden war. Einer Heimat, in der die Gräber zweier ihrer Lieben lagen. Und doch auch einer Heimat, in der sie viele wichtige und schöne Dinge gelernt und erlebt hatte. Und einer Heimat, in der noch immer ein Teil ihrer Familie lebte. Würden auch sie sich retten können und ihrer Heimat den Rücken zukehren? So wie es einst ihr Vorfahr Heinrich Heine getan hatte?

Teil 3

10. August 1989, London

Margarete brauchte jetzt etwas Stärkeres als Tee. Ohnehin war der schon längst wieder erkaltet. Sie erhob sich, um zunächst die Toilette aufzusuchen. Auch ihre Blase war nicht mehr das, was sie mal gewesen war. *Welcher meiner Körperteile befindet sich überhaupt noch in einigermaßen funktionstüchtigem Zustand?*, fragte sie sich. *Bin ich nicht längst schon zu einem Ersatzteillager verkommen? Falsche Zähne, ein künstliches Kniegelenk, zwei Stents. Von der Brille ganz zu schweigen.* Gegen das Hörgerät hatte sie sich bis jetzt erfolgreich wehren können.

Als sie aus dem Badezimmer kam, ging sie an das Büffet und goss sich aus der Sherryflasche ein Glas ein. Sie prostete dem Foto auf dem Klavier zu, das sie an ihrem Hochzeitstag mit Gustav zeigte. Schwer atmend sank sie wieder in ihren Sessel.

Der süße Geschmack des Sherrys sandte einen angenehmen Schauer durch ihre Adern. Ihr Blick fiel auf ein anderes Foto. Darauf war ihre Mutter mit Trude abgebildet. Es war das letzte Foto, das Margarete von Mutter und Schwester besaß. Aufgenommen kurz nach ihrer Flucht vor den Nazis im Jahre 1939 nach Holland. Dort, so hatten sie gehofft, werde man sicher sein. Welch Trugschluss! Nachdem die Deutschen im Mai 1940 auch dort einmarschiert waren, hatten sich beide zunächst gemeinsam versteckt gehalten, sich aber später getrennt und Unterschlupf bei zwei holländischen Familien gefunden, die dem Untergrund angehörten. Emma, ihre Mutter, wurde schließlich entdeckt und ins Vernichtungslager Sobibor gebracht. Dort wurde sie 1943 vergast. *Wärt ihr doch bloß mit mir gekommen!*, dachte Margarete wieder einmal. *Oder mit Fritz nach Palästina.*

Was mit ihrer Schwester Trude war, die sich an einem anderen Ort versteckt gehalten hatte, wusste Margarete lange Zeit nicht. Glücklicherweise meldete sich Trude nach Kriegsende bei ihr und besuchte sie auch kurze Zeit später in London. Doch aus ihrer Schwester war ein ängstliches, seelisch zutiefst verstörtes Wesen geworden. Jahre im Versteck, stets von der Angst begleitet, gefunden und getötet zu werden, hatten aus der jungen Frau einen Schatten ihrer selbst gemacht. Ihre einst schwarzen Haare waren ergraut, die Haut spannte sich über muskel- und fleischlose Knochen. Beim geringsten Geräusch war sie zusammengezuckt. In der Nacht musste man im Zimmer immer ein Licht brennen lassen, und ihre Sprache war in ein kaum noch verständliches Gemurmel retardiert.

Der einzige Ort, an dem Trude aufblühte, war Margaretes Studio, in dem Trude aus Ton kleine Tiere und Figuren formte.

Auch zu ihrem Bruder Fritz reiste Trude und ebenso in die USA, wo sie andere Verwandte besuchte. Schließlich ging sie jedoch nach Köln zurück, wo sie in den Niehler Heimstätten lebte und 1975 auch starb.

Margarete erinnerte sich an Trudes Staunen, als sie mit ihr durch London spazierte und ihr die Sehenswürdigkeiten zeigte. Auch wenn vieles zerbombt war, so hatten es die Deutschen doch nicht geschafft, den Überlebenswillen der Engländer zu brechen, und überall war man dabei, Zerstörtes wieder aufzubauen.

Fritz, ihr jüngerer Bruder, dessen Foto sie jetzt ansah, hatte einen anderen Weg gewählt. Er baute sich in einem fremden Land, nahe Tel Aviv ein neues Leben auf. Als Textilingenieur hatte er in der Firma des Vaters eine gute Stellung gehabt. In Palästina – später Israel – wechselte er in die Kosmetikbranche. Doch auch er war mittlerweile gestorben. Sie war die Letzte, die noch übrig war.

Margarete erhob sich und strich über das glänzende Holz des Klavierdeckels, den sie seit ihrem letzten großen Schicksalsschlag nicht mehr geöffnet hatte und auch nicht wieder öffnen würde. Wozu sollten die Melodien von Mozart oder Bach noch gut sein? Sie würden doch nur Erinnerungen wecken an schöne Momente im Kreise ihrer Familie, in der die

Musik stets eine große Bedeutung gehabt hatte. Bereits als kleines Mädchen hatte sie Privatunterricht erhalten, ebenso wie sie mit den anderen Künsten vertraut gemacht worden war. Ihre Eltern hatten alles getan, um den drei Kindern eine humanistische und künstlerische Bildung angedeihen zu lassen. Deshalb hatten ihre Eltern auch nichts dagegen gehabt, als sie den Wunsch geäußert hatte, sich an der Kunstgewerbeschule in Köln einzuschreiben.

Und dann hatte der Ruf des Bauhauses sie erreicht. Zu dem Schmerz, den sie stets empfand, wenn sie an ihre Familie dachte, gesellte sich nun die Verbitterung über all die enttäuschten Erwartungen, die sie mit dem Eintritt in diese neuartige Schule verknüpft hatte.

Nirgendwo in ihrer Wohnung war noch ein Zeugnis ihres Schaffens aus dieser Zeit zu sehen. Auch keines aus der Zeit danach in Marwitz. Sie wollte nicht jeden Tag daran erinnert werden, wie tief sie gestürzt war. Und das alles nur, weil sich eine Gruppe von Menschen über eine andere hatte erheben wollen. Was war das Ende dieser Hybris gewesen? Allein sechs Millionen Tote unter ihren Glaubensgenossen. Wie unvorstellbar diese Zahl doch war! Darunter viele Menschen, die sie persönlich kennengelernt hatte.

Sie dachte an Regina Jonas, die mutige Rabbinerin, die sie aus dem Soroptimistclub kannte. Die überall Vorbehalte gegen sie als Rabbinerin verspürt hatte. Vorbehalte, die letztlich auch verhinderten, dass sie in Berlin predigen durfte. Lediglich als Seelsorgerin und als Leiterin für religiöse Feste der Kinder und Jugendlichen im Trausaal der Synagoge durfte sie tätig sein. Diese Feste beinhalteten jedoch keine Trauungen. Jedoch bestand Regina darauf, Talar und Barett zu tragen. Während der Gottesdienste nahm sie auch nicht auf den Frauenemporen Platz, sondern setzte sich in ihrem weinroten Umhang in die erste Reihe, inmitten der Männer. Das war ihre Art des Protests und des offen zur Schau getragenen Widerstands gegen die eingerosteten Vorstellungen der männerbündischen Oberen, die, so wurde Margarete nach Reginas Erzählungen klar, auch bei den Juden bestrebt waren, die Frauen in ihrer Berufsausübung und Selbstverwirklichung zu hemmen.

Sie sagte immer: »Ich kam zu meinem Beruf aus dem religiösen Gefühl, dass Gott keinen Menschen unterdrückt, dass also der Mann nicht die Frau beherrscht.«

Da Regina wegen ihrer Mutter nicht emigrieren wollte, kam es, wie es kommen musste: Im Januar 1942 – Margarete weilte längst in der Sicherheit ihrer neuen englischen Heimat – wurde Regina zunächst zur Zwangsarbeit verpflichtet und Ende des Jahres zusammen mit ihrer Mutter ins KZ Theresienstadt deportiert. In jenes KZ, in das auch Friedl Dicker, ihre Bekannte aus Bauhaustagen, gezwungen worden war. Auch Regina ging, ebenso wie Friedl, dort weiter ihrer Profession nach und hielt Vorträge und Predigten. Im Oktober 1944 wurde sie nach Auschwitz gebracht und dort kurze Zeit später getötet.

Andere entkamen, wie auch sie, in letzter Minute den Fängen der Häscher. Der Rabbiner Melwin Warschauer, dessen Predigten sie mehr als einmal in der Synagoge gelauscht hatte, war drei Jahre nach ihr nach England geflohen. Sie hatte den Mann mit dem hageren Gesicht, dem Schnurrbart und den buschigen Brauen einmal in London getroffen. In dem Café an der Themse hatte er ihr erzählt, dass er nur dank der telefonischen Warnung eines Polizisten von der bevorstehenden Verhaftung nach der Pogromnacht erfahren hatte und untertauchen konnte. 1935 hatte ihn Margarete noch bei der Beerdigung des Malers Max Liebermann gehört, von dem der geflügelte Ausspruch stammte: »Ick kann jar nich so ville fressen, wie ick kotzen möchte.« Diesen Satz sprach Liebermann angesichts des Fackelzugs der neuen Machthaber an seinem Haus am Pariser Platz vorbei aus. Margarete hatte ihn öfter bei den Gottesdiensten gesehen. Nach der Machtergreifung zog er sich vollkommen aus der Öffentlichkeit zurück. Im Februar 1935 war Margarete eine von etwa hundert

Trauergästen, die unter Beobachtung der Gestapo dem Künstler das letzte Geleit gaben.

Von Warschauer erfuhr sie auch von der wundersamen Rettung ihrer Synagoge vor den brandschatzenden Horden in jener, als *Reichskristallnacht* euphemistisch in den Sprachgebrauch eingegangenen Nacht der Zerstörung jüdischen Eigentums.

Nachdem die Angehörigen der SA, wie überall im Land, auch an dieses jüdische Gotteshaus begonnen hatten, Feuer zu legen, schaltete sich der Reviervorsteher des nahegelegenen Polizeireviers, Wilhelm Krützfeld ein, und trat den Brandstiftern entgegen. Er verwies auf den Denkmalschutz für das Gebäude und alarmierte die Feuerwehr, die den Brand im Gebäudeinneren löschen konnte. Er begründete dies ebenfalls mit der Gefahr des Übergreifens der Flammen auf die benachbarten Häuser. Nach dieser mutigen Haltung wurde Krützfeld vielfach schikaniert. Das, was sein Eingreifen verhindert hatte, konnte allerdings im November 1943 auch nicht durch das Überstreichen der goldglänzenden Kuppel mit Tarnfarbe verhindert werden. Die Synagoge erlitt bei den britischen Bombenangriffen schwere Schäden.

Was für ein Irrsinn!, dachte Margarete wieder einmal. Vor den Nazis hatte man die Synagoge retten können, doch deren Gegner - ihre neuen Landsleute - legten sie in Schutt und Asche.

Auch an Gabriele Tergit musste sie denken, jene Freundin aus Berliner Tagen im *Soroptimistclub*, die 1938 nach unterschiedlichen Stationen im Exil schließlich auch in London gelandet war. Sie hatte lange für das *P.E.N.-Zentrum deutschsprachiger Autoren im Ausland* als Sekretärin gearbeitet. Bis ein Jahr vor ihrem Tod, der nun auch schon wieder sieben Jahre zurücklag.

Margaretes Blick fiel auf die kleine Keramikente, die ihr Nora Herz bei einem ihrer letzten Besuche geschenkt hatte. Seit 1941 lebte Nora in New York, wo sie durch zahlreiche Kunstpreise geehrt wurde und am *Newark Museum of Art* unterrichtete. Sie hatte lange nichts mehr von ihr gehört und nahm sich vor, sich wieder einmal bei ihr zu melden.

Sie schenkte sich ein neues Glas ein und hörte in ihrem Inneren die Stimme ihrer Tochter: »Trink nicht so viel! Denk an deine Gesundheit!« Margarete krächzte ein humorloses Lachen. *Welche Gesundheit? Wozu brauche ich mit neunzig Jahren noch auf irgendetwas Rücksicht nehmen? Meine Lebensuhr ist doch längst abgelaufen.*

»Prost!«, sagte sie laut und kippte den Sherry in einem Zug hinunter. Das Brennen in ihrer Kehle tat gut. Sie schüttelte sich. Das Geräusch, das das Glas machte, als sie es auf dem Beistelltischchen abstellte, klang zu laut.

Ihre Gedanken gingen zurück zum Bauhaus. Welcher der Schüler und Lehrer hatte es eigentlich geschafft? Am Bauhaus hatten neben vielen Ausländern auch jede Menge Juden studiert. Beides war den konservativen politischen Kräften in der Regierung ein Dorn im Auge gewesen und hatte letztlich mit dazu beigetragen, dass die Schule 1925 nach Dessau hatte umsiedeln müssen.

Lucia Moholy, die erst nach Margaretes Weggang ans Bauhaus gekommen war, hatte sie später in Berlin kennengelernt. Schon drei Jahre vor ihr war Lucia über Paris nach London emigriert, und sie hatten sich oft hier getroffen. Lucia war eine begnadete Fotografin, die nach dem Krieg für die UNO in Prag und im Nahen und Mittleren Osten arbeitete. Erst vor wenigen Wochen hatte Margarete von Lucias Tod in Zürich erfahren, wo sie in den letzten Jahren eine neue Heimat gefunden hatte.

Walter Gropius, der Mann, der Margarete mit seinem stechenden Blick eingeschüchtert hatte, war bereits Jahre vor ihr nach England emigriert, um dann 1937 weiter in die USA zu reisen, wo er als Professor für Architektur an der Harvard University lehrte. *Nicht schlecht für einen, der keine gerade Zeichnung hinbekommt*, dachte Margarete, als sie davon erfahren hatte. In der Ausstellung *Bauhaus 1919 - 1928*, die er in New York organisierte, war, wie sie wusste, kein einziges Stück

166

von ihr vertreten gewesen. Klar, sie war nur ein Jahr dort und ihr Abgang war sicher nicht dazu geeignet gewesen, um sich beim Leiter in guter Erinnerung zu halten, doch ganz so erfolglos war sie – auch im Ausland und hier besonders in den USA – in den Jahren danach nicht gewesen. Es waren also weiterhin die Männer, die bestimmten, welche Künstler im Gedächtnis der Nachwelt erhalten blieben. Das, was Gropius schon immer besser gekonnt hatte, als Pläne und Entwürfe zu zeichnen, hatte auch in der Zeit nach seiner Emigration dafür gesorgt, dass sowohl sein Name als auch der des Bauhauses überall auf der Welt in Erinnerung blieben. Wen er bei der späteren Planung und Erstellung all der Bauten statt des 1929 ertrunkenen Adolf Meyer an seiner Seite hatte, wusste Margarete zwar nicht, doch sie war sich sicher, dass er schon irgendeinen jungen talentierten Architekten für seine Ziele würde eingespannt haben.

Auch der visionäre Möbeldesigner Marcel Breuer, den Margarete während ihrer Bauhauszeit einige Male bei Festen getroffen hatte, musste wegen seiner jüdischen Herkunft nach Ungarn emigrieren. 1935, und damit ein Jahr vor ihr, zog es ihn dann ebenfalls nach England, von wo er zwei Jahre später in die USA emigrierte. Dort baute er an der Harvard University zusammen mit Gropius die Architekturfakultät auf. Sie gründeten auch ein gemeinsames Architekturbüro. Nach dessen Auflösung gründete Breuer sein eigenes Büro.

Lyonel Feininger, dessen Holzschnitt das Manifest des Bauhauses zierte und den Margarete ebenfalls während ihres Bauhaus-Jahres kennengelernt hatte, war mit seiner Frau Julia nach deren Umzug 1933 oft in Berlin bei ihr zu Gast gewesen. Was sie damals erstaunt hatte, war die Tatsache, dass Feininger auch komponierte. Er hatte sich einfach bei einem Besuch ans Klavier gesetzt und aus dem Kopf begonnen, Fugen zu spielen. Auf ihre Frage, wer denn der Komponist dieser Musik sei, lüftete er das Geheimnis. Allerdings stellte er sein Licht unter den Scheffel, indem er sagte: »Ich lasse mich stark von Bachs Fugen inspirieren, wahrscheinlich ist alles bloß ein Abklatsch davon.«

Durch Vermittlung des Quedlinburger Kunstsammlers Hermann Klumpp konnte das Ehepaar im Juni 1937 Deutschland in Richtung USA verlassen, wo Feininger als freier Maler in New York arbeitete. Im Flur hing ein Holzschnitt von ihm, den er ihr bei einem seiner Besuche in Berlin geschenkt hatte.

Auch andere Bauhauskünstler konnten in ihrem Exilland erfolgreich weiterarbeiten. Neben Lucias Mann und Gropius auch Josef Albers, den Margarete im Vorkurs kennengelernt hatte, und der ebenfalls in die USA floh. Dort verbreitete er, so wie in Südamerika und nach dem Krieg in Ulm, die Lehren des Bauhauses weiter.

Das war Friedl Dicker und Otti Berger und sicher nicht nur ihnen leider nicht vergönnt gewesen. Für sie war Auschwitz die Endstation gewesen.

So viele Talente sinnlos vergeudet. Wie war der fulminante Aufbruch in eine neue Zeit doch wenige Jahre später im braunen Terrorsumpf untergegangen.

Und die hehren Ziele, verkündet im hochtrabend als »Manifest« bezeichneten Programm, wo waren sie schon kurz nach Eröffnung des Bauhauses geblieben? Gleiche Rechte für das »schöne« und das »starke« Geschlecht? *Dass ich nicht lache!*

Margarete schenkte sich einen weiteren Sherry ein.

Von den vielen Frauen, die in den ersten Jahren ans Bauhaus gewollt hatten, sahen sich die Männer bald schon an den Rand gedrängt. Immerhin standen zum Wintersemester, als sie am Bauhaus angenommen worden war, den 106 männlichen Studenten fast so viele weibliche, nämlich 101, gegenüber. Das hatte die Herren der Schöpfung wohl ein wenig geängstigt.

Es waren einfach zu viele Frauen, die da plötzlich nach freier Berufsausübung und Selbstverwirklichung strebten. Da war guter Rat teuer, und die Männer hatten nach einigem

Überlegen auch eine Begründung parat gehabt, warum für die Frauen nicht alle Werkstätten gleichermaßen offen gestanden hatten. In der Buchbinderei wurden sie ebenfalls noch geduldet, doch um alles andere mussten die Frauen kämpfen, die sich weder für das eine noch für das andere interessierten. Natürlich wurde stets auch die geringere Körperkraft als Begründung ins Feld geführt, wenn Frauen davon abgebracht werden sollten, in der Metallwerkstatt, bei den Skulpturen oder in der Tischlerei zu arbeiten.

Von Schlemmer, den sie in der Wandmalereiabteilung kennen- und schätzengelernt hatte, stammte der Satz »Wo Wolle ist, ist auch ein Weib, das webt, und sei es auch zum Zeitvertreib.« Und dieser Satz brachte das Frauenbild, das immer noch – trotz aller Lippenbekenntnisse – in den Köpfen der Herren vorherrschte, auf den Punkt.

Doch warum sollte sie sich jetzt, am Ende ihres Lebens, noch über diese Dinge ärgern? War nicht genug Zeit seitdem vergangen, um abzuschließen? Fehlten nicht umsonst in ihrer Wohnung jegliche Zeugnisse ihrer Zeit in Deutschland?

Sie erinnerte sich an die wenigen Male, in denen Frances noch gefragt hatte: »Mom, erzähl doch mal etwas über deine Zeit in Deutschland!« Margarete hatte stets unwirsch darauf reagiert, hatte nie verstanden oder verstehen wollen, wieso ihre Tochter an ihrer Vergangenheit interessiert war. Sie jedenfalls blendete diese Jahre vollkommen aus ihrer Erinnerung aus. Hatte es jedenfalls versucht. Doch die Erinnerung war ein Ding, das man nur unzureichend in Schach halten konnte. Manchmal krochen sie wieder hoch, die Bilder aus jener fernen Zeit. Bilder, die, je nach Stimmung, aufgehellt waren, als seien sie mit dem Glanz der Vollkommenheit überzogen. Gelungene Keramiken, die Freude über Erfolge, die Gedanken an familiäres Glück. Doch da waren auch die Bilder, die hinter einem Vorhang von Flammen die Toten zeigten. Und niemals wusste sie vorher, was wohl diesmal aus der fest verschlossenen Kiste mit den Erinnerungen hervorkriechen würde.

»Schluss jetzt!«

Margarete begab sich erneut ins Badezimmer. Ihr Blick fiel auf die rote Keramikuhr mit den schwarzen Buchstaben, die sie selbst in Marwitz entworfen und hergestellt hatte. Diese Uhr, das einzige Zeugnis ihres Schaffens in Deutschland, stand, wie ihr Nora erzählt hatte, ebenfalls im Büro ihrer Nachfolgerin, deren Namen Margarete sich verboten hatte, auszusprechen. Noch immer vier Stunden bis zum Essen mit Frances.

Stoke-on-Trent – Derbyshire – London

Ankunft (30. Dezember 1936)

Wieder stand sie an Deck eines Schiffes und fuhr einer ungewissen Zukunft entgegen. Ihr Blick ging zurück entlang der Heckwelle, die der große Pott hinter sich herzog. Michael stand neben ihr und schien ihre traurige Stimmung zu fühlen. Er schwieg. Das war ungewöhnlich für den Zwölfjährigen, der ansonsten jede Gelegenheit nutzte, sie mit Fragen zu löchern. Er beschäftigte sich gerade sehr intensiv mit den Rätseln des Weltraums, und fragte man ihn nach seinem Berufswunsch, sagte er ohne groß zu überlegen: »Forscher«.

Ihm war es wohl am leichtesten gefallen, von Berlin wegzugehen, denn so richtige Freunde hatte er dort nicht gefunden. Das war bei Margarete ganz anders. Die Verabschiedung in ihrem Soroptimistclub, den sie in letzter Zeit sehr vernachlässigt hatte, fiel tränenreich aus. Ihre Freundin Gabriele Tergit, die nach ihrer Heirat Elise Reifenberg hieß und mittlerweile auch Romane verfasste, lebte inzwischen in Palästina. Im März 1933 hatte ein SA-Kommando vergeblich versucht, in ihre Wohnung in Siegmundshof einzudringen, und nur die mit Eisenbeschlägen verstärkte Tür verhinderte dies. Im November desselben Jahres schließlich war sie ihrem Mann ins Gelobte Land gefolgt.

Auch von den übrigen jüdischen Frauen waren inzwischen die meisten emigriert, so dass das freidenkerische Grüppchen ziemlich zusammengeschmolzen war.

»Wenn dieser Wahnsinn endlich vorbei ist, kommt ihr wieder zurück«, wurde Margarete eindringlich von ihrer Namensvetterin und ersten Rechtsanwältin Preussens, gebeten.

Jetzt, an Bord dieses Schiffes, den Blick auf die schnell kleiner werdenden Kräne am Hafen von Amsterdam gerichtet, schien Margarete nichts so unwahrscheinlich wie die Rückkehr in ihr Heimatland.

Wenn sich nicht hilfreiche Geister erboten hätten, sie zu unterstützen, wäre das mulmige Gefühl in ihr sicherlich noch stärker gewesen. Da war in erster Linie Harry Trethowan, der Einkäufer des führenden Londoner Einrichtungshauses *Ambrose Heal*, den sie durch ihre Geschäftskontakte kannte. Harry hatte sie schon bei den Einreiseformalitäten unterstützt und ihr außerdem eine Wohnung in Stoke-on-Trent besorgt. Dort, im britischen Keramikzentrum, befanden sich viele Potteries und sie hatte die Hoffnung, in irgendeiner Art und Weise dort ihren Lebensunterhalt verdienen zu können.

Zunächst jedoch hoffte sie, den Inhalt von 30 Kisten, in denen sich 250 Gemälde und ebenso viele Keramiken befanden, heil auf die Insel zu bringen und dort vielleicht irgendwo ausstellen oder verkaufen zu können.

»Mama, mir ist kalt«, riss sie die Stimme ihres Sohnes aus ihren Überlegungen.

Auch sie fühlte jetzt den frischen Seewind unangenehm auf ihrer Haut. Immerhin war der vorletzte Tag des Jahres angebrochen. »Wir schauen mal, ob wir unter Deck etwas Heißes zu trinken finden«.

Wegen der zwei Tage dauernden Überfahrt von Amsterdam nach Newcastle hatten sie eine Kabine für sich gebucht, in der sie nachher schlafen würden. Kurz nach Beginn des neuen Jahres, in das Margarete alle ihre Hoffnungen setzte, würden sie englischen Boden betreten. Michael hatte schon fleißig die neue Sprache gelernt, und Margarete hatte keinerlei Zweifel, dass er sich ihrer – genauso wie des Dänischen – schnell würde bedienen können.

Nachdem sie von Berlin nach Amsterdam das Flugzeug genommen hatten, was für Michael ein aufregendes Erlebnis gewesen war, reisten sie von Newcastle mit der Eisenbahn in ihre neue Heimat, die traditionsreiche Keramikstadt Stoke-on-Trent. Seit dem 17. Jahrhundert war die Gegend bekannt für ihre Töpfereien. Wo also hätte es einen geeigneteren Neuanfang für Margarete gegeben als hier?

Harry holte sie am 1. Januar des Jahres 1937 am Bahnhof ihrer neuen Heimstatt ab und fuhr sie mit seinem Auto in die Wohnung. Ihre Kisten würden erst in den nächsten Tagen geliefert werden. Für deren Unterbringung hatte Harry eine kleine Halle angemietet, die sonst leerstand.

Die Wohnung war einfach, aber Margarete hoffte, sich dort irgendwann wohlzufühlen. Ohnehin war sie nicht in der Position, große Ansprüche stellen zu können. Es galt in erster Linie, in Sicherheit zu sein.

Bereits im Januar erhielt sie die Gelegenheit, den Inhalt ihrer Kisten zu sichten und eine Ausstellung in der *Burslem School of Arts* in Stoke-on-Trent zu gestalten. Auf Vermittlung von Harry hatte sie Kontakt zu Gordon Forsyth aufgenommen, dem künstlerischen Berater der Keramikwerkstätten, der Potteries. In dieser Ausstellung konnte sie schließlich fast alle ihrer Werke zeigen und einiges davon verkaufen. Danach nahm sie an einer weiteren Ausstellung in der *Brygos Gallery* teil, wo sie im April und Mai 1937 neben den namhaftesten britischen Keramikkünstlern der 30-iger Jahre 50 Exponate ausstellte.

Vielleicht waren diese Ausstellungen mit dafür verantwortlich, dass sie bereits im Sommer ihres ersten Jahres eine Anstellung in der *Burslem School of Arts* bekam, wo sie einen Lehrvertrag für Keramikdesign erhielt. Dieser Lehrvertrag und eine weitere Anstellung in der *Minton-Factory* bildeten die Basis für eine halbjährliche Aufenthaltsgenehmigung.

Für *Minton* entwarf sie Teller mit Banddekor auf dem Rand, zart farbiger Mitte auf weißem Grund oder mit asymmetrischem Liniendekor in der Mitte. Als Farben verwendete sie Hellblau, Hellgrün, Hellgelb und Grau.

Außerdem designte sie für so renommierte Keramik- und Porzellanhersteller wie *Ridgway of Shelton* und *E. Brain's & Co, Foley China*.

Porzellanteller für *Brain's Foley China* zeigten teilweise figurative englische Landszenen, wie Angeln und Picknicks. Die Farben waren auch hier sehr zurückgenommen. Für *Ridge-*

way's reproduzierte sie einige ihrer erfolgreichen Haël-Designs, darunter auch das konische Teeservice mit den Scheibenhenkeln, jedoch ebenfalls in blasseren Farben, aber in der für Haël typischen Weise, Innen- und Außenseiten andersfarbig. Außerdem entwarf sie Schalen und andere Gefäße mit ornamentalem- und Blumendekor; diese waren allerdings selbst für englische Verhältnisse zu altmodisch und traditionell, weshalb sie sich in London als nahezu unverkäuflich erwiesen.

Während bei Haël noch kräftige Farben dominiert hatten, stieg Margarete nun schweren Herzens wegen der Ablehnung gewagter Farbkompositionen auf zurückhaltende Farben um.

Trotzdem wurden ihre Entwürfe in den Potteries als maßlos, haarsträubend und wild bezeichnet und von *Minton* als unverkäuflich erachtet. Die führenden Londoner Häuser sowie das berühmte *Harrod's* nahmen die Waren aber gern ins Sortiment. Margarete hatte sie persönlich dort hingebracht, um die Inhaber von deren Verkäuflichkeit zu überzeugen.

Bei dieser Reise hatte sie Michael begleitet, der sich mittlerweile ganz gut in der neuen Heimat eingelebt hatte. In der Schule brachte er genügende Leistungen, und in der Nähe ihrer Wohnung lebten einige Freunde, deren Eltern meist irgendwo in den Potteries beschäftigt waren und mit denen ihr Sohn mehr Zeit verbrachte als mit ihr. Denn inzwischen war aus dem Kind ein Jugendlicher geworden, für den die Mutter keine so große Bedeutung mehr hatte. Das schmerzte Margarete manchmal, war Michael doch die letzte Verbindung zu ihrem geliebten Gustav. Ansonsten stand ihr der Sinn nach nichts weniger als nach einer neuen Beziehung. Sie wusste schlichtweg nicht, wo sie die Zeit dafür hernehmen sollte.

Freilich hatten sich Margarete auch einige Herren als Ersatzväter angetragen, doch vermochte keiner von ihnen die Ansprüche Margaretes zu erfüllen. Noch immer trauerte sie um Gustav und vergrub sich, um nicht allzu sehr an die Zeit mit ihm erinnert zu werden, in Arbeit. Und es gab viel zu tun.

Die Arbeitsbedingungen in den Fabriken in Stoke waren vollkommen unzureichend. Die Räume waren eng, dunkel, schlecht und gefährlich mit Gas beleuchtet. Die Arbeiter mussten mitgebrachte Mahlzeiten an ihrem Arbeitsort einnehmen, was in Zeiten von Bleiglasuren gesundheitsschädlich und Zeichen veralteter Einrichtungen war. Auch die Verkaufspraxis hatte nichts mit den modernen und in Deutschland auf Messen wie denen in Leipzig praktizierten Darbietungsmethoden zu tun. Hier in England standen die Waren in Regalen, Stück auf Stück gestapelt und beim potentiellen Käufer keinen Drang weckend, eines davon unbedingt erwerben zu wollen. Wie anders war die kontinentale Verkaufspraxis: Im Zentrum stand der gedeckte Tisch, auf dem optisch ansprechend die Geschirrstücke präsentiert wurden wie wertvolle Raritäten.

Eine weitere Differenz zu den Fabriken in Deutschland bestand in der strikten Arbeitsteilung, die nach Inhalt, Tätigkeit und Geschlecht vorgenommen wurde. Weibliche Angestellte wurden fast ausschließlich beim Dekor oder als Assistenz der Männer als ungelernte Kräfte eingesetzt. Dekorationsmalerinnen waren einseitig ausgebildet, konnten also entweder Band- und Liniendekore oder florale und figurative Elemente malen. Der wirtschaftliche und technische Bereich war Männerdomäne.

Wenn Margarete erzählte, dass sie nach dem Tod Gustavs die Fabrik jahrelang allein geleitet und damit auch sämtliche technische und finanzielle Entscheidungen getroffen hatte, erregte sie hier nur staunende oder ungläubige Gesichter.

Um wenigstens etwas zu ändern, bot Margarete den Malerinnen zusätzliche Schulungen in Abendklassen an. Das, und ihr eigenhändiges Verkaufen stießen im traditionellen Stoke auf Widerstände.

Diese Konflikte, die sich zwischen ihren Erfahrungen und Vorstellungen der Arbeitsumwelt sowie der Verkaufs- und Produktionspraxis abzeichneten, ließen Margarete bereits 1937 an einen erneuten Umzug denken. Außerdem vermisste sie das brodelnde Leben einer Weltmetropole wie Berlin. Stoke, das um fünf kleinere Ortschaften mit ihren Keramikfabriken herum gebaut worden war, versinnbildlichte stattdessen all das, was sie verachtete: Kleingeist und Provinzialität.

Wie soll ich hier glücklich werden?, fragte sie sich ein ums andere Mal.

Bei einem Gespräch mit ihrem Freund Harry, dem sie wie so oft ihr Leid klagte, fragte sie diesen: »Gibt es denn nirgendwo einen Platz für mich, wo ich bessere Arbeitsbedingungen finde?«

Doch auch Harry konnte ihr nicht helfen und riet ihr, auszuharren. Außerdem wollte Margarete ihren Sohn, der sich gerade erst wieder eingelebt und Freunde gefunden hatte, nicht schon wieder aus seinem gewohnten Umfeld reißen.

Ihre Unzufriedenheit wurde immer größer. Dazu kam, dass sie ihre Rolle als Hausfrau zunehmend frustrierte. Wenn sie kochte, tat sie dies ohne Leidenschaft. Sie warf, was gerade da war, in einen großen Topf mit Öl und verrührte das Ganze zu einem undefinierbaren Brei. Oft verzog Michael die Mundwinkel und ließ den halben Teller stehen.

»Ich esse lieber bei Tom. Dessen Mom kocht besser als du«, sagte er einmal. Margarete wollte sich gar nicht ausmalen, welchen Ruf sie bei den Eltern der Freunde ihres Sohnes hatte. Auch der Staub lag oft deutlich sichtbar auf Möbeln und Böden. Putzen war etwas, was sie noch mehr hasste als Kochen. Kaum war die Wohnung sauber, wurde sie auch schon wieder schmutzig. Völlig ohne ihr Dazutun. Wo kam der ganze Staub nur her?

Bügeln war auch völlig überbewertet. Ob das Hemd nun ein paar Falten hatte oder nicht, wen interessierte es? Hauptsache, es war sauber. Zum Glück besaß sie eine dieser elektrischen Waschmaschinen, die doch vieles erleichterte.

Beiß die Zähne zusammen!, nahm sich Margarete mindestens einmal täglich vor. *Denk auch mal an Michael, und nicht immer nur an dich!*

Trotz dieser guten Vorsätze blieb die Unzufriedenheit mit ihren Lebensbedingungen. Sie blühte nur auf, wenn sie eine neue Ausstellung vorzubereiten hatte. Und bei einer dieser Ausstellungen passierte es.

Neue Liebe (1937 - 1938)

Plötzlich stand er neben ihr. Margarete war nervös in der großen Ausstellungshalle herumgetänzelt, stets darauf bedacht, etwas von dem, was die Besucher zu den einzelnen Stücken sagten, mitzubekommen. Ihr Englisch war noch nicht besonders gut; sie waren erst wenige Monate auf der Insel. Michael sprang irgendwo herum und versuchte seine Langeweile mit dummen Streichen zu ertragen.

Sie trank zu viel, um ihre Nervosität in den Griff zu bekommen. Es half nichts.

»Darf ich mich Ihnen vorstellen? Mein Name ist Harold Marks, ich bin von Ihren Werken fasziniert.«

Margarete setzte in Gedanken den Sinn dieser schnell hervorgebrachten Sätze zusammen und bedankte sich erleichtert. Das Erste, was sie bemerkte, war seine Jugend. Damit stach er eindeutig aus den üblichen Vernissagengästen heraus. Diese waren weit jenseits der vierzig zu verorten, auch wenn die Frauen, die die älteren, distinguierten Herren wie Schmuckstücke an ihrer Seite mitführten, oft erheblich jünger waren.

Harold Marks, dessen Nachnamen bei ihr im ersten Moment unschöne Assoziationen zu ihrem ungeliebten Formmeister in Dornburg hervorrief, gefiel Margarete. Beim Anblick seiner breiten Schultern in der bordeauroten Cordjacke, die so gar nicht zum mehrheitlich vorhandenen Schwarz passte, fühlte sie ein Ziehen zwischen ihren Beinen. Zum ersten Mal seit langem fragte sie sich, ob sie wirklich den Rest ihres Lebens auf einen Mann und die damit verbundenen sexuellen Freuden verzichten wollte. Gustavs Tod lag nun schon fast neun Jahre zurück, und seitdem hatte niemand wieder ihr Bett geteilt.

Was hast du nur für abseitige Gedanken!, schalt sie sich gleich darauf, entschuldigte sich und flüchtete auf die Toilette. *Wenn du jeden Mann, der dir ein Kompliment für deine Arbeiten macht, in deinem Bett siehst, hast du es wirklich nötig.*

Auf der Toilette ließ sie sich lange kaltes Wasser über ihre Handgelenke laufen und erneuerte anschließend ihren Lippenstift. Normalerweise schminkte sie sich nicht, doch aus Anlass dieser Vernissage hatte sie sich extra einen neuen Lippenstift gekauft. Ihr alter war eingetrocknet und roch außerdem unangenehm.

Es kostete sie Überwindung, wieder die Ausstellungsräume zu betreten. *Vielleicht ist er ja schon wieder weg*, hoffte und fürchtete sie zugleich.

Doch weder ihre Befürchtung noch ihre Hoffnung wurden erfüllt. Harold Marks stand wenige Meter neben dem Ausgang der Waschräume, die man hier *Restroom* nannte, und wartete mit zwei Gläsern Sekt in den Händen auf sie.

Mit einem Lächeln, das dazu führte, dass sie weiche Knie bekam, reichte er ihr eines davon.

»Ich würde mich freuen, wenn Sie mir ein wenig von Ihrer Arbeit erzählen würden«, sagte er. »Wie ich hörte, kommen Sie aus Deutschland und waren auch am Bauhaus?«

Margarete verstand *Arbeit, Deutschland* und *Bauhaus*. Das reichte. Doch wie sollte sie ihm etwas in einer Sprache erzählen, die sie noch nicht beherrschte? Das hier war etwas anderes als in einem Gemüseladen einzukaufen. Dafür und für andere alltägliche Dinge hatte sie sich Vokabellisten angelegt und hilfreiche Sätze aufgeschrieben. Michael war da längst weiter. Oft half er ihr bei der Aussprache und übte mit ihr neue Wörter.

Sie wand sich innerlich. Keinesfalls wollte sie vor ihm dastehen wie eine Analphabetin. Andererseits sollte er sie auch nicht für maulfaul oder desinteressiert halten.

Margarete beschloss, mit offenen Karten zu spielen und beichtete ihm ihre noch unzureichenden Englischkenntnisse. Daraufhin entschuldigte sich Harold Marks wortreich für seine Taktlosigkeit und lud sie für den nächsten Abend zum Essen ein.

Zuerst glaubte Margarete daran, sich verhört zu haben. Hatte er sie wirklich um ein *Date* gebeten, wie die Engländer zu einem Rendezvous sagten? Glücklicherweise war Harry im Anmarsch und spielte den Dolmetscher. So konnte sie wenigstens ein paar seiner Fragen beantworten.

Irgendwann kam Michael und forderte lautstark die Beendigung ihrer Konversation. Er war müde und wollte ins Bett. Schweren Herzens trennte sich Margarete von ihrer neuen Bekanntschaft, und nachdem sie ihm ihre Adresse aufgeschrieben hatte, riefen sie ein Taxi und ließen sich nach Hause fahren.

In der Nacht wurde sie mehrmals wach, weil sie einen erotischen Traum gehabt hatte. Das war ihr schon lange nicht mehr passiert. Die erste Zeit nach Gustavs Tod, nachdem die größte Trauer vorbei war, hatte ihr Körper sie noch auf diese Weise ab und zu an seine Bedürfnisse erinnert. Dann war es immer seltener vorgekommen, dass sie mit der Hand zwischen ihren Beinen aufgewacht war. Nun schien es wieder anzufangen.

Was soll's, dachte sie trotzig, *schließlich bin ich noch nicht einmal vierzig. Warum soll es jetzt schon damit vorbei sein?*

Dem nächsten Abend sah sie mit nervöser Erwartung entgegen. Für Michael hatte sie einen Babysitter organisiert, was dieser empört zur Kenntnis genommen hatte. »Ich bin doch kein Baby mehr!«, hatte er protestiert. »Ich kann auf mich allein aufpassen!«

Trotzdem war Margarete mit einem mulmigen Gefühl aus dem Haus gegangen. Würde alles gut gehen? Der schreckliche Unfall, der das Leben ihres Jüngsten gekostet hatte, war noch immer nicht in Vergessenheit geraten und würde dies wohl auch nie.

Harold Marks hatte sie mit seinem eigenen Wagen abgeholt, was auf eine gewisse Selbständigkeit schließen ließ. Doch eine ihrer ersten Fragen war dennoch die nach seiner persönlichen Lebenssituation. Schon vorher hatte sie sich, um nicht ganz und gar herumstottern zu müssen, einige Fragen aus ihren Wörterbüchern herausgeschrieben und auswendig gelernt.

»Sind Sie nicht ein bisschen jung für mich?«

Harold lachte sein offenes Jungslachen, das ihm gut stand und ihn noch jünger wirken ließ.

»Aber Verehrteste«, erwiderte er, nachdem er sich die Tränen mit der Stoffserviette aus den Augenwinkeln gewischt hatte. »Was soll ich mit den unreifen Früchtchen anfangen, die nach Ihrer Meinung wohl zu mir passen würden? Worüber soll ich mich mit diesen Gänschen unterhalten, die sich doch nur für Mode und Tratsch interessieren?«

»Sind Sie überhaupt schon mit Ihrer Ausbildung fertig?«

Auch diese Frage entlockte ihm ein freches Grinsen.

»Ja, ich verdiene mein Geld als Lehrer in der Erwachsenenbildung. In Oxford an der Universität, falls Ihnen das was sagt.«

Das tat es. »Soll ich meinen Anstellungsvertrag zu unserem nächsten Treffen mitbringen?«

Margarete schüttelte den Kopf. Und sie wollte lange nicht glauben, dass dieser schmucke Jungmann sich tatsächlich mit einer Frau mit Kind zusammentun wollte. Denn dass sie einen pubertierenden Sohn hatte, der nur ganze zehn Jahre jünger war als sein zukünftiger Stiefvater, hatte er ja bereits bei der Vernissage bemerkt. Außerdem hatte ihn sicherlich der Galeriebesitzer oder Harry über ihre Familienverhältnisse aufgeklärt.

Schnell driftete das Gespräch, bei dem sie zunehmend ihre Ängste, etwas falsch zu machen, verlor, auf berufliche Dinge ab. Was Margarete sehr recht war. Hier bewegte sie sich auf sicherem Terrain. Geduldig erklärte ihr Harold das, was sie nicht verstanden hatte oder ließ sie etwas umschreiben, für das ihr die richtigen Worte noch fehlten.

»Was machen Sie, wenn Sie nicht gerade Erwachsenen die Welt erklären?«, wollte Margarete etwas über Harold Hobbies erfahren.

Die Antwort verblüffte sie. »Am liebsten stehe ich am Herd«, antwortete er. Sie glaubte, dank ihrer schlechten Englischkenntnisse etwas falsch verstanden zu haben. Hatte das Wort *Stove* vielleicht noch eine andere Bedeutung? Er schien zu bemerken, dass sie über seine Antwort unsicher war und ergänzte: »Sie haben richtig gehört. Ich koche für mein Leben gern. Am liebsten denke ich mir selbst Menüs aus. Wäre ich kein Lehrer geworden, dann sicher Koch.«

Bevor Margarete überlegte, was sie sagte, rutschte ihr heraus: »Perfekt. Ich kann nämlich nicht kochen.«

Er lachte herzhaft, und Margarete trank schnell einen Schluck Wein, wobei sie sich verschluckte.

»Außerdem liebe ich Gartenarbeit.«

Gartenarbeit. Das wurde ja immer bizarrer. Sie verkniff sich eine Antwort, die auf ihre, auch diesbezüglich nicht vorhandenen Fähigkeiten anspielte. Merkwürdigerweise strahlte Harold so gar nichts aus, was sie mit solch ungewöhnlichen Hobbies assoziiert hätte. Keinerlei weibische Anmutung, im Gegenteil: Ein Mann, wie er im Buche stand. *Als Kämpferin gegen Rollenklischees hängst du selbst aber noch gehörig welchen an*, tadelte sie sich gleich darauf.

An diesem Abend lachten sie viel, und nicht ein einziges Mal hatte Margarete das Gefühl, er mache sich über ihre mangelnde Sprachgewandtheit lustig. Falls das eingetreten wäre, hätte sie das Treffen kurzerhand beendet. Margarete hasste nichts so sehr, als auf eigene Unzulänglichkeiten aufmerksam gemacht zu werden. Vor allem nicht, wenn sie selbst darunter litt.

Ich muss so schnell wie möglich diese Sprache lernen, nahm sie sich vor.

Dieser erste Abend brachte zweierlei Erkenntnis für Margarete. Sie war noch eine begehrenswerte Frau, und ihr Leben konnte noch einmal eine glückliche Wendung nehmen.

Sie ging gleich am nächsten Tag zum Friseur und kaufte sich neue Kleider.

Und Harold entpuppte sich als ein Mann nach ihrem Geschmack. Er zeigte ihr, dass es möglich war, Frau und Mutter zu sein und gleichzeitig zu arbeiten und künstlerisch tätig zu sein. Das war ihr zwar schon immer klar gewesen, dafür hatte sie schließlich auch jahrelang gekämpft und war mit dem Unverständnis ihrer Umwelt konfrontiert worden, doch wenn sie ehrlich war, hatte dabei immer ihr schlechtes Gewissen mitgemischt. Zu tief war die tradierte Rolle als Mutter und Nur-Hausfrau in ihr eingeprägt gewesen, als dass sie diese einfach so hatte abstreifen können.

Ziemlich bald waren sie auch im Bett gelandet, und Margarete hatte gefallen, wie sich sein Körper anfühlte und was er mit ihrem anstellte. *Wie konnte ich nur so viele Jahre darauf verzichten?*, fragte sie sich hinterher. *Ich bin doch noch viel zu jung, um meine Bedürfnisse zu negieren.*

Harold spürte, dass sich Margarete im provinziellen Stoke nicht wohlfühlte.

»Wenn du deine Ideen hier nicht umsetzen kannst, weil die Herren zu borniert und rückschrittlich sind, um die Zukunft und wahre Schönheit zu erkennen, dann gründe doch deine eigene Firma! Ich werde dich dabei unterstützen.«

Dieses Angebot konnte Margarete nicht ablehnen. Es dauerte noch einige Monate, in denen sie ein Haus suchten und sich nach einer geeigneten Firma umsahen, die sie erwerben konnten. In der Zwischenzeit feierte sie mit einem Landschaftsaquarell, das sie in den *Burlington Galleries* in der vielbeachteten Ausstellung *Twentieth Century German Art* präsentierte, große Erfolge. In dieser Ausstellung von Exilkünstlern traf sie auch auf Namen, die sie von ihrer Zeit in Deutschland kannte.

Ende 1938 heiratete Margarete zum zweiten Mal und trug nun den Nachnamen Marks. Sie fand es – abgesehen von der lautlichen Ähnlichkeit mit ihrem ehemaligen Meister – schon einen bemerkenswerten Zufall, dass auch ihr Bruder Fritz 1935 eine Frau geheiratet hatte, die diesen Nachnamen trug. Edith hatte damals in Köln Medizin studiert, musste ihr Studium aber nach der Machtergreifung der Nazis aufgeben. Sie wohnte damals mit Fritz und dem später geborenen Sohn Michael, ihrem Neffen, in ihrem Elternhaus in der Kinkelstraße. Margarete erinnerte sich noch gut an die Diskussionen zwischen den beiden, wohin sie denn nun emigrieren sollten. Als Zionist wollte Fritz unbedingt nach Palästina, während Edith lieber in die USA gegangen wäre. Schließlich schlug Fritz seiner Frau vor, sich das Heilige Land mal anzusehen, und so besuchten sie, kurz bevor Margarete selbst nach England ging, für einen Monat Palästina. 1937 flüchteten sie schließlich – noch ohne ihren Sohn Michael, der inzwischen bei seinen Großeltern in Köln blieb – ganz nach *Eretz Israel*. Ab und zu erhielt Margarete einen Brief oder eine Karte von dort. Kürzlich hatten sie ihren Sohn nachgeholt und schienen sich mittlerweile dort eingelebt zu haben.

Seit Margarete in England lebte, nannte sie sich nur noch Greta oder Grete. Diesem neuen Lebensabschnitt wollte sie auch auf diese Weise einen Stempel aufdrücken. Die Fabrik, die sie schließlich in der ehemaligen Steingutfabrik *Ridgway* in Shelton bei Stoke-on-Trent fanden und erwarben, nannte sie deshalb *Greta-Pottery*. Das Geschirr, das sie dort designte, zeichnete sie mit ihrem Signum *MM* für Margaret Marks.

Die Bedingungen, unter denen sie in ihrer Fabrik arbeitete, waren alles andere als leicht. Geld für Brennöfen und Drehscheiben hatte sie nicht. Deshalb konzentrierte sie sich ausschließlich auf die Gestaltung der Rohware, die sie günstig einkaufte. Mit Teilzeitkräften, die sie selbst anlernte, dekorierte sie mit geringen finanziellen Mitteln und bescheidener Ausstattung die Ware, die sie manchmal noch geringfügig veränderte. Neben neuen Entwürfen verwendete sie auch frühere Haël-Designs.

Ihre Keramik wurde zwar nicht in Stoke, aber in den führenden Londoner Warenhäusern verkauft, so vom früheren Haël-Käufer *Heal's*, von *John Lewis*, und den *Bowman Bros. of Camden* sowie von *P.E. Gane* in Bristol.

Trotzdem schaffte sie es nicht, an ihre Erfolge aus der Marwitzer Zeit anzuknüpfen, obwohl sie zahlreiche Unterstützer in der progressiven Londoner Design-Szene hatte.

Wenn sie wieder einmal frustriert und traurig über den ausbleibenden Erfolg war, tröstete Harold sie: »Du bist einfach zu neuartig und wild für den biederen Geschmack der Engländer. Die Tragik besteht darin, dass du deiner Zeit weit voraus bist.«

Margarete widersprach dann immer: »Oder eure Inselbewohner hinken Jahrzehnte oder gar Jahrhunderte den aktuellen Entwicklungen hinterher. Die sind doch mit ihren Landschaften und Szenen aus Arkadien noch im Rokoko stehengeblieben.«

Wie auch immer sie es drehte und wendete. Für die im Wandel befindliche englische Keramikindustrie war sie mit ihren avantgardistischen Entwürfen zu andersartig. Außerdem lebte sie ein Rollenbild, das den Provinzlern dasselbe Naserümpfen entlockte wie einst den Weimarern. Mit ihrem selbstbewussten Auftreten, ihrer schon im Äußeren sichtbaren Andersartigkeit und der Infragestellung des jahrhundertealten Rollenideals machte sie sich in den Potteries nicht allzu viele Freunde.

Und da war noch das Problem mit Michael. Für ihn war es nicht leicht, sich an den neuen Mann im Hause zu gewöhnen. Hatte er doch bis dahin diese Rolle auszufüllen gemeint. Doch die unendliche Geduld und Güte, ein Einfühlungsvermögen, das Margarete bei einem Mann, der noch dazu so viel jünger war als sie, nicht erwartete, hatten es schließlich geschafft, auch die Zuneigung ihres Sohnes zu gewinnen.

Doch schlimmer als alle Frustration über ihre berufliche Situation und die Umstellungen in ihrer Familie war das, was nun mit Donnertosen ihre kleine Insel erreichte.

Krieg (Derbyshire 1939 – 1940)

Es war das geschehen, was sich in den letzten Monaten bereits abgezeichnet hatte: Hitler hatte einen neuen Krieg vom Zaun gebrochen.

Margarete saß mit Harold und Michael in der Küche, wo sie eines seiner neu kreierten Menüs probierten, als die Nachricht über das Radio hereinkam. Die Deutschen waren in Polen einmarschiert. Margarete sah ihren Mann an.

»Das wundert mich nicht«, begann dieser. »Seit Hitler im April den deutsch-polnischen Nichtangriffspakt gekündigt hat, war das doch abzusehen. Was mir Sorge bereitet, ist die hohe Wahrscheinlichkeit, dass wir mit in den Krieg hineingezogen werden. Immerhin haben wir eine Garantieerklärung für Polen abgegeben und das Flottenabkommen hat Hitler auch gekündigt.«

Wie recht er hatte, erkannten sie einige Tage später. Nachdem das von Großbritannien und Frankreich gestellte Ultimatum ergebnislos abgelaufen war, erklärte Margaretes neue Heimat ihrer alten den Krieg. Von diesem Moment an hatte es Margarete als Deutsche im Feindesland noch schwerer, was sich auch auf die ohnehin schwierige Verkaufssituation ihrer Waren auswirkte.

Schließlich kamen sie nicht darum herum, die Firma zu schließen. Auch ihren Wohnsitz verlegten sie und zogen in ein Dorf in Derbyshire. Dort begann sie wieder zu malen und sich ganz auf ihren Sohn zu konzentrieren. Zu tun gab es genug, denn weder Kindermädchen noch Haushaltshilfe unterstützten sie. Harold ging weiterhin an der Universität seinem Beruf nach, was auch notwendig und gut war, da sie sein Einkommen für ihren Unterhalt dringend benötigten. Diese Tatsache machte ihr ziemlich zu schaffen. Bisher war sie es gewohnt gewesen, selbst ihr Geld zu verdienen. Jetzt, wo es mit der Keramik nicht mehr so gut lief, verbitterte sie zusehends. Außerdem schwebte ständig die Angst über ihnen, Harold würde zur Armee eingezogen werden. Der Gedanke, dass vielleicht ihr Mann im Feld einem ihrer damaligen Freunde und Weggenossen gegenüberstehen würde, ängstigte Margarete.

An den Wochenenden versuchten sie, auf andere Gedanken zu kommen und erkundeten die Sehenswürdigkeiten der East Midlands. Sie besuchten einige der bronzezeitlichen Steinkreise im District, so die *Nine Ladies* und *Arbor Low* sowie die Höhlen in Castleton. Damit lenkten sie sich von der wieder einmal ungewissen Zukunft ab und bereiteten Michael eine Freude. Dessen Interesse hatte sich mittlerweile aus dem Weltraum in die Vergangenheit gerichtet. Er wollte jetzt Archäologe werden.

Während Harold mit Michael ausgiebig die Hügel, Höhlen und Steinkreise inspizierte, setzte sich Margarete irgendwohin und zeichnete die Landschaft in ihr Skizzenbuch.

Wenn Harold nicht zu Hause und Michael im Bett war, dachte Margarete wieder viel an ihre Zeit am Bauhaus. Auch deshalb, weil die Kontakte zu einigen ihrer ehemaligen Mitstreiterinnen weiterhin bestehen blieben.

Ihre Cousine Marianne, die wie sie zunächst eine Ausbildung an der Kölner Kunstgewerbeschule gemacht hatte, bevor sie 1923 ans Bauhaus gegangen war und bei Oskar Schlemmer die Klasse für Bildhauerei und Bühnenkunst besucht hatte, war im April 1933 nach Paris geflohen. 1937 hatte sie ihr stolz geschrieben, dass sie bei der Pariser Weltausstellung eine Auszeichnung für ihren Modeschmuck erhalten hatte. Margarete hoffte, dass sie sich nun, da die Deutschen auch in Frankreich einmarschiert waren, mit ihrem Mann irgendwo versteckt halten konnte. Seit Kriegsausbruch hatte sie nichts mehr von ihr gehört.

Über den Besuch von Nora Herz, die ebenfalls 1938 vor den Nazis in ihre ehemalige Heimat nach England zurückgekehrt war, freute sich Margarete sehr. »Erzähl!«, forderte Margarete die sieben Jahre jüngere Frau auf. »Wie steht es in Marwitz?«

Sie tranken Tee aus einem von Margarete entworfenen Service, und Nora betrachtete sinnend die Form der Tasse, bevor sie die Frage beantwortete.

»Wie du ja weißt, war ich öfter mal dort, um meinen kleinen Zoo zu vervollständigen.«

Margarete wusste, was Nora damit meinte. Sie hatte sich auf kleine Tierplastiken spezialisiert, die sie in einem Gemeinschaftsatelier in Charlottenburg zusammen mit Emil Pottner hergestellt hatte und die von den HB-Werkstätten vertrieben wurden. Als Geschenk hatte sie Margarete eine Ente mitgebracht, die diese sogleich in ihr Regal mit ausgewählten Keramiken gestellt hatte.

»Was soll ich dir sagen«, antwortete die Freundin, »Hedwig verkauft noch immer Geschirr, das nach deinen Entwürfen hergestellt wird. Vor allem mit *Norma* hat sie großen Erfolg. Lediglich die Bemalung hat sie geändert. Sie verwendet meist weiß-blaue oder gelb-blaue Streifen als Dekoration. Ziemlich langweilig, wenn du mich fragst.«

Margarete spürte eine innere Wut in sich aufsteigen. »Ich habe von ihr noch keinen Pfennig für die vereinbarte Lizenz gesehen«, sagte sie. »Es ist einfach eine Frechheit!«

Nora schien ehrlich betrübt zu sein. Margarete beschloss, nicht weiter auf diesem Punkt herumzureiten. Ohnehin konnte ihr Nora in dieser Hinsicht nicht helfen. Es war, wie es war. Punkt. Es brachte nichts, sich über Dinge zu ärgern, die nicht zu ändern waren. Trotzdem konnte sie das Thema noch nicht ganz fallen lassen.

»Und wie laufen die Geschäfte in Marwitz?«

»Natürlich wird sich das jetzt kriegsbedingt auch ändern, denke ich. Zumal sicher viele der Männer eingezogen werden. Aber bis zum Kriegsbeginn lief alles gut.«

Nora zögerte. Schließlich rückte sie doch mit der Sprache raus. »Ich hab da bei meinem letzten Besuch was entdeckt«, sagte sie. Margarete sah ihre Besucherin gespannt an. »Es gibt da einen Schrank, hinten in dem kleinen Raum mit den Gipsformen. Ich hab Hedwig gefragt, was da drin ist. Und sie hat nur abgewunken und gesagt: *Das sind die alten Pötte von meiner Vorgängerin.* Als ich unbeobachtet war, hab ich hineingesehen. Und weißt du, was da stand?«

Margarete schüttelte den Kopf. »All das, was in diesem schrecklichen Artikel in der Nazizeitung abgebildet war. Deine wunderschöne expressive Teekanne mit dem nach unten gezogenen, der Diagonalen folgenden flachen Griff, das Kännchen mit den Scheibenhenkeln, die Zuckerdosen und das Sahnekännchen und diese grüne Vase mit den rotbraunen Farbtupfern, wo du die zwei schwellenden Kalebassen aufeinandergesetzt und mit einem aufgesetzten geschwungenen Griff verbunden hast. Das hat mir so richtig wehgetan, diese besonderen Stücke da so stehen und verstauben zu sehen.«

»Ach, lass doch«, sagte Margarete. »Das Leben geht weiter. Es gibt Wichtigeres als ein paar Tassen und Teller. Schau doch, was dieser Irre gerade in der Welt anrichtet. Wie lange wird es noch dauern, bis Bomben auch auf England fallen?«

Nora nickte und nahm noch einen Schluck Tee. »Ja, du hast recht«, gab sie zurück. »Und so viele, die es nicht wie du und ich geschafft haben.«

Eine Weile schwiegen sie. Dann schien Nora etwas einzufallen. »Man mag über die Hedwig denken, was man will, aber sie hat als Leiterin deiner ehemaligen Firma auch Großes geleistet. Ich meine, so allein als Frau war das auch nicht immer einfach.«

Margarete verzog das Gesicht, als habe sie auf eine Zitrone gebissen. »Und ich, was habe ich jahrelang getan? Und was würde ich immer noch tun, wenn nicht diese verdammten Nazis gekommen wären?«

Nora hob beschwichtigend die Hände. »Ich weiß. Aber ich will dir mal ein Vorkommnis erzählen, das ich im März Siebenunddreißig dort erlebt habe. Da war ein sehr talentierter Freidreher, Schmidchen hieß er. Der war auch für das Brennen zuständig. Und der weigerte sich doch eines Tages, meinen Mulattenkopf zu brennen. Ein typischer Nazi eben. Hedwig sagte zu ihm, sie wolle ihn nicht dazu zwingen. Doch

Schmidchen schimpfte weiter. Du weißt schon: *Neger, Untermenschen, entartet* und so was. Es ging dann auch gegen uns Juden, weil auch einige von Hedwigs Geschäftspartnern Juden waren. Hedwig erklärte ihm in aller Ruhe, dass das Unternehmen wegen der schwierigen wirtschaftlichen Lage nicht auf jüdische Kunden verzichten könne. Der Typ gab jedoch keine Ruhe und warf Hedwig vor versammelter Mannschaft vor, nicht genug deutsch zu sein. Dann kam noch der Arbeiterobmann hinzu, den er auch beleidigte. Hedwig, die sonst jegliche Konflikte zu vermeiden versucht, kündigte ihm daraufhin fristlos.«

»Und warum erzählst du mir das? Hätte ich genauso gemacht. Schließlich musst du deinen Stand als Chefin verteidigen. Ganz sicher hat sie das nicht gemacht, weil sie ein Judenfreund oder ein Nazigegner ist.«

Nora trank einen Schluck aus ihrer Tasse und sah eine ganze Weile vor sich hin, bevor sie ihren Kopf hob und Margarete anblickte.

»Wenn es dich beruhigt, ich habe Hedwig, bevor ich Deutschland verlassen habe, einen Brief geschrieben, in dem ich ihr meine Freundschaft gekündigt habe. Ich kann einfach nicht damit leben, dass sie so systemkonform lebt und ihre Augen vor dem ganzen Naziterror, vor allem gegen uns Juden, verschließt.«

Margarete nahm die Hand der Freundin und drückte sie.

Anschließend tauschten sie sich über gemeinsame Bekannte aus und erzählten sich gegenseitig, was aus ihnen geworden war.

»Kannst du dich noch an Ludwig erinnern?«, wollte Margarete von Nora wissen. »Ihr habt euch einmal bei mir getroffen. »Er hat mit mir zusammen den Vorkurs bei Itten besucht. Später hat er dann bei Feininger Kunstdruck gelernt.«

Nora schüttelte den Kopf. »Tut mir leid. Bei dir war doch immer ein ständiges Kommen und Gehen. Was ist mit ihm?«

»Er hat diese Farbenlichtspiele entwickelt. Aus Schablonen geschnittene Kreise, Dreiecke und Quadrate bewegen sich zu

Musik und verschmelzen miteinander. Außerdem hat er eine pädagogische Puppenstube entwickelt. Er unterrichtete an verschiedenen Schulen, auch damals in Berlin, wo wir uns wiedersahen. Auch er wollte emigrieren und hat es im selben Jahr getan wie ich. Bis vor Kurzem lehrte er hier in England als Kunsterzieher. Und weißt du, was ich vor einigen Wochen über ein paar Ecken erfahren habe? Er wurde von den Engländern als *Enemy Alien* nach Australien deportiert. Seit ich das weiß, hab ich Angst, dass sie das auch mit mir machen könnten. Wer weiß, was da unten, am anderen Ende der Welt auf mich warten würde.«

Nora schüttelte den Kopf. »Du hast doch den besten Schutz, den es gibt: einen englischen Ehemann.«

So hatte Margarete das noch gar nicht gesehen. Sollte das Schicksal es einmal gut mit ihr meinen?

Margarete konnte nicht verhehlen, dass es ihr guttat, einmal wieder in ihrer Muttersprache zu reden. Mit Harold sprach sie nur auf Englisch, da er überhaupt kein Deutsch verstand, und Michael mochte im Moment nicht Deutsch sprechen. Überhaupt machte er gerade wieder einmal eine schwierige Zeit durch. Seit Kriegsbeginn wurde er in der Schule öfters angegangen, weil er zum Feind gehörte, wie die anderen Jungen sagten. Das belastete Michael mehr als er zuzugeben bereit war, und er hatte sich seitdem sehr zurückgezogen. Mittlerweile hasste er alles Deutsche und redete ständig davon, so bald wie möglich an der Seite der Briten gegen Hitler-Deutschland kämpfen zu wollen.

Nur gut, dass er noch nicht alt genug dafür ist, dachte Margarete oft. Bis er erwachsen ist, ist der Krieg zu Ende. Doch zunächst sah es nicht danach aus. Das, was der englische Premierminister Winston Churchill am 18. Juni 1940 in einer Rede vor dem Unterhaus erklärte, wurde wenige Wochen danach Wirklichkeit. »Die Schlacht, die General Weygand die Schlacht um Frankreich nannte, ist vorbei. Ich erwarte, dass jetzt die Schlacht um Großbritannien beginnen wird.«

Glücklicherweise bombardierten die Deutschen zunächst nur die Küstengebiete und ab September auch London und andere größere Städte. Ihnen ging es im ländlichen Derbyshire hingegen noch gut. Die Angst jedoch blieb. Was würde dieser Wahnsinnige in Berlin noch alles anzetteln?

Geburt und Tod (1942 - 1945)

Und dann passierte etwas, mit dem sie nicht gerechnet hätte: Sie wurde schwanger. Zuerst hatte sie beim Ausbleiben ihrer Periode gedacht, das sei der Anfang der Wechseljahre. Deshalb hatte sie die anderen Anzeichen – das Ziehen in den Brüsten, die morgendliche Übelkeit – ignoriert. Eines Tages aber sagte Harold, nachdem sie sich zärtlich geliebt hatten, zu ihr: »Kann es sein, dass du schwanger bist?«

Margarete lachte laut auf. »Wie kommst du denn darauf?«

»Deine Brüste sind voller geworden.«

In diesem Moment wusste sie es. Und sie konnte die Freude, die bei der Bestätigung durch ihren Frauenarzt in Harolds Augen funkelte, nicht teilen. Harold schwang sie im Kreis herum, küsste sie auf jeden Zentimeter Haut, den er mit seinen Lippen erreichen konnte, und sagte immer wieder: »Wir werden ein Kind haben!«

In Margaretes Kopf jedoch war nur ein Gedanke: *Wie soll ich mit einem Baby arbeiten? Wird das Geld für eine Kinderfrau reichen?*

Die Alternative einer Abtreibung kam für sie nicht in Frage. Das hätte, so wusste sie, Harold und ihrer Beziehung den Todesstoß versetzt.

Während der Schwangerschaft trug Harold sie buchstäblich auf Händen. Er wachte über sie, als sei sie aus Porzellan. Michael reagierte zunächst eifersüchtig auf die Nachricht. Jetzt würde er seine Mutter mit einem weiteren Menschen teilen müssen. Er wurde noch wortkarger und zog sich mehr und mehr zurück. Harold versuchte, verständnisvoll und nachsichtig mit ihm umzugehen. Schließlich, Margarete war zweiundvierzig Jahre alt, gebar sie eine Tochter. Sie nannten sie Frances.

Erstaunlicherweise liebte Michael sein kleines Schwesterchen von Geburt an und fand nun eine neue Rolle als Beschützer der Kleinen. Harold war ganz vernarrt in sie und war, so oft es seine Lehrtätigkeit zuließ, zu Hause bei ihr.

Margarete jedoch fühlte sich durch das Kind in ihren Ambitionen beeinträchtigt.

»Ich bin eine Mutterkuh«, sagte sie zu Harold. »Eine Milchlieferungsanstalt.«

Harold nahm ihre Launen, ihre Unzufriedenheit und ihr Drängen hinaus zu ihrer Arbeit hin wie eine Prüfung. Nie sagte er ein lautes Wort. Er begegnete ihr mit Liebe und unterstützte sie, wo er nur konnte.

Ein Kindermädchen konnten sie sich nicht leisten, und so war die Beziehung zwischen Mutter und Tochter nicht immer nur von Harmonie geprägt.

Gottlob muss ich nicht mehr in die Fabrik, dachte Margarete oft, wenn sie in ihrem Atelier vor der Staffelei stand und neben ihr die Kleine in ihrem Kinderbettchen vor sich hinbrabbelte. Oft kam es vor, dass Frances lautstark nach Nahrung oder Aufmerksamkeit schrie, doch Margarete war gerade so in ihr Bild vertieft, wollte noch dieses Detail einbringen oder noch jenen Pinselstrich tun, dass sie schließlich, wenn Frances sich weder durch Worte noch durch ihren Schnuller beruhigen ließ, den Pinsel voller Wut in die Ecke pfefferte und mit farbbeklecksten Fingern das Kind hochriss, um es wenig zärtlich mit dem Nötigsten zu versorgen.

Hinterher hatte sie stets ein schlechtes Gewissen und versuchte, mit Süßigkeiten wieder gut zu machen, was sie an Mutterliebe vermissen ließ. An Frances gingen diese ersten Jahre der emotionalen Vernachlässigung nicht spurlos vorüber, auch wenn ihre Erinnerungen nicht so lange zurückreichten.

Als die schwierige Zeit der Pubertät anbrach, schrien sie sich oft nur noch an, und Frances warf ihr vor, dass ihr immer schon das Malen wichtiger gewesen sei als sie selbst. Margarete widersprach nur halbherzig. Auf keinen ihrer Spaziergänge und Ausflüge durften ihr Skizzenbuch und ihre Farbstifte fehlen.

»Weißt du noch«, fragte sie Frances einmal, »als du mich auf eine Bank am Ufer der Themse gesetzt und mir befohlen hast, mich nicht von der Stelle zu rühren, während du an den Fluss gegangen bist, um die Brücke zu zeichnen? Stunden später, ich war schon fast erfroren, habe ich mich dann getraut, zu dir zu gehen, um dich an mein Vorhandensein zu erinnern.«

»Du übertreibst wieder einmal maßlos«, erwiderte Margarete, die sich natürlich weder an dieses noch an andere ähnliche Vorkommnisse erinnerte.

»Weißt du, wie oft ich aus der Schule nach Hause kam und die ganze Küche war verqualmt, weil du wieder mal den Topf auf dem Herd vergessen hast, um nur noch ganz schnell an einem Bild weiterzumalen?«

Ein anderes Mal sagte ihr Frances: »Ich hatte oft das Gefühl, ich sei dir im Weg. Manchmal habe ich mir gewünscht, ganz klein zu sein oder der Pinsel in deiner Hand.«

Und als sie ihr Psychologiestudium begonnen hatte, gab ihr Frances knallhart zu verstehen, dass sie dieses Fach nur studiere, um sich später auf Kinderpsychologie zu spezialisieren.

»Und rate mal, warum?«, fragte ihre Tochter und lieferte die Antwort gleich nach.

»Ich möchte einfach erkunden, was eine Mutter bei ihrem Kind anrichten kann, für die es eigentlich nur eins gibt, was wichtig ist: ihre eigene Selbstverwirklichung.«

Das schmerzte, sicher. Doch gleichzeitig musste sich Margarete eingestehen, dass Frances recht hatte. Am glücklichsten war Margarete nicht gewesen, wenn sie die ersten Schritte ihres Kindes oder das erste deutlich gesprochene Wort erlebt hatte. Glück bedeutete für sie, etwas geschaffen zu haben, was ihrer Vorstellung vom Wesen der Dinge nahekam: Der perfekte Lichteinfall bei einem Landschaftsaquarell, der perfekte Ausdruck in einem Gesicht, die perfekte Farbe und der perfekte Schimmer einer Glasur.

War sie deshalb ein schlechter Mensch? Eine schlechte Mutter?

Gerade sie war doch mit ihren Geschlechtsgenossinnen angetreten, die traditionelle Rolle der Frau in die Abfallgrube der Geschichte zu werfen. Warum sollten nur Männer sich in ihrem Beruf selbst verwirklichen können?

Harold war zwar ein liebevoller Vater und Stiefvater, doch er war durch seine engagierte Tätigkeit, die er in Staffordshire ausübte, nicht allzu oft zu Hause, um sie zu unterstützen. Und 1942, kurz nach Frances Geburt, ging er als Ausbilder in ein Panzerregiment der Royal Army. Auch nach seiner Entlassung aus der Armee führte ihn seine Arbeit oft an weiter entfernte Orte, so dass Margarete sich streckenweise ziemlich alleingelassen fühlte. Dazu kam der Frust über den, in ihren Augen unzureichenden Erfolg ihrer künstlerischen Arbeit.

Dass all das nicht wichtig war, erkannte Margarete erst, als ein weiterer Schicksalsschlag sie traf.

Als 1940 die große Rettungsaktion der englischen Fischer für die in Frankreich, in Dünkirchen, festsitzenden Engländer, Franzosen und Belgier stattfand, nachdem die Deutschen dort einmarschiert waren, war Michael kaum zu halten gewesen. Am liebsten hätte er ebenfalls in einem der Fischerboote gesessen und sein junges Leben riskiert. Die britischen Piloten in ihren Hurricanes und Spitfires waren für ihn Helden. Und sein Berufswunsch lautete schon lange »Kampfpilot«. Doch noch hatte Margarete die Aufsicht über ihren Sohn, was dieser zunehmend mit Störrigkeit quittierte. Als Harold, mit dem sich Michael zunehmend besser verstand als mit seiner Mutter, 1942 in die Army eintrat, zog sich Michael immer mehr zurück. Schließlich, als er die Schule 1943 mit Ach und Krach abgeschlossen hatte, verkündete er, zum Studium nach Oxford gehen zu wollen und bewarb sich auch dort. Er wurde genommen, und im Oktober fuhr Margarete ihn an die Universität. Sie hörte danach lange nichts von ihm. Über Weihnachten besuchte er sie, und sie feierten ihr letztes gemeinsames Weihnachtsfest. Er war noch stiller als sonst gewesen. Der Krieg war auch in diesen Tagen nicht aus ihren Gesprächen gewichen.

Margarete sah die Bombardierungen Berlins, die seit November verstärkt von den Engländern geflogen wurden, mit anderen Augen als Michael und Harold. Sie betrachtete Berlin noch immer als ihre einstige Heimat, dachte an viele schöne Stunden, die sie in Tanzcafés, Lichtspieltheatern und Varietés verbracht hatte.

Wie würde sie wohl aussehen, ihre Stadt, nachdem so viele Gebäude zerstört, so viele Menschen in den Brandbomben gestorben waren, fragte sie sich. Freilich, die Deutschen hatten mit der Bombardierung Coventrys drei Jahre zuvor angefangen. Doch Margarete bezweifelte ebenso wie Harold, dass sich durch das Zerstören der Städte und das damit einhergehende Töten der Zivilbevölkerung irgendeine Seite Vorteile im Krieg verschaffen konnte.

Harold war nach dem Weihnachtsfest wieder in die Army zurückgekehrt und Michael an seine Universität. Selten erhielt sie einen Brief von ihm. Noch seltener telefonierten sie miteinander.

Und dann, ab Juni 1944 hörte sie gar nichts mehr von ihm. Sie verspürte in sich eine latente Unruhe, deren Ursache sie nicht ergründen konnte. Sie versuchte, mit noch mehr Malen dagegen anzugehen. Arbeitete wie eine Wilde und vernachlässigte dabei Kind und Haushalt. Frances war mittlerweile zwei Jahre und saß, während Margarete vor der Staffelei stand, meist auf dem Boden, vor sich ein großes Blatt Papier und in der Hand Buntstifte oder einen Pinsel.

Eines Tages im August klingelte es an ihrer Haustür. Margarete nahm Frances, deren Mund von den Stiften farbig verschmiert war, auf den Arm und öffnete. Es war wie ein Déjàvu. Vor der Tür standen zwei Uniformierte, die ihre Mützen in den Händen drehten. Margarete ließ fast das Kind fallen und hielt sich schwankend am Rahmen der Haustür fest. Dann bat sie die Männer herein. Bot ihnen einen Platz an. Setzte sich selbst in den Sessel. War unfähig, eine Frage zu stellen. Hielt Frances so fest, dass sich die Kleine unter Aufbietung aller ihrer Kräfte aus ihren Armen befreite.

Noch immer war kein Wort gefallen. Die Zeit schien sich zu dehnen, und Margarete wünschte sich, in dieser Zeitschleife für immer festgehalten zu werden. Doch ihre Wünsche zählten nicht. Hatten sie es jemals getan?

»Miss Marks«, begann der eine, dessen Namen Margarete bereits wieder vergessen hatte, »Es tut uns wirklich leid, aber wir müssen Ihnen eine schlimme Nachricht überbringen.«

Aufhören!, wollte sie schreien, doch auch die Fäuste, die sie auf die Ohren presste, halfen nichts. Dabei war ihr nicht einmal der Gedanke gekommen, die Männer seien wegen Harold hier.

»Ihr Sohn Michael ist bei der großen Schlacht in der Normandie ehrenhaft gefallen.«

Normandie? Was hatte Michael in der Normandie verloren? Das war doch in Frankreich. Hatte nicht der Radiosprecher vor Wochen etwas gesagt von einem Wendepunkt des Krieges, der unter großen Opfern nun endlich erreicht sei?

Margarete hatte in den letzten Wochen wenig das Kriegsgeschehen verfolgt. Sie war mit Malen beschäftigt gewesen. War sie nicht im Atelier, musste sie sich um so banale Dinge wie Einkaufen, Kochen und Waschen kümmern. War das Kind im Bett, war auch sie müde. Politik. Es war doch immer wieder dasselbe. Siege hier und Niederlagen dort. Sie konnte es nicht mehr hören. Dieser Krieg schien ewig kein Ende zu nehmen.

Schließlich raffte sie sich zu einer Entgegnung auf. Die Offiziere schienen darauf zu warten.

»Das muss eine Verwechslung sein«, versuchte sie, das Schicksal ein letztes Mal zu negieren. Sie kam sich dabei wie eine schlechte Schauspielerin vor.

»Mein Sohn ist noch nicht mal volljährig. Wie soll er da kämpfen können?«

Die Männer blickten sie nachsichtig an. Der, der bis jetzt geschwiegen hatte, zog eine halbe Metallmarke aus seiner Jackentasche und hielt sie ihr hin.

In dem an der Längskante abgebrochenen Blech war eine Nummer eingestanzt. Margarete zuckte zurück. Nein, sie wollte dieses Stück Blech nicht. Sollte das wirklich alles sein, was von ihrem Sohn übriggeblieben war?

»Es passiert leider immer wieder, dass junge Männer, die unbedingt an der Front für ihr Vaterland kämpfen wollen, falsche Angaben machen oder sogar ihre Personaldokumente fälschen. Wie es im Fall Ihres Sohnes gewesen ist, können wir noch nicht sagen.«

Vaterland? Margarete öffnete ihren Mund. Sie wollte den beiden erklären, dass nicht England sein Vaterland gewesen war, sondern das derjenigen, von denen er getötet worden war. Womöglich waren unter den Soldaten welche gewesen, mit denen er einst die Schulbank gedrückt hatte. Was für ein Irrsinn! Sie schloss den Mund wieder, ohne das Wort gesagt zu haben.

»Er hat ein Soldatengrab auf französischem Boden bekommen. Wenn der Krieg zu Ende ist, können Sie ihn jederzeit hierher überführen lassen. Lange kann es jetzt nicht mehr dauern.«

Das sagt ihr und eure Politiker schon seit Jahren, dachte Margarete, schwieg aber.

Die beiden Offiziere erhoben sich wie auf ein geheimes Signal und salutierten. Margarete war es nicht möglich aufzustehen. Mit einem Blick, der nichts sah, starrte sie auf den Parkettboden. In ihrem Hirn flammten immer nur dieselben Worte auf: *Tot. Tot.*

Erst als Frances an ihrem Malkittel zog und ihr Weinen nicht mehr zu überhören war, tauchte Margarete aus ihrer Absence auf. Als ihr Blick auf das Stück Blech auf dem flachen Couchtisch fiel, wusste sie, dass sie nicht geträumt hatte.

Harold, der von irgendjemanden informiert worden war, kam wenige Stunden später. Er versorgte Frances und flößte Margarete Tee und Suppe ein. In seinen Armen konnte sie endlich weinen.

»Ich habe mich zu wenig um ihn gekümmert«, schniefte Margarete. »Hätte ich nicht immer nur meine Kunst im Kopf gehabt, wäre mir seine Veränderung aufgefallen. Ich hätte was dagegen tun können.«

Harold widersprach nicht. Streichelte nur stumm ihren Rücken. *Er sieht es genauso*, dachte Margarete, und ein neuer Weinkrampf entlud sich.

Als sie sich ein wenig beruhigt hatte, hob Harold ihr Kinn an und zwang sie, ihn anzusehen. »Du hättest nichts tun können. Michael war schon lange nicht mehr das kleine Kind, das man beeinflussen konnte. Das habe ich in meinen Diskussionen mit ihm gemerkt. Du musst dir wirklich keine Vorwürfe machen. Es ist diese verdammte Zeit, in der alles, was bisher gegolten hat, außer Kraft gesetzt wird. In Kriegszeiten tun Menschen manchmal Dinge, die wir nicht verstehen. Die sie vielleicht selbst nicht verstehen. Ich kann dir deinen Schmerz nicht nehmen, ich kann ihn nur helfen mitzutragen. Du weißt, dass Michael immer wie ein Sohn für mich gewesen ist.«

Wieder quollen die Tränen aus ihren Augen. Harold umarmte sie fest und ließ sie weinen.

Er blieb drei Tage. Dann musste er wieder zurück. Es gab nicht einmal eine Beerdigung. Selbst die Möglichkeit des Abschiednehmens blieb ihnen verwehrt. Margarete errichtete im Wohnzimmer einen kleinen Altar für ihren Sohn. Ein Foto, eines der wenigen, auf denen er gelacht hatte, Blumen und Kerzen.

Seit diesem Tag blieb der Radioapparat stumm. Die Zeitungen legte sie ungelesen an den Kamin.

Wäre damals die kleine Frances nicht gewesen, für die sie funktionierte wie ein Roboter, sie wäre nicht wieder auf die Beine gekommen. Harold war viel zu selten da, und sie war allein mit ihrem Schmerz, allein mit ihren Selbstvorwürfen. Wie viel Leid konnte ein Mensch ertragen?

10. August 1989, London

Margarete nahm das Foto ihrer zwei Söhne in die Hand.

Mittlerweile war der Schmerz abgeklungen. Die Zeit heilte zwar nicht, wie immer behauptet, alle Wunden, doch sie sorgte dafür, dass sich zwischen das schmerzhafte Ereignis und die Gegenwart eine Schicht legte, die von Jahr zu Jahr dicker wurde. Die Erinnerungen durchdrangen diese Schicht zunehmend gedämpfter.

Sie war nicht in Frankreich gewesen, um das Grab ihres Sohnes zu besuchen. Sie hatte ihn auch nicht nach England überführen lassen. Sie brauchte keinen Ort, an dem seine zerschossenen Gebeine zu Staub zerfielen. Die Erinnerung war in ihrem Kopf, und den hatte sie immer dabei. Harold hatte ihre Entscheidung akzeptiert. So wie er alles akzeptierte, was nicht unmittelbar mit ihm zu tun hatte. Er hatte sie gehalten, wenn er bei ihr war. Das war mehr, als sie erwarten konnte. Schließlich war er nicht der Vater gewesen.

Frances hatte noch sehr lange nach ihrem großen Bruder gefragt. Irgendwann hatte auch sie verstanden, dass er nicht zurückkehren würde.

Als der Krieg zu Ende war, wurden die Toten gezählt. Margarete hatte genug Blutgeld gezahlt. Die Nachrichten erreichten sie noch Jahre später. Sogar aus Auschwitz kamen die Todesnachrichten per Post. Welch eine perfekt organisierte Tötungsmaschinerie. Natürlich stand als Todesursache bei ihrer Mutter nicht »Vergasen«. Wer dachte sich all die Krankheiten aus, an denen die sechs Millionen Juden und all die anderen angeblich gestorben waren?

Doch es galt für die, die überlebt hatten, weiterzumachen.

Auch sie selbst wagte einen Neuanfang. Die Familie zog nach London in eine viktorianische Villa. Harold verdiente gut, sie konnten es sich leisten. Wenn die Sonne durch die bunten Glasfenster fiel, war Margarete fast glücklich.

Sie begann wieder zu malen und richtete sich in London ein Atelier für Studiokeramik ein, wo sie im Stile von Lucie Ries Keramik, Vasen und Fliesen herstellte und sich mehr und mehr Keramikbildern zuwandte; eine Auftragsarbeit für eine große Wandmalerei in Kooperation mit dem ebenfalls nach Großbritannien emigrierten Architekten Bernhard Engel für ein Bürogebäude in Bradford brachte ihr 1960 öffentliche Anerkennung.

Auch die Einzelstücke, die sie noch immer anfertigte, konnten in einigen Galerien gut verkauft werden. An der *Camberwell School of Arts & Crafts* leitete sie eine Malklasse.

Nur noch selten dachte sie mit Wehmut, aber auch mit Wut an ihre erfolgreiche Zeit in Marwitz zurück. Noch immer hörte sie ab und zu Neuigkeiten, so, dass sich die Firma zwar als eine der wenigen nach Gründung der DDR 1949 noch in Privatbesitz befand, dass aber 1972 auch sie in einen volkseigenen Betrieb umgewandelt wurde. Allerdings behielt Hedwig Bollhagen weiterhin die künstlerische Leitung.

Was sie empörte, war, dass Hedwig Bollhagen immer noch erzählte, Margarete habe ihre Firma auf Grund wirtschaftlicher Schwierigkeiten aufgegeben.

Deshalb war es Margarete eine späte Genugtuung, dass sie von der Bundesrepublik Deutschland 1961 als offizielles Opfer der nationalsozialistischen Verfolgung anerkannt wurde. Außerdem wurde sie zwei Mal, 1965 und 1985 vom Ausgleichsamt in Aachen wegen ihres Zwangsverkaufs entschädigt.

Doch Margarete musste auch erleben, dass es die Menschen schon kurz nach Kriegsende nicht mehr interessierte, wer Schuld auf sich geladen hatte. Allzu viele waren im Westen Deutschlands auf Grund gekaufter »Persilscheine« wieder in ihren alten Posten gelandet oder hatten gar Karriere in der Politik gemacht. Sie dachte an Heinrich Schild, damals Generalsekretär des Deutschen Handwerks und ein strammer Nazi, an den sie ihre Marwitzer Fabrik verkaufen musste. Dieser ehemalige Nazi floh nach dem Krieg in den Westen Deutschlands, wo er bis 1961 sowohl im Deutschen Bundestag als auch im Europaparlament saß. Er war Landrat und Fraktionsvorsitzender der CDU. Noch immer kroch der Hass in ihr hoch, wenn sie an diesen Menschen dachte.

Das Geräusch eines Schlüssels ließ Margarete aus ihren Erinnerungen auftauchen. Ein Schlüssel? Zwar hatte Frances einen Schlüssel für den Notfall, doch erstens war es bis zu ihrer Verabredung noch etwas hin, und zweitens klingelte sie grundsätzlich vorher. War Margarete etwa so in ihre Erinnerungen vertieft gewesen, dass sie das Klingeln überhört hatte?

Etwas Schweres wurde, begleitet von einem ächzenden Geräusch, in den Flur geschoben. Waren etwa Einbrecher am Werk? Margarete musste über sich innerlich lachen. Einbrecher, die etwas brachten, wo gab es das?

Es blieb ihr nichts anderes übrig, sie musste sich erheben, um das Rätsel zu lösen. Oder sitzenbleiben und der Dinge harren, die da kommen würden. Bevor sie auch nur nach ihrem Stock greifen konnte, öffnete sich die Wohnzimmertür und ein ziemlich derangierter Harold betrat das Zimmer.

»Schatz! Du bist schon hier? Ich dachte, du kannst erst morgen kommen!«

Sie war enttäuscht gewesen, als ihr Harold vor einigen Wochen gebeichtet hatte, nicht zu ihrem Geburtstag in London zu sein, da er einem ehemaligen Studenten versprochen hatte, ihm bei seiner Dissertation zu helfen. Und dieser Student wohnte in Paris. Jetzt freute sich Margarete über diesen unerwarteten Besuch.

Harold beugte sich über sie und küsste sie auf den Mund. »Aber Liebes, dachtest du wirklich, ich würde dich an deinem Geburtstag allein lassen?«

Es wäre nicht das erste Mal, ging Margarete durch den Kopf, doch sie beschloss zu schweigen. Es war ein Wunder, dass dieser Mann trotz aller Krisen, die sie im Verlauf von 51 Ehejahren zu meistern gehabt hatten, immer noch an ihrer Seite war.

»Und was für ein Geräusch war das, was ich da eben gehört habe?«

Harold zuckte mit den Schultern und blickte gleichzeitig schuldbewusst wie ein kleiner Junge, der etwas ausgefressen hatte. Sofort war Margaretes Neugier geweckt.

»Was immer es ist, hol es sofort rein und spann mich nicht auf die Folter!«

Ergeben ließ Harold, dessen braunes Haar sich, ebenso wie ihres, seit langem grau gefärbt hatte, seine Schultern nach vorn fallen.

»Wie Gnädigste wünschen«, murmelte er devot und begab sich zurück in den Flur, aus dem Margarete erneut die Geräusche des Schiebens, unterbrochen vom Stöhnen ihres Mannes, hörte.

Schließlich war die große Kiste im Wohnzimmer angekommen. Sie war aus ungehobelten Holzlatten grob zusammengezimmert und hatte mit einem Geschenk so wenig zu tun wie die Keramik von Hedwig Bollhagen mit der ihren.

Irritiert sah Margarete ihren Mann an. »Hast du darin eine Leiche versteckt?«

»Falsch geraten, meine Teure! Aber bevor ich das Geheimnis lüfte, erbitte ich mir ein Stündchen, um mich frisch zu machen. Wenn du vielleicht in der Zwischenzeit die unendliche Güte hättest, mir ein Kännchen Tee zu kochen, wäre ich dir außerordentlich dankbar.«

Margarete murmelte etwas vor sich hin, was Harold als Erlaubnis zu verstehen schien, sich zu entfernen. Kurz darauf schlich Margarete um die Kiste herum und versuchte, die Aufschrift auf den Klebezetteln zu entziffern. Doch allzu viel war da nicht zu lesen. Anscheinend war die Kiste mit Luftfracht aus Deutschland gekommen. Rechtzeitig erinnerte sich Margarete an den Wunsch ihres Gatten und begab sich in die Küche, um einen neuen Tee zu bereiten.

Als die Kanne und eine frische Tasse auf dem Tisch standen, kam auch Harold, geduscht und rasiert, angetan mit seinem Smoking und einem weißen Hemd sowie einem schwarzen Binder in der Hand in das Wohnzimmer. Bittend hielt er ihr die Fliege hin. Margarete seufzte und stand erneut auf, um ihrem Mann die Fliege umzulegen. Sie wies ungeduldig auf die Teekanne.

»Bitte! Einschenken kannst du dir aber selbst, oder hast du das in den letzten Wochen verlernt? Hat das vielleicht deine Geliebte für dich übernommen?«

Sie konnte es nicht lassen! Nachdem sich der Altersunterschied immer mehr auch rein äußerlich gezeigt hatte, konnte Margarete nicht verhehlen, dass sie nicht frei von Eifersucht war. Warum mussten Frauen auch so unvorteilhaft altern! Männer konnten selbst mit grauen Haaren und Falten noch Eindruck machen. Frauen machten sich ab einem gewissen Alter höchstens lächerlich, wenn sie meinten, sich noch die Haare färben oder Make-Up auflegen zu müssen.

Manchmal war sie sich sicher, dass er, statt irgendwo bei einem Lehrgang zu sein, sich mit einer jungen Frau vergnügte. Er gab ihren bissigen Kommentaren allerdings weder Nahrung, noch ließ er sich dazu herab, sie zu kommentieren oder abzustreiten.

»Ist es dir nicht genug, dass ich immer wieder zu dir zurückkomme?«, fragte er dann, und Margarete musste sich eingestehen, dass es genau das war, wovor sie am meisten Angst hatte: Dass er eines Tages nicht mehr zu ihr zurückkommen würde.

Nachdem Harold die erste Tasse Tee im Stehen getrunken hatte, klopfte Margarete ungeduldig mit ihrem Stock auf den Boden. Sie hasste es, wenn Harold sie auf die Folter spannte.

»Was ist, Liebling, willst du mir was sagen?«

»Mach endlich diese verdammte Kiste auf, oder sag wenigstens, was drin ist!«

Harold legte seine Stirn in Falten, wie er es gern tat, wenn er Nachdenken imitieren wollte. »Ich fürchte, da muss ich erst Werkzeug holen. So einfach kann man die Kiste nicht öffnen. Was meinst du, willst du dich vielleicht so lange schon mal fertigmachen? Viel Zeit ist nicht mehr, bis unsere Tochter uns abholt.«

Margarete sah erschrocken auf die Uhr. Richtig! Sie musste noch duschen, Haare machen, schminken; und was sie anziehen würde, wusste sie auch noch nicht. Am liebsten würde sie dieses ganze Essengehen sowieso einfach absagen. Aber dann wäre Frances wieder beleidigt. Nein, das konnte sie ihr wirklich nicht antun.

Knurrend erhob sie sich aus ihrem Sessel und ging nach oben ins Schlafzimmer. Vor dem Kleiderschrank überlegte sie, was sie wohl anziehen sollte. Unten auf dem Boden des Schrankes lag, in Seidenpapier eingewickelt und mit Mottenkugeln garniert, einer ihrer Hosenanzüge. Doch da sie geschrumpft war, würde er ihr nicht mehr passen. So gern sie auch ihre Lieben mit dem Anblick überrascht hätte, sie musste sich etwas anderes aussuchen.

Ihr Blick fiel auf ein Kleid, das sie sich anlässlich ihrer Goldenen Hochzeit im letzten Jahr von einer angesagten Londoner Designerin schneidern lassen hatte. Harold war damals außerordentlich angetan davon gewesen, und sie hatte es seitdem nie wieder getragen. Zufrieden mit ihrer Wahl hängte sie das dunkelgrüne Taftkleid mit der weit unten angesetzten Taille an den Schrank und zog sich aus, um zu duschen. Seit sie ein wenig wacklig auf den Beinen war und es mit ihrem Gleichgewichtssinn aus unerfindlichen Gründen nicht zum Besten stand, nutzte sie dafür einen Hocker, den man aus der Wand klappen konnte. Auch die Griffe, die in der Dusche an der Wand angebracht waren, gaben ihr den nötigen Halt.

Während sie sich mit duftender Duschcreme einrieb, dachte sie mit Wehmut an den Körper, der sich im Laufe der Jahre so verändert hatte. Wie brutal doch die Zeit mit der Hülle umging! Zwar war sie nie eine Frau gewesen, die sich über ein schönes Äußeres definierte, doch hatte sie andererseits auch nichts dagegen gehabt, gut auszusehen. Mittlerweile war ihre Haut alles andere als straff und ihre ehemals vollen Brüste waren dem Diktat der Schwerkraft gefolgt. Statt eines gerundeten Hinterteils wellte sich jetzt eine dünne Schicht Haut über ihren Sitzknochen. Den Falten in ihrem Gesicht konnte sie weder mit teuren Spezialcremes noch mit Ampullen, in denen angeblich verjüngende Wundermittel enthalten waren, den Garaus machen. Wie ertrug Harold, der zwar mit seinen fünfundsiebzig Jahren auch kein Jungspund mehr war, nur ihren Anblick?

Demütig und dankbar cremte sie nach dem Duschen ihre trockene Haut mit einer fettenden Emulsion ein. Sie würde versuchen, die restlichen Tage, Wochen oder Monate, die ihnen zusammen noch blieben, ohne Widerborstigkeiten und substanzlose Vorwürfe in Würde anzugehen. Lieber einmal mehr auf die Zunge beißen und das, was darauf lag, hinunterschlucken, als ausgerechnet den zu verletzen, der ihr so viele Jahrzehnte treu zur Seite gestanden hatte. *Na ja, was heißt schon treu*, ging ihr durch den Kopf. *Aber sei's drum!*

Als sie vor dem Spiegel saß und ihre kurzen Locken bürstete, überlegte sie, welchen Schmuck sie anlegen sollte. Das Kleid war vom Schnitt her schlicht und vertrug ein wenig auffallenden Schmuck. Sie öffnete ihre Schatulle und betrachtete die Silberarbeiten, die sie eine Zeitlang entworfen und hergestellt hatte. Schließlich entschied sie sich für eine Brosche, die aus übereinandergelegten geometrischen Formen bestand. Dreieck, Quadrat und Kreis, jeweils in einem anderen Goldton. Zum Schluss schlüpfte sie in ihre dunkelgrünen Nubukpumps und hoffte, die ungewohnt hohen Absätze würden sie nicht umbringen. Harold liebte es, wenn sie diese typisch weiblichen Schuhe trug.

Was soll's, dachte Margarete, *mit neunzig werde ich doch wohl mal dem Rollenbild entsprechen dürfen, das ich so viele Jahre verurteilt habe.*

Als sie ins Wohnzimmer trat, sah Harold sie staunend an und kam auf sie zu. »Jetzt erinnere ich mich wieder, warum ich mich in dich verliebt habe«, sagte er.

Sie stieß ihn leicht vor die Brust. »Lügner! Als ob ich damals Absätze und Kleid getragen hätte!«

Er runzelte die Stirn. »Hast du nicht? Dann muss das wohl eine andere Frau gewesen sein, an die ich gerade dachte.«

Bevor Margarete eine empörte Reaktion herausbrachte, lachte er sie aus. Wieder einmal hatte er einen seiner berüchtigten Scherze gemacht.

Neugierig beugte sich Margarete über die nun geöffnete Kiste. Doch sie sah nichts weiter außer Holzwolle. Fragend blickte sie ihren Mann an. Der wies auf den Sessel, und gehorsam nahm Margarete Platz.

»Diese Kiste, Allerliebste mein, enthält das, was in einem bestimmten Artikel aus der Hetzpresse der Nazis als entartete Keramik aus der Schreckenskammer bezeichnet wurde.«

Margarete wollte aufspringen, doch Harold machte ihr ein Zeichen mit der Hand, dass er noch nicht fertig war.

»Wie deine Freundin Nora dir einst berichtet hatte, standen diese wunderbaren Geschöpfe deiner Kreativität in einem alten Schrank in Marwitz. Nun, ich dachte mir, du hättest deine *Kinder* vielleicht gern wieder hier bei dir, und deshalb bin ich hingefahren – gut, einige Verhandlungen hat es im Vorfeld schon noch gebraucht – und habe sie dir zurückgebracht.«

Jetzt hielt Margarete nichts mehr in ihrem Sessel. Sie stolperte auf die Kiste zu und wühlte unter der Holzwolle herum. Als erstes hielt sie die Teekanne in den Händen, deren Draufsicht schräg nach hinten harmonisch von der Tülle zum Henkel verlief und die an der Seite mit zwei blauen Punkten verziert war, die auf dem kräftigen Gelb mit ihrem aufgemalten Schatten leuchteten. Sie hielt die Kanne mit beiden Händen vor sich und begutachtete sie, als sähe sie das Stück das erste Mal. Dann hob sie sie noch ein Stück an und schaute auf die Unterseite. Ja, dort war ihre Signatur zu sehen: Ein H und ein L und der Kreis. Vorsichtig setzte sie die Kanne auf den niedrigen Couchtisch. Harold hatte bereits das nächste Stück aus der Holzwolle befreit. Ein rotbraunes

Sahnekännchen in einer konischen Form mit dem doppelten Scheibenhenkel. Er überreichte es Margarete wie eine Opfergabe, und diese bedankte sich mit einem strahlenden Lächeln. Wieder betrachtete sie das Kännchen von allen Seiten, wischte ein Stück Holzwolle weg und überprüfte die Signatur. So ging es Stück für Stück, bis der Couchtisch vollstand mit Keramiken aus ihrer Marwitzer Zeit.

Als die Kiste leer war, ließ sich Margarete wieder in ihren Sessel fallen. Sie wischte sich eine Träne aus dem Augenwinkel. »Danke«, hauchte sie.

Mehr konnte sie im Moment nicht von sich geben, so überwältigt war sie.

Harold zog sich einen Stuhl heran und setzte sich Margarete gegenüber. Er nahm ihre Hände in die seinen und zwang sie, ihn anzuschauen. Sie sah sein geliebtes Gesicht, sah die Falten, die auch bei ihm zahlreicher und tiefer geworden waren, die immer noch dichten Augenbrauen, die jetzt jedoch von einigen grauen Borsten durchzogen waren und den Haaransatz, der weit zurückgegangen war. Mit diesem Mann hatte sie noch einmal ihr Glück gefunden. Er hatte, genau wie Gustav, verstanden, dass sie in erster Linie Künstlerin war und dass sie die künstlerische Betätigung – egal, ob als Keramikschöpferin, als Malerin oder als Schmuckdesignerin – brauchte wie die Luft zum Atmen. Er hatte sie nie verbiegen, sie nie ändern wollen. Sie hatte es ihm ganz sicher oft nicht leicht gemacht. Und er war zeitweise mehr für ihre gemeinsame Tochter dagewesen als sie. Nie hatte er ihr deswegen Vorwürfe gemacht. Stattdessen hatte er sie unterstützt, so weit es ihm möglich gewesen war.

Jetzt ging er vor ihr auf die Knie und setzte zu einer Rede an. Doch Margarete legte ihm den Finger auf den Mund und schüttelte den Kopf. »Ich liebe dich, Harold«, sagte sie schlicht. Dann küsste sie ihn zärtlich.

Er erwiderte ihren Kuss und schaute sie danach lange an. »Komisch, genau dasselbe wollte ich dir auch gerade sagen.«

»Steh auf, sonst bekommst du wieder Probleme mit deiner Arthrose!«

»Das liebe ich so an dir: du bist so herrlich romantisch«, entgegnete er lächelnd.

»Wann wollte unsere Tochter uns abholen?«

Margarete sah auf ihre brillantbesetzte Armbanduhr, ein Geschenk Harolds zu ihrer Goldenen Hochzeit. »In etwa einer Stunde kommt Frances.«

»Meinst du, das reicht, um noch schnell ins Schlafzimmer zu verschwinden?«

»Mein lieber Harold, du glaubst doch nicht etwa, ich könnte, so wie früher, innerhalb von zehn Minuten wieder so hergerichtet werden, wie jetzt. Willst du, dass Frances etwas merkt? Sie hält uns doch sowieso schon für scheintot und meint, Sex kommt bei uns nur noch in der Erinnerung vor.«

Harold seufzte und erhob sich mühsam. Seine Gelenke knackten. »Du hast ja recht. Aber aufgeschoben ist nicht aufgehoben.«

10. August 1989

Ein Taxi brachte Margarete, Harold und Frances zu einem angesagten Lokal in der Londoner Innenstadt. Harold hielt den Frauen, ganz Gentleman, die schwere Tür auf. Margarete sah einen Raum im Industriedesign, wie er gerade in der Gastronomie wieder angesagt war: unverputzte Ziegelwände und unter der Decke Abluftröhren und Kabelkanäle aus Edelstahl. An den Wänden moderne abstrakte Kunst. Nun ja, ihr Geschmack war das nicht unbedingt, aber Frances hatte es organisiert, und sie wollte nicht meckern.

Suchend sah sie sich nach ihrem Tisch um, doch Frances steuerte auf eine lange Tafel zu, an der bereits einige Menschen saßen, die Margarete auf den ersten Blick nicht erkannte. Hatte ihre Tochter Bekannte entdeckt, die sie begrüßen wollte?

Seit sie dieses Glaukom hatte, das ihr Sichtfeld ziemlich einschränkte und wegen dem sie zeitweise wie durch Schleier sah, war Margarete außerhalb ihrer Wohnung nur noch in Begleitung unterwegs. Selbst Einkaufen ließ sie andere für sich oder bestellte einfach beim Händler um die Ecke das Benötigte per Telefon, das dieser ihr dann durch einen Laufburschen liefern ließ.

Deshalb war sie noch immer nicht im Bilde, als Harold sanft ihren Ellbogen ergriff und sie ebenfalls auf den Tisch zuschob, an dem Frances bereits stand. Er schob ihr einen Stuhl an der Stirnseite der Tafel zurecht, und sie ließ sich mit gerunzelter Stirn darauf fallen. Was sollte das? Wer waren diese Leute?

Plötzlich hoben die Männer und Frauen, die um den Tisch herumsaßen, ihre Sektgläser und erhoben sich. Jemand stimmte ein »Happy Birthday« an, und alle stimmten ein.

Verwirrt kramte Margarete in ihrem Gedächtnis und versuchte, während die Menschen sangen, deren Gesichtern Namen zuzuordnen. Zuerst gelang es ihr bei dem Mann, der rechts von ihr saß. Er war in den Fünfzigern und erinnerte sie an jemanden. Plötzlich fiel es ihr wie Schuppen von den Augen. Der hier saß war niemand anders als ihr Neffe Michael, mit dem sie noch am Morgen telefoniert hatte und den sie weit weg in den USA glaubte. War das möglich? Als der Gesang verebbte, wandte sie sich zu ihm um. Er strahlte sie mit seinen hellen Augen an.

»Tante Margarete, hast du mich endlich erkannt?«

»Bist du es wirklich? Michael?«

Ihr Neffe erhob sich und umarmte Margarete. »Leibhaftig, ja. Und ich möchte dir jemanden vorstellen, denn ich bin nicht allein gekommen.« Bei diesen Worten zeigte er auf die Frau neben sich, die fast schon das Alter von Margarete erreicht haben dürfte. »Das ist meine Mutter, Edith. Deine Schwägerin. Ihr kennt euch, aber das ist schon lange her, seit ihr euch zuletzt gesehen habt.«

Margarete rieb sich die Augen. Edith. Fritz' Frau. Tatsächlich. Jetzt erkannte sie sie. Und erst heute früh hatte sie es bedauert, dass die Familie so weit über den Erdball verstreut war. Lächelnd erwiderte Margarete die Umarmung von Edith, die ebenfalls aufgestanden und zu ihr gekommen war.

Neugierig blickte Margarete die anderen Personen am Tisch an. So wie es aussah, würde sie wohl den ein oder anderen ebenfalls aus ihrer Vergangenheit kennen. Michael war noch nicht fertig mit der Vorstellung, denn nun kam er zu den zwei jüngeren Frauen, die als nächstes an der Längsseite des Tisches saßen.

»Und das sind meine Schwestern, Yael und Ruth. Sie wollten auch unbedingt einmal ihre Tante kennenlernen.«

Die beiden Frauen erhoben sich und stellten sich rechts und links von Margarete auf.

»Alles Gute zum Geburtstag«, sagen sie fast synchron und gaben ihr danach einen Kuss auf die jeweilige Wange.

Margaretes Blick ging auf die andere Längsseite des Tisches, wo Frances und Harold Platz genommen hatten. Neben ihnen saß eine Frau in Margaretes Alter, und auch die kam ihr irgendwie bekannt vor. Die buschigen Augenbrauen, die jetzt weiß waren, die dominante Nase, die das Gesicht beherrschte und der Anflug eines Damenbartes, all das war ihr doch sehr vertraut. Doch sie hatte auf ihrem Lebensweg so viele Menschen getroffen, war mit so vielen befreundet gewesen. Ihr wollte einfach der Name zum Gesicht nicht einfallen.

Weil alle schwiegen und darauf zu warten schienen, dass der Groschen bei Margarete endlich fallen würde, bemühte sie sich nach Kräften, ihrer unzuverlässigen Erinnerung die Information abzupressen. Plötzlich - die Frau lächelte gerade und ihr Mund verzog sich dabei leicht schief - fiel es ihr wieder ein. Sie sprang von ihrem Stuhl auf. »Nora!«, rief sie und musste sich mit den Händen am Tisch festhalten, weil ihr die Beine nachzugeben drohten. War sie es wirklich? Ihre alte Freundin und Weggefährtin Nora Herz? Die Reaktion der Frau zeigte ihr, dass sie mit ihrer Vermutung richtig gelegen hatte. »Na das hat aber gedauert, meine Liebe! Ich dachte schon, bei dir hätte die Demenz eingesetzt. Aber schön, dass du mich nicht vergessen hast.«

Jetzt erhob sich die alte Dame, die ebenso wie Margarete geschrumpft zu sein schien und kam, mühsam auf einen Stock gestützt, ans Kopfende der kleinen Tafel. Margarete ging ihr ein paar Schritte entgegen und umarmte die alte Freundin. Dabei konnte sie nicht verhindern, dass sich ein paar Tränen aus ihren Augenwinkeln stahlen. Ein Blick in Noras Gesicht zeigte ihr, dass es ihr nicht anders erging.

»Du hast dich lange nicht mehr gemeldet«, sagte Margarete mit vorwurfsvoller Stimme.

»Dasselbe könnte ich dir sagen«, entgegnete Nora.

»Du musst mir nachher unbedingt genau erzählen, wo du dich in den letzten Jahren rumgetrieben und was du so gemacht hast«, verlangte Margarete.

»Nicht heute, meine Liebe, nicht heute. Heute wird gefeiert. Aber ich bleibe dir noch ein paar Tage erhalten. Wenn ich schon den weiten Weg von Amerika hier herüber auf mich nehme, will ich wenigstens eine Weile was von meiner alten Heimat haben.«

Margarete fiel ein, dass Nora ja in England geboren worden war. Als Nora wieder saß, bedachte Margarete ihren Mann mit einem fragenden Blick. »Wem von euch habe ich denn diese Überraschung zu verdanken?«

Harold antwortete: »Wir dachten einfach, dass es traurig wäre, wenn du deinen Neunzigsten nur mit uns beiden feiern müsstest. So ist es doch viel hübscher, oder strengen dich die vielen Gäste zu sehr an?« Er blinzelte spitzbübisch.

»Solange ich nicht hinterher in der Küche Geschirrspülen muss, ist mir alles egal. Die Rechnung werde ich schon noch zahlen können.«

Alles lachte. Margarete spürte immer noch einen dicken Kloß der Rührung in ihrem Hals und musste sich mehrmals räuspern, um überhaupt ein paar Worte hervorzubringen. »Gibt es hier eigentlich auch was zum Essen?«

Harold winkte einem Kellner. »Sie können jetzt die Vorspeisen servieren.«

Wenn Margarete gedacht hatte, sie würde an diesem Abend um weitere Tränen herumkommen, so sah sie sich getäuscht, als Harold nach einer hervorragenden Wildpastete und einem zarten Roastbeef mit Yorkshire Pudding aufstand und mit einem Löffel an sein Weinglas klopfte. *Er wird doch nicht etwa eine Rede halten wollen*, bangte Margarete. Doch genau das hatte Harold im Sinn.

»Ich denke, wir können diesen Abend nicht verstreichen lassen, ohne ein paar Worte zu unserer geschätzten Jubilarin zu verlieren«, begann er. Margarete verdrehte die Augen.

»Als ich vor mehr als fünfzig Jahren – damals noch jung und knackig – auf einer Ausstellung in London die Künstlerin traf, ahnte ich noch nicht, dass ich bereits kurz darauf ein verheirateter Mann sein würde.« Harold wies mit der Hand auf Margarete und lächelte sie liebevoll an.

»Zunächst sah ich in ihr bloß eine sehr attraktive Frau, die jedoch für mich außerhalb jeglicher Erreichbarkeit zu sein schien. Trotzdem traute ich mich und lud sie zum Essen ein, was sie erstaunlicherweise auch annahm. Allerdings fragte sie mich gleich bei unserem ersten Date, ob ich nicht etwas jung für sie sei und ob ich überhaupt schon meine Ausbildung beendet habe.« Er lachte, und auch die anderen am Tisch schmunzelten. Margarete fühlte, wie sie errötete. Sie erinnerte sich noch an jedes Wort an jenem Abend.

»Ich muss heute rückblickend sagen, dass in den meisten Situationen sie mir wie die Jüngere von uns beiden vorkam. Denn ihre Kraft, ihre Energie und ihren Elan verspürte ich oft nicht, vor allem in den schwierigen Zeiten. Aber diese Frau hier hat nicht einen Moment daran gedacht aufzugeben. Auch wenn – wie wir alle wissen – viele Schicksalsschläge ihr Leben eher zu einem reißenden Strom als zu einem ruhigen Fluss gemacht haben. Niemals hat sie sich von den Bedingungen und den äußeren Umständen unterkriegen lassen. Nicht, als sie ihre Heimat verlassen musste, nicht, als sie zweimal ihre eigene Firma aufgeben musste, und auch nicht, als das, was ihr im Leben am meisten bedeutete – ihre Kunst – nicht mehr so erfolgreich war wie einst. Und von den wirklich schweren Verlusten rede ich hier gar nicht. Wir wissen alle, wen Greta verloren hat.«

Harold trank einen Schluck aus seinem Wasserglas, bevor er fortfuhr. »Margarete – oder Greta, wie sie sich seit ihrer Zeit hier auf der Insel nennt – ist ein wahres Stehaufmännchen.« Er lachte, als er Margaretes empört zusammengekniffene Lippen sah. »Entschuldigung, natürlich ist sie kein Männchen sondern ein Stehauffrauchen. Ich habe mich schon oft gefragt, wie sie all das – den Haushalt, die Kindererziehung, ihre Malerei und Keramik, das Unterrichten – unter einen Hut bekommen hat. Zugebenermaßen war ich ihr dabei keine große Hilfe. Und dafür, liebe Greta, möchte ich mich jetzt bei dir auch in aller Form entschuldigen. Ich bin mir sicher, dass du mich öfter gebraucht hast, als dass ich an deiner Seite gewesen bin. Du hast mir eine wundervolle Tochter geschenkt, auch dafür möchte ich dir noch einmal danken. Und ich schätze mich immer noch glücklich, dass ich über fünfzig Jahre deinen Weg mit dir gehen durfte.«

Er räusperte sich, und Margarete fürchtete, er werde jetzt ebenfalls die Tränen, die sich auch bei ihr bereits wieder den Weg nach außen bahnten, nicht zurückhalten können. Doch Harold straffte sich noch einmal, bevor er zu seinen Schlussworten ansetzte.

»Du bist keinesfalls perfekt, liebe Greta, das muss hier auch einmal gesagt sein. Das, was du kochst - wenn du kochst - ist kaum genießbar. Wahrscheinlich bin ich nur deshalb so schlank geblieben.« Harold schlug sich gegen seinen Bauch. Michaels Schwestern stießen sich an und kicherten.

»Ich bin froh, dass ich die letzten Jahre genug verdient habe, um eine Putzfrau zu bezahlen. Seitdem finde ich wenigstens immer zwei zusammengehörige Socken in meinem Schrank, und die Papiere auf meinem Schreibtisch bleiben auch in der richtigen Ordnung. Seitdem dich deine Arthrose daran hindert, dich in meinem Garten nützlich machen zu wollen, blühen auch wieder viel mehr Blumen. Ich glaube – um meine Rede nun zum Abschluss zu bringen – das sind die besten Voraussetzungen, um noch einmal zehn Jahre an deiner Seite zu verbringen, geliebte Margarete. Vorausgesetzt, du bist gewillt, es auch mit mir noch ein wenig auszuhalten.«

Er erhob sein Weinglas und Margarete wischte sich über die Augen, bevor auch sie ihr Glas erhob, um es an das seine zu stoßen. Ihr fehlten ganz einfach die Worte. Was sollte sie auch auf eine solche Liebeserklärung sagen?

»Ich werde darüber nachdenken, lieber Gemahl«, sagte sie deshalb mit kratziger Stimme. »Irgendjemand muss dich ja pflegen, wenn du krank wirst. Schließlich bist du nun auch nicht mehr der Jüngste.«

Harold schmunzelte und drohte ihr mit seinem Zeigefinger. Auch die anderen am Tisch hoben jetzt ihre Gläser und riefen verschiedene Toasts in den Raum.

»Auf Margarete!«

»Auf Harold und Greta! Mögen sie noch lange leben!«

»Alles Gute euch beiden!«

Dann begannen wieder die Gespräche. Später brachten die Kellner eine große Eisbombe, auf der Wunderkerzen brannten.

Margarete spürte, wie sie müde wurde. Es war einfach zu viel. Sie sehnte sich nach ihrer ruhigen Wohnung, nach ihrem Bett und nach Harold. Dieser schien zu spüren, dass Margarete an ihre Grenzen kam. Deshalb wies er den Kellner an, ein Taxi zu rufen und die Rechnung fertigzumachen.

Zum Abschied sagte Margarete zu ihren Gästen: »Ich danke euch, dass ihr gekommen seid, um mit mir meinen Geburtstag zu feiern. Ich habe mich sehr darüber gefreut. Aber jetzt brauche ich ein wenig Ruhe. Wir sehen uns die nächsten Tage, Harold wird Termine mit euch ausmachen. Dann haben wir mehr Zeit, um uns ausführlich zu unterhalten.«

Herzlich umarmte Margarete alle ihre Gäste und ließ sich von Harold nach draußen begleiten. Im Taxi lehnte sie sich entspannt an seine Schulter. »Ach, mein Lieber, es war wirklich eine schöne Feier. Und so eine schöne Rede von dir. Vielen Dank dafür. Es war ein Glück, das ich dich damals getroffen habe.«

»Das Glück war ganz auf meiner Seite«, antwortete Harold und legte ihr sanft seine Hand auf den Arm.

Margarete sah zum Fenster hinaus. Draußen zogen die Häuser vorbei, hinter deren Fenstern noch manche Lichter brannten. Was die Menschen wohl in ihren Wohnungen um diese Zeit, weit nach Mitternacht, noch trieben? Waren sie vor ihren Fernsehern eingeschlafen? Liebten sie sich am Ende eines anstrengenden Tages? Wann hatte sie mit Harold das letzte Mal Sex gehabt? Der Sex des Alters war anders geworden als zu ihren Sturm-und-Drang-Zeiten. Doch irgendwie auch intimer. Schließlich kam es nicht darauf an, ein Körperteil in ein anderes zu stecken. Die Lust und die Empfänglichkeit für Berührungen starben erst mit der Hülle. Margarete hatte sich mit ihrem alternden Körper ausgesöhnt. Warum sollte sie sich damit belasten, was doch allen alten

Menschen widerfuhr. So war das Gesetz des Lebens. Werden und Vergehen. Und Harold war schließlich auch nicht mehr knackig und faltenlos. Solange man das, was man am Gefährten einst geliebt hatte, noch in seinen Augen sehen konnte, solange der Mund – trotz falscher Zähne – noch Liebesworte zu flüstern und Küsse zu verschenken vermochte, wo bliebe da Anlass zum Klagen? Sie musste sich mit dem zufriedengeben, was möglich war. Das hatte sie in den letzten Jahrzehnten, auch im Hinblick auf ihre künstlerische Arbeit, lernen müssen. Heute stand sie nur noch selten vor einer Leinwand. Viel zu schlecht konnte sie noch sehen, die Arthrose in ihren Fingern machte es ihr nicht leicht, den Pinsel zu halten. Wozu sollte sie den hunderten bemalter Leinwände, die irgendwo, gut verpackt, lagerten, noch weitere hinzufügen? Sie war nie die begnadete Malerin gewesen, die sie hatte sein wollen. Auch diese Erkenntnis hatte sie mit zunehmendem Alter ereilt. Ihre Keramiken würden irgendwie ihren Platz in der Erinnerung der Menschen bekommen. Der Gedanke, dass jetzt irgendwo auf der Welt jemand aus einer ihrer Tassen trank oder seinen Tee in einer ihrer Kannen zubereitete, durchfloss sie wie ein warmer Strom. Doch ihre Werke waren zerbrechlich, wer wusste schon, wie lange es dauern würde, bis nirgends mehr ein Scherben von ihr vorhanden wäre. Margarete lachte leise. Sie hatte ein zerbrechliches Glück geschaffen. Genauso zerbrechlich wie das ihre gewesen war. Noch immer krampfte sich eine grobe Faust um ihr Herz, wenn sie an ihre beiden Söhne, wenn sie an Gustav dachte.

Margarete wandte den Blick von der Autoscheibe ab und sah zur Seite, wo Harold ebenfalls aus dem Fenster blickte. Er schien ihren Blick zu spüren und drehte seinen Kopf zu ihr hin. *Müde sieht er aus*, ging Margarete durch den Kopf. Doch da waren diese Augen, die sie schon bei ihrer ersten Begegnung fasziniert hatten. Augen voller Güte und Empfindsamkeit. Sie hatte einen guten Fang mit ihm gemacht. Es war richtig gewesen, damals nicht danach gehandelt zu haben, was wohl ihre Umgebung zu dem, um so viele Jahre jüngeren Mann, sagen würde. Sie hatte schon immer getan, was sie wollte. Und es hatte sich, im Großen und Ganzen, ausgezahlt.

Vorwerfen konnte sie sich nur das, was sie nicht getan hatte. Doch das war ziemlich wenig gewesen. Alles in allem war ihr Leben okay gewesen. Und wenn sie jetzt, auf der Stelle, tot umfallen würde, wäre es auch in Ordnung. Wer hatte schon das Privileg, neunzig Jahre alt werden zu dürfen und immer noch bei klarem Verstand zu sein?

»Ach, mein Lieber«, seufzte Margarete und nahm seine große Hand zwischen ihre altersfleckigen Hände. »Ich bin schon froh, dass du mich damals angesprochen hast.«

Harold lächelte und berührte sie mit seiner anderen Hand sanft an der Wange. »Und ich erst, meine Liebste!«

Er beugte seinen Kopf zu ihr hinüber und drückte ihr einen langen Kuss auf den Mund. Margarete schloss die Augen und das, was sie fühlte, unterschied sich in nichts von dem, was sie als junge Frau gefühlt hatte.

Nachwort

Als ich vor etwa zehn Jahren in einer Ausstellung das Foto einer androgynen Frau in weißem Hemd, Hose und Krawatte sah, die selbstbewusst und auch ein wenig versunken in die Kamera blickte, war ich von meiner Protagonistin Margarete Heymann, verwitwete Loebenstein, verheiratete Marks, gefangen. Damals wusste ich nur, dass sie Jüdin war und wegen einer Denunziation bei den Nazis im Gefängnis saß. Ich speicherte mir einen Bericht, den ich im Netz gefunden hatte, und in dem es um sie und Hedwig Bollhagen ging, auf meiner Festplatte ab und nahm mir vor, irgendwann einmal einen Roman aus ihrem Leben zu machen.

Nun war es soweit, denn mittlerweile hatte ich vier Romane geschrieben, die in der Zeit des Nationalsozialismus spielten und aktuell keine Idee für einen weiteren. Zugute kam mir dabei, dass im Bauhaus-Jahr 2019 alle Medien voll von diesem Thema waren. Und es gab sogar eine Ausstellung im Angermuseum in Erfurt, die, neben drei weiteren Bauhaus-Künstlerinnen auch »meiner« Margarete gewidmet war. Dazu war ein umfangreiches Begleitbuch erhältlich, in dem ich viele hilfreiche Informationen fand. Im Zuge meiner Recherche entdeckte ich, dass das Leben von Greta (oder Grete) Marks, wie sie sich zuletzt nannte, noch viel interessanter und vor allem tragischer war, als anfangs vermutet. Ein Glücksfall für eine Autorin!

Alle mit vollständigem Namen im Roman erwähnten Personen haben tatsächlich existiert und das, was ich über sie schreibe, ist zum allergrößten Teil historisch belegt. Natürlich musste ich bei Dialogen und anderen Dingen meine Fantasie bemühen, schließlich galt es, um die historischen Fakten eine lebendige Geschichte zu weben. Denn dies ist ein Roman, kein Sachbuch. Sie können gern im Netz nachrecherchieren, wenn Sie das Thema interessiert.

Zwei Ausnahmen gibt es: Über Margaretes zweiten Ehemann Harold Marks gibt es nur wenige Informationen, die sich auf seinen beruflichen Werdegang (und seine Hobbies, das Kochen und das Gärtnern) beziehen. Ebenso ist der Zeitpunkt seines Todes – er starb im selben Alter wie seine Frau und genau die 15 Jahre später, die er jünger als sie gewesen ist – bekannt. Zu ihrem ersten Sohn Michael habe ich leider überhaupt nichts finden können. Die Tatsache, dass er nirgends in der Literatur erwähnt wird – jedenfalls nicht mehr nach ihrem Umzug nach England – hat mich vermuten lassen, dass vielleicht auch er frühzeitig gestorben ist. Deshalb habe ich mir die Freiheit genommen, ihn bei einer der größten Schlachten des 2. Weltkrieges sein junges Leben verlieren zu lassen.

Außerdem habe ich ein Ereignis drei Jahre vordatiert. Jene Keramiken, die im Schrank bei Hedwig Bollhagen verstaubten, wurden nicht von Harold im Jahr 1989 zurückgeholt, sondern Margaretes Tochter Frances zwei Jahre nach dem Tod ihrer Mutter 1992 übergeben. Das war der Nichte und Erbin von Hedwig Bollhagen, Silke Resch, zu verdanken. Mir schien es aber von der Dramaturgie her ein schönes Geburtstagsgeschenk für Margarete zu sein.

Was die notariell in einem Anhang zum Kaufvertrag festgehaltene Verpflichtung zur Zahlung einer Lizenzgebühr bzw. einer Umsatzbeteiligung am Verkauf des von Margarete Heymann-Loebenstein entworfenen Geschirrs *Norma* angeht, fand ich im Gutachten zu den »Arisierungs«-Vorwürfen gegen Hedwig Bollhagen von Dr. Simone Ladwig-Winters, das sie 2008 im Auftrag des Zentrums für Zeithistorische Forschung Potsdam erstellt hat, folgende Passagen, die durchaus nahelegen, dass es sich so, wie von mir im Roman geschildert, verhalten haben könnte: »Trotz sorgfältiger Prüfung der Unterlagen der HB-Werkstätten lassen sich keine Zahlungen nachweisen. Das heißt jedoch nicht, dass keine Zahlungen geleistet wurden.« Und etwas weiter unten im Zusammenhang mit einer Anfrage des Witwers Harold Marks an Hedwig Bollhagen bezüglich der Weiterverwendung von Modellen seiner Frau heißt es: »Über den Umfang der noch produzierten Modelle und eine Vergütung wird in diesem Schreiben keine Aussage getroffen. Hieraus lässt sich schließen, dass zumindest seit Kriegsbeginn, als eine Auslandsüberweisung nicht mehr möglich war, wenn nicht bereits von dem Zeitpunkt der Emigration Heymann-Loebensteins ab, keine Zahlungen mehr erfolgt sind. Denn ansonsten hätte Bollhagen, die ein gutes Gedächtnis hatte, darauf hingewiesen.« Wiederum einige Sätze weiter: »Zugleich nahm sie noch eingehende Aufträge an, deren Vergütung für die Künstlerin Heymann-Loebenstein durchaus bezweifelt werden muss.«

Zur Erinnerung: Allein das sehr erfolgreiche Service *Norma* wurde noch bis in die Sechziger Jahre produziert (wenn auch mit anderer Bemalung). Als ich im August 2019 in Marwitz war und mir sowohl die Gebäude als auch die Produkte in der Verkaufsausstellung der Hedwig Bollhagen anschaute, fand ich sogar einige der aus dem Service *Norma* stammenden Sahnekännchen (und erwarb eines davon). Auch im Katalog »Hedwig Bollhagen und die HB-Werkstätten – Musterstücke und Serienobjekte« sind diese Sahnekännchen auf Seite 48 und 49 abgebildet, allerdings ist hier darauf hingewiesen worden, dass der Entwurf von Margarete Heymann stammte.

Jeder möge sich nun seine eigenen Gedanken darüber machen, ob Hedwig Bollhagen, die auch in der DDR noch gefeierte Keramikkünstlerin, auch auf dem Leid anderer ihren Erfolg gründete.

Ich hoffe, ich habe Sie nicht mit allzu vielen Namen verwirrt, und Sie konnten meiner Geschichte gut folgen. Falls Ihnen gefallen hat, wie ich das Leben einer starken und doch durch Schicksalsschläge und Selbstzweifel zerrissenen Frau, die stets zwischen gesellschaftlichen und familiären Ansprüchen und ihrer künstlerischen Selbstverwirklichung zerrieben wurde, geschildert habe, würde ich mich über eine Rezension freuen. Gerne können Sie mir auch eine E-Mail an lottercornelia@gmail.com schreiben.

Sollten Sie sich für das Thema Nationalsozialismus interessieren, wären vielleicht auch diese Romane etwas für Sie:

In »Birkensommer« erzähle ich die Geschichte von der jungen Elisabeth, die als »unwertes Leben« klassifiziert wird und im Rahmen der »Euthanasie« auf den Weg in die Gaskammern der Vernichtungsanstalten geschickt wird.

»Gettokind« erzählt vom Leben zweier Kinder im Getto von Łódź und vom Zusammentreffen ihrer Enkel viele Jahrzehnte später in einem Sommercamp des ehemaligen Konzentrationslagers Buchenwald. Dieses Buch wurde für den Deutschen Selfpublishing-Preis 2019 nominiert.

Lediglich als E-Book sind erhältlich:

»Die Geliebte des Funkers«, worin ein ehemaliger Wehrmachtsfunker von seinen Erlebnissen auf Korsika erzählt.

»Abgeschossen«, worin es um die Lynchjustiz an abgeschossenen alliierten Piloten in den letzten Monaten des 2. Weltkriegs geht.

Auch in meinem nächsten Projekt, für das ich gerade zu recherchieren beginne, wird es wieder um die Zeit des 2. Weltkrieges gehen. Diesmal behandle ich das Thema »Zwangsarbeit in Leipzig«.

Wenn Sie sich über meine Arbeit und neue Projekte informieren wollen, besuchen Sie gern meine Website: www.autorin-cornelia-lotter.de.

Bleiben Sie mir gewogen!

Leipzig im Oktober 2019
Cornelia Lotter

Danksagung

Wie bei jedem Roman gibt es auch diesmal Menschen, die mir in irgendeiner Weise bei der Recherche behilflich gewesen sind.

So Christian Sacher, der mir eine spontane Privatführung durch die Werkshallen der ehemaligen Haël-Werkstätten (später HB-Werkstätten) in Marwitz gegeben hat. Vielen Dank dafür.

Auch dieses Mal habe ich wieder mit Testlesern gearbeitet, die mir die ein oder andere wertvolle Rückmeldung gegeben haben. Besonders hervorheben möchte ich hierbei die sehr substanzielle und überaus hilfreiche Rückmeldung von Isa Schikorsky, die selber Autorin ist und außerdem als Lektorin arbeitet. Vielen Dank auch an Anja, Manuela, Jytte und Martin.

Leipzig im Oktober 2019